公元787年，唐封疆大吏马总集诸子精华，编著成《意林》一书6卷，流传至今

意林： 始于公元787年，距今1200余年

小文学

新生代成长文学悦读刊物

阳光阅读 ● 励志心灵 ● 诗意成长 ● 快乐写作

肉丸子和狮子头

文◎张小倩 绘◎Easiyu羽

一大清早，我跳到鞋柜上，冲着林小曼大吼："不许带我去看医生。"可惜林小曼听不懂我的抗议，将我丢进挎包里。走在街上，有个路过的女孩夸我漂亮。我摇头晃脑地叫道："等本喵长大可以变成人类，一定比你还要漂亮。"

忽然，林小曼停下脚步。我探头看去，只见路边躺着一条奄奄一息的狗，那狗体型巨大，可严重脱毛，憔悴不堪。林小曼脱下外套裹住大狗，抱着它一路飞奔到医院。

一位金毛医生走到我们面前，问："你确定要救它？这狗患有严重的兽疥癣，不能保证百分之百治好，而且，治疗费用很高。"

"我能感受到它想活下去。"林小曼掷地有声，"不论花费多少，能不能救活，我都要救它。"

大狗的眼睛忽然亮了，低低地叫了一声。它直直地盯着林小曼，我从它的眼中看到了爱意。

林小曼给大狗起名叫"狮子头"。"你一定会好起来的，像狮子一样雄壮威武。"林小曼做了牛肉窝窝头，掰碎了，一点点喂给狮子头。

半夜三更，我被一阵响亮的"咕噜"声吵醒："你的肚子在响？"

狮子头一脸委屈地说："我……我，只有一点点儿饿。"

"跟我来。"我三两下跳到冰箱顶上，转身偷偷拿出一根火腿肠。厨房的灯开了，林小曼站在门前。我尖叫一声跳到狮子头身后。林小曼蹲下来，轻抚狮子头的脑袋："饿了？我给你做好吃的。"

后半夜，林小曼足足做了一盘子的窝窝头。

狮子头逐渐习惯去宠物医院检查，被针扎都一声不吭。它半夜疼得呜咽，我趴在它身边打气。狮子头舔我的脑袋，忍着疼痛说："有主人和你陪着，我就不觉得疼。"

三个月后，狮子头长出了浓密的毛发，林小曼和我震惊地发现它居然是德国黑背！

一天深夜，狮子头忽然跑去撞林小曼的卧室门，林小曼反锁了。狮子头发疯似的不断撞击，撞得脑袋都流血了，我也急得上蹿下跳。左邻右舍被惊动了，叫来物业打开了房门——林小曼晕倒了！

林小曼得了急性阑尾炎，还好送医及时。狮子头脑门上的毛被剃掉一块，像一条秃顶狗。林小曼出院，金毛医生送我们回家，却见居民代表站在我家门口，冷着脸说："你不能养黑背，它生性凶残。"

我低吼："你才凶残呢！我家狮子头连吉娃娃都不敢惹！"

林小曼把我紧紧地抱在怀里，说："我家狮子头很少出门，而且它非常温顺。"

"它前几天在屋里大喊大叫！你必须把它扔掉，不然你就不能住这里。"那女人非常凶狠。狮子头蔫蔫的，蹲在林小曼身旁动也不动。

一连七天，每天都有不同的人来家里，命令林小曼扔掉狮子头或搬家。

一个傍晚，狮子头蹭了蹭林小曼的腿，舔了舔我的毛，风一般地冲出门去。我惊觉不妙，纵身跳到冲下楼梯的狮子头背上："不许走！我和林小曼绝不丢下你！"

几天后，林小曼退了房租，买了一辆二手车。我慵懒地坐在副驾驶，叫着："等本喵长大了，也要开车。"

"你我永远成不了像主人一样的人类。"趴在后座的狮子头戳破了我的幻想，气得我跳到后座对它一顿乱抓。

忽然，车子停了下来，金毛医生居然坐在了副驾驶。他对林小曼说："狮子头的病还没痊愈，我必须知道你搬去哪儿，方便治疗……"然后，他转过头对着我和狮子头笑，挑衅味十足。

我和狮子头同仇敌忾地瞪着金毛医生的后脑勺。直觉告诉我们，这位金毛医生对林小曼"不怀好意"，为了林小曼的幸福，我们决定好好考察他。

小文学
一生有你，
承"萌"关照
002

糖豆豆
主编

北方妇女儿童出版社
·长春·

总有一只汪，让你爱上这世界

意林 小文学

意林

期待代表性文学第一刊

图书在版编目（CIP）数据

总有一只汪，让你爱上这世界 / 糖豆豆主编. —— 长
春：北方妇女儿童出版社，2018.5
（意林·小文学. 承"萌"关照系列）
ISBN 978-7-5585-2228-4

Ⅰ.①总… Ⅱ.①糖… Ⅲ.①短篇小说－小说集－中
国－当代 Ⅳ.①I247.7

中国版本图书馆CIP数据核字(2018)第065106号

总有一只汪，让你爱上这世界
ZONGYOUYIZHIWANG,RANGNIAISHANGZHESHIJIE

出 版 人	刘　刚
总 策 划	安　雅　汤　曼
特约策划	师晓晖
责任编辑	吴　强　王　婷　孟健伊
图书统筹	糖豆豆
绘 　 图	猫草
书籍装帧	胡静梅
美术编辑	王　春
作家经纪	卢晓凤
开 　 本	700mm×1000mm　1/16
字 　 数	300千字
印 　 张	13
版 　 次	2018年5月第1版
印 　 次	2018年5月第1次印刷
印 　 刷	河南文华印务有限公司

出 　 版	北方妇女儿童出版社
发 　 行	北方妇女儿童出版社
地 　 址	长春市人民大街4646号
	邮编：130021
电 　 话	0431-85678573

定 　 价	24.90元

目 录

目 录

魅力主打

我，等着你。相信有一天你会出现，抚摸我的头，夸奖我。时光流去，我在守候着那份爱你的忠诚。

——《狼少年》

在回忆里拥抱

文◎西雨客

又要下雨了。

两年来，几乎每一次下雨，田苗都会想起那天。

五年前的那一天，田苗去深山里采药，归途中大雨倾盆。雨幕里的森林黑得伸手不见五指，雷声、雨声轰鸣，忙于赶路的田苗一时间竟迷失了方向。她浑身都湿透了，冷得发抖，只能哆哆嗦嗦地借着转瞬即逝的电光，寻找避雨之处。

突然，在间歇的雷声中，她听到一阵微弱的哀号。一开始，田苗以为自己听错了，但后来，她再次听到了那断断续续的声音。她一下停在那里，犹豫不决。是赶紧找到回家的路，还是去那声音传来的方向看看？

最终，田苗还是决定去看一看。

她知道群山之中有太多猎人设置的陷阱和兽夹了，妈妈就曾被伤害过。小时候，田苗和妈妈一起去采蘑菇，谁知妈妈却踩到了兽夹，从此，她的脚踝处留下了一道可怖的疤痕。田苗的妈妈去找村里的猎人讨说法，却没有得到任何赔偿。从此，田苗对山里的兽夹恨之入骨，有时候她在山里找蘑菇和灵芝等药材贴补家用时，见到陷阱和兽夹，都会尽可能地破坏掉。为此，村里的猎人还找过田苗的妈妈，指责田苗弄坏了他们的东西。

想到这里，田苗更坚定了自己的脚步。她在雷雨声里辨别着哀号声的方向，小心翼翼地寻了过去。

那哀号声渐渐近了，田苗来到一处陷阱边。借着电光，她看到了陷阱里的一切……

"轰隆"一声巨响，一道惊雷让田苗从回忆中清醒过来，她急忙躲到了屋子里。暴雨瞬间倾泻而下，屋顶发出"吱吱"的声音，不多时就有水渗下来，落到床上和桌子上，田苗赶紧拿着盆去接渗下来的雨水。

她端着盆子，无意间看到床上那件妈妈织了一半的白色毛衣，眼泪差点儿再次掉下来。雨越下越大，屋里冷冷清清的。田苗淘完了米，在灶台里生起火，一边煮饭一边靠着灶台取暖。火苗在她眼前跳动不已，像那闪闪灭灭的回忆，她的脑海中频繁地闪过妈妈的面容，闪过某个白色的身影，闪过越来越多的事物。

吃完饭，田苗把屋内装满盆子的雨水泼到屋外。此时，电光、雷声隐去了，屋外的雨却没有停歇的意思。她站在屋檐下，看着大雨贯穿天地，不由得觉得凄凉。妈妈离开后的这几个月，她能寻求帮助的都试过了，可是没人再给她帮助。

接下来，她该怎么办呢？

田苗回到屋子，重新把盆子放好，再把床拖到不会渗水的地方，整理好床铺，早早地躺下了。

初秋的晚上，山里已经十分寒冷，一旦下雨，更冷得要命。田苗蜷缩在被窝里，伴着寒意慢慢睡去。恍惚中，她又梦见那年的场景……

那时，她藏身在一棵树上，远远地看着下方的陷阱。她以为那双眼睛不会发现她，可是，那双眼睛朝她望了过来。

隔着洋洋洒洒的尘雾，穿过好像近在咫尺又远在天涯的长久距离，田苗咬紧了嘴唇，抓紧树枝，却什么都没有做。她看了一眼那双眼睛里投来的捉摸不透的光与淡然，胸口剧痛不已。

这阵疼痛使睡梦中的田苗猛地惊醒，她坐起来看向窗外。不知何时雨停了，月光洒落下来，冰冷地照亮了大地和丛林。田苗喘着粗气，心中已经有了一个决定——

她决定再次找到那双眼睛。

田苗下了床，点着蜡烛。在摇曳的烛光里，她把屋里的东西收拾妥当，把那件妈妈织了一半的毛衣和剩下的钱塞进挎包。最后，她环顾这个生活了十几年的小小的家，再不留恋，"噗"的一声吹灭了蜡烛。

夜里的森林水雾弥漫，地上的积水在月光的照射下闪着银光。田苗走到林口，回头望去，只见远处的那栋小屋在月光的照耀下变成了一只蜷缩的小兽。更远处的山头依稀可见，与白日大不相同，那群山一层又一层，远远近近，泛着蓝白色的幽光。

田苗回过头，大步流星地朝山下走去。

辗转打听了半个月，田苗终于得到了一个重要的消息。她坐上车，赶往消息中提到的贸易市场。一路的颠簸让田苗又想起了妈妈。

田苗想起了妈妈去世前的不甘和嘱托，想起了妈妈卧病在床时眼神里的担忧，想起了妈妈还能下床时早出晚归做工累弯的腰，想起了很多个夜晚妈妈轻轻歌唱的声音……

她觉得妈妈临走的时候，那充满忧虑的眼神似乎想传达给她什么。

妈妈做完大手术后，田苗本以为她的病情会就此好转。可是，生活总喜欢开玩笑，没过多长时间，妈妈的病情再次恶化了。

妈妈的身体一直都不好，靠长年累月地吃药勉强维持。以前，田苗和妈妈一起坚持着，生活还算过得去。特别是那时，田苗收获了一个朋友，这个朋友给了她巨大的慰藉。两个孤零零的生命，在命运的沼泽里彼此陪伴。所以，即使妈妈卧病在床，田苗也没有绝望，敢于反抗生活和命运。

每天她都起得很早，因为她要先采了药卖给镇子里的药贩子，再去学校上课。上课的时候，田苗也不闲着，总会剥一些葵花籽和编几串手链来卖钱。放学后，她会去镇里的洗衣店洗衣服，做兼职赚钱。

可是后来，田苗那个唯一的朋友不在了，她失去了精神支柱，再也睡不了一个好觉，每晚都会梦到那双眼睛，然后惊醒，大口地喘气。

那是一双再熟悉不过的眼睛，却带着让她捉摸不透的光与淡然。每次想到这里，她都觉得无比内疚和心痛，常常捂着胸口默默流泪。

那时候，妈妈睡在另一张床上。很多时候，妈妈是醒着的。有次，她在黑暗里问："小苗，你怎么了？"

田苗屏住呼吸，压抑着抽泣声，小声说："有只虱子在咬我。"

妈妈忍着身上的疼痛，笑起来："捉到了就赶紧睡吧。"

田苗"嗯"了一声，在黑暗里，便沉默下来。

过了好一会儿，依旧没有睡着的妈妈哼起歌来——

我是一粒小苗啊，

我是一根小草啊，

我是一朵小花啊，

我是一棵小树啊，

……

此刻，看着窗外飞逝而过的景物，田苗又哼起了这首歌。

半天的车程之后，田苗终于到了目的地。与其说这是一个贸易市场，不如说是个乱糟糟的菜市场。

昨天，她碰到了一个男孩，收了她的钱后，男孩向她保证这里有一个买卖动物的贸易市场，看着男孩信誓旦旦的样子，田苗相信了。她一边回想一边继续往里走，眉头渐渐皱了起来。难道她被骗了？

眼前的摊位上出现大量的家禽和活鱼。走到最深处，她依旧没有见到想看的东西。就在田苗准备离开时，她注意到几个鬼鬼祟祟的人正抬着两个黑色的麻布袋子，沿着摊位边缘走到尽头，伸手朝前面那面墙推去。

看着那几个人在污迹斑驳的墙上推开了一道门，田苗一下愣住了。

那道门和墙面一样污迹斑驳，怪不得她之前没有发现。等那几个人钻进去后，田苗才小心翼翼地跟了过去。

轻轻推开那道门，腥臊的气味立即扑面而来。门后是一个宽敞的空间，数十人在一些铁笼边晃动。

看清了那些铁笼里关着的动物后，田苗的心中除了震惊，更有悲伤。

在那些锈迹斑斑的狭小笼子里，塞满了狐狸、猴子、鹦鹉和斑马……甚至有个笼子里装着一头巨大的狮子。

那头狮子实在太大了，在笼子里只能紧紧蜷缩着，唯一能活动的只有那双眼睛，可那双眼睛也一动不动，像一个死亡多时的雕塑。

田苗心中惶惶无主，小跑着开始寻找什么。她不知道得到的消息对不对，不知道能不能在这里找到它，她的朋友。

她跑到一个角落，停了下来，一抹熟悉的白色出现在眼前。

田苗不止一次想象和它再见时的场景，不止一次地想象它会是什么样子，可不论她想了多少遍，都想不到它会变成这样。

田苗浑身颤抖，几乎跌跌撞撞地朝它走去。它就立在那逼仄的笼内，隔着道道铁柱，黯然地向她望来。

那是一匹白狼，它身上脏兮兮的白毛贴在瘦削的骨架上，三条腿孤零零地立在那儿，爪子破损严重，嘴唇和脸上已有数道深深的疤痕。

田苗不敢相信是它，但又无比确定是它。可能是因为它的眼神中充满了悲凉和绝望，像一汪死寂的水，陌生得令她害怕。

田苗趴在笼边，哽咽着喊："小白……"

它的目光幽幽地落了过来，落到了田苗身上，却似乎穿透了她，看向那寂静的命运。

田苗再次喊"小白"的时候，身后传来一阵鸣笛声。一辆小推车开了过来，一个男人喊："让开一下！"

小推车停在铁笼边，那个男人下了车，用绳索将笼子固定在推车上。

田苗这才意识到不妙，忙问："你要干什么？"

男人粗声说："这只狼，有人买了。"

田苗措手不及，不知如何是好，急着喊："我要买！别人出多少钱，我就出多少钱！"

"你不要跟我说，跟买它的人说吧。"男人呵呵一笑。

"是谁买的？"田苗摸着挎包，其实她早就没钱了。

男人站在车上，用下巴一点，道："他们。"

田苗循着方向看去，正有两个人朝这里走来。那是一个戴牛仔帽的男人和一个眉目俊朗的男孩。男孩的脚有些跛，朝田苗狐疑地望过来，微微朝戴帽子的男人身后躲了躲。

等两个人走近了，小推车上的男人打趣着说："这小姑娘也看中了这只狼，还说要买下来。"

男孩一听，略有敌意地站出来，对田苗说："这是我们先买的！"

戴帽子的男人拍了拍男孩的肩膀，笑着打量着田苗："不好意思啊，这只狼我们已经买下来了，你或许可以看看别的狼。"

说完，意识到田苗只有一个人，好心地问："你没和大人一块儿？"

田苗面对着这冷静却充满善意的男人，不知如何回答。她因为那句"你没和大人一块儿吗"而神伤，愣怔地退到一旁，落寞又无助地看着他

们带着小白远去了，它就要彻底远离她的视线了。

她不能就这样放弃！

想到这里，田苗跟了出去。白狼随着那小小的笼子一块儿，被放到了一辆大卡车上。

那辆卡车似乎有些年头了，"吭哧吭哧"地发动起来，像一个气喘吁吁的老头。卡车绕了一个弯从田苗面前行过，田苗看到了车尾处画着五颜六色的气球，气球上写着五个大字——小小马戏团。

卡车慢慢驶向公路，田苗本来生怕自己追不上车子，可没过多久，她就松了一口气。那辆卡车实在是太老太破了。当然，也可能是开车的人怕开快了颠簸，反正那四个轮子缓慢地、疲惫不堪地转动着，沿着那漫长的光阴，一圈一圈地往前走，田苗很顺利地就跟了上去。

车子没开多远，在歪歪扭扭地转了几个弯后，停了下来。

田苗藏在后方的一处拐角，朝前望去。面前是一个废弃的游乐园，在那红锈遍布的园子内，有一大一小两顶帐篷。大帐篷上挂着同样的一行字——小小马戏团。

田苗紧紧盯着那两个身影，他们从车里跳出来，打开车厢把装着白狼的铁笼搬了下来。笼子里的白狼被搬得晃来晃去，最后他们把笼子抬进了稍小的帐篷中。

田苗心里越发着急，可是不知道该怎么办。就算她现在有足够的钱，他们也不会把白狼卖给她的，更何况她没有。

她远远地、焦灼地注视着。她以为白狼不会发现她，可它还是看了过来，用那死寂的目光，轻轻地掠过。

两年前，它发现了她，远远地望过来。如今，它同样发现了她，远远地望过来。

田苗收回目光，靠在拐角，紧紧捂住了自己的胸口。

"不能再继续下去了。"田苗对自己说，"决不能再继续下去了。"

田苗不敢远去，爬上了一棵树，忐忑地看向帐篷。她很怕一离开，就再也见不到白狼了。

夜幕降临后，帐篷里亮起了几盏灯，弱弱地驱散着无处不在的黑暗。

她看不到帐篷里的一切，只远远听到那小帐篷里发出的"哧哧"声。

这不是狼所能发出的声音！田苗越想，心里就越是忐忑。

等得田苗饿得胃里开始冒酸水的时候，那个男人才从帐篷里走出来，开着卡车出去了。

田苗精神一振，待卡车走远，立即爬下树，朝那小帐篷里溜去。她小心翼翼地走近了，便更清晰地听到了那"哧哧"声，那声音时快时慢，像来来去去的闷雷。田苗听得胆战心惊，来到帐篷门口，掀起一角朝里看去。

微弱的灯光下，一边的角落里是被锁在笼子里的白狼，一边是一匹鼻息粗重的灰马，以及一只眼神昏花的黑羊。

田苗微微松了口气，又犹豫着回头看了看旁边的大帐篷，她知道那个男孩在里面。现在，她只有直接溜进去，把白狼救出来。她不再犹豫，整个人钻进了小帐篷。

瞬间，她的出现引起了一阵骚动。

那匹灰马惊叫着跳了起来，但没跳几下就停了下来，气喘吁吁地注视着田苗，它跳了一下就疲倦地倚了倚身旁的木桩。至于那只黑羊，自始至终都没有动一下。

田苗对于它们的反应有些意外，她不知道那个男孩有没有被灰马的动静惊动，但她必须尽快。

她来到白狼的笼子前，拽了拽那笼门上的锁链，看了看四周，捡起压着帐篷一角的砖头，就朝锁上砸去。

砖头落到锁头上，发出一阵刺耳的声响，田苗的手掌被震得发麻。但她咬着牙，不管不顾，继续狠狠地砸着。那铁锁"惨叫"着被砸得变了形，终于在最后一道"哀号"中，"啪"的一声，铁锁断成了两截。

田苗丢掉砖头，伸手就去开笼门。

"你在干什么？"

田苗的身后传来一道暴喝，她回头看去，敞开的帐篷门口，男孩正站在那里，身子微斜，他的下半身隐在黑暗里，唯有面容在灯光下闪耀。此刻，他的眉毛拧在了一起，黑黑的、粗粗的，像两把刀子，眼神里涌动着倔强与气愤。

田苗没有停手，反而加快了打开笼门的动作。

男孩认出了田苗，冲过去抓住了她的手臂，喝道："你这小偷！"

田苗拼命挣扎起来，男孩丝毫不松手。

就在两个人互相推搡的时候，帐篷外面又响起老卡车"吭哧吭哧"的声音。

田苗心里一急，张开嘴就向男孩的手上咬去。靠近男孩的瞬间，一股皂角的味道悠悠传来，那味道虽然很淡，但是香香的，这让田苗的脸一下子发烫起来。

田苗犹豫着，为了逃走，还是一狠心朝男孩的胳膊上咬去。

男孩本打算死也不松手的，可当他感到田苗急速地靠近，还是呼吸一窒，急忙丢开了田苗的手臂。

田苗略有歉意地看了男孩一眼，继续去拽笼门。

男孩再次挡在了田苗的身前，怒视着她，涨红着脸喊："爸，快来，有小偷！"

田苗再也无法待下去了，她深深地看了眼笼子里的白狼，趁机逃走。

田苗远远地逃开了，一直逃到喧闹的街上，逃进拥挤的人群里。

层层叠叠冷漠的人影让她有种发自心底的恐惧，她退到街角的黑暗里小声啜泣着。良久，她擦干眼泪，去旁边的小摊上买了两个鸡蛋饼。吃饱之后，她决定继续找机会救出白狼。

深夜，田苗找到一间马戏团旁废弃的屋子睡下了。外面没有一丝光亮，甚至连月光也没有。而在田苗蔓延无边的黑暗回忆中，只有白天那帐篷里有一抹浅浅的光，散发着温暖。田苗蜷缩着抱紧了挎包，抱紧了包里妈妈织了一半的毛衣。她觉得有些温暖，渐渐沉入梦乡……

梦境在继续，在铺天盖地的雨幕里，闪电掠过一道刺眼的光，田苗看清了陷阱里的一切，也看到了怪声的来源。

陷阱中有一只白狼。

白狼躺在陷阱中央，气息奄奄，它的背脊和面部已经被倒插的竹刺划开了两道血淋淋的伤口。陷阱里的暗红色积水越积越高，开始淹没住白狼的口鼻。

白狼微仰着头，避开汹涌的暗流，绝望地看了一眼陷阱边的田苗，就再无力气，头一垂，"咕噜噜"地沉没在积水中。

田苗丢掉竹筐，溜着边跳入陷阱，她在浑水里准确地摸到几根竹刺，拔了出来，然后往前又走了两步，摸到了白狼冰冷的身体。她使出浑身力气，将白狼重新拉出水面。

白狼呛着水，嘴巴微张，坠落的雨滴在它两排雪白的牙齿上迸溅，溅落到田苗的脸上。田苗拖着白狼来到陷阱的边缘，却怎么都爬不上去。后来，陷阱里的水越来越多，田苗借着浮力，才终于带着白狼逃离了这吞噬生命的巨口……

"嘟嘟——"田苗的梦被一阵刺耳的喇叭声打断，她朝马戏团的帐篷处望去。

前方的帐篷已经不见了，只有一辆即将出发的卡车。田苗心中一惊，挎上包，匆匆跑了出去。

那辆车装得满满当当的，车厢外的外挂和车顶上放满了东西，发动起来后，像极了一只步履蹒跚的蜗牛。田苗躲在倒车镜的视线夹角里追着。后来，车子行驶起来，田苗一咬牙，拽着捆扎包裹的绳子，跳上了车尾。

车子缓缓驶出公园大门的时候，田苗甚至为它捏了一把汗，生怕它会卡在那儿。

车子终于摇摇晃晃地驶出了这座城市，驶进了漫无边际的稻田里，最终停在了一个临路的小镇边。

田苗从车上跳下来的时候，腿和手臂都已经麻了。但她还是强忍着疼痛，在那对父子下来之前，藏到了路边的林子里。

只见那对父子把车上的包裹卸下又打开，在空地上再次搭建了两个帐篷，接着把一些板凳、折叠床、衣物，还有很多稀奇古怪的道具一一搬进帐篷。

男孩将灰马和黑羊牵进帐篷后，回到车门前去看白狼。田苗躲在暗处，看着男孩立在那里，肩膀一高一矮，温柔地注视着车内的白狼。

借着光线，田苗第一次看清了男孩的脸庞。那男孩看起来和她年龄差不多大，可是已经长得很高了。他厚厚的外套下穿着洁白的衬衫，修长的脖子在衣领间时隐时现。男孩的侧脸消瘦却倔强地上扬，鼻子有些挺立，饱满的额头落着光，眉弓微耸，眼角似乎闪着哀怨和难过的光芒。

有一瞬间，她似乎看到了男孩眼中深深的情感，忽地怅然若失起来。她使劲甩了甩脑袋，脑后的辫子也跟着甩动，长长的辫子甩到了树枝上，缠上了蜘蛛网，田苗懊恼地拨开，继续看向那对父子。

男孩和他爸爸没有歇息，而是开始布置场地。他们先在帐篷前搭了个宽敞的台子，扯了一张红色的幕布，然后吹了无数的气球装饰在四周。到了傍晚，男孩爸爸扮成了一只大熊人偶，拿着一面铜锣开始敲起来。

"哟呵呵！大伙快来，大家快看！"

"哟呵呵！小小马戏团今晚开演！"

本来，他们的出现就引来了很多孩子的围观，这一敲锣打鼓，镇子里便有更多的人围了过来。暮色里，"大熊"在后台换成了小丑的衣服，伴随着欢快的音乐，蹦蹦跳跳地拉开了表演的序幕……

男孩藏在幕后的阴影里，穿着一件滑稽的服装，戴着猴脸的面具。他双手拿着未点燃的三个火把，似乎随时准备上台。而更引人注目的是，他身后那身披盔甲威风凛凛的灰马和系着蝴蝶结昂首挺胸的黑羊。此刻，它们再无之前的疲倦与衰老之感，而是目光炯炯地朝前望着，好似身体里充满了某种力量，某种田苗陌生却又熟悉的力量。

田苗看了男孩好一会儿，才慢慢朝白狼所在的帐篷摸去。

进了帐篷，她一眼就看到了白狼。它依旧在笼子里，但是笼子里铺上了一层毛毯，食槽里的水加满了，里面的鸡肉也是新鲜的。

白狼的毛发看起来被清理过了，没有了灰尘和泥土，柔柔顺顺地贴在身上。它躺在那儿，准确地说是趴在那儿，头搁在自己其中的一只前爪上，目光落在笼前的地面上。

田苗走近了，才发现它在看着一群蚂蚁搬秋天里死去的蚂蚱回穴。

她喊："小白。"

白狼抬头看了她一眼，便继续去看蚂蚱。

田苗说："别担心，我会救你出来的。"

田苗的话像是在对白狼说，又像是对自己说，田苗总觉得小白不一样了。是啊，白狼确实不一样了，哪里都不一样了。她越回想，心里越悔恨，越看着它，越想到那些灿烂的日子，想到那时相互依靠的日子，想到妈妈还在的日子，想到妈妈那次问她那些救命钱是从哪儿来的……

那时，妈妈紧紧抓着她的手问："小苗，这钱是哪儿来的？"

田苗低下头，回答："一个朋友……给我的。"

妈妈的目光忧虑而深远，似乎看透了田苗的内心。田苗躲到屋外，再回头望去，妈妈始终没有移开视线，只是窝在床上流着眼泪望着她。

田苗看着眼前的白狼，回忆着过往的种种，不觉要掉下眼泪。但她忍住了，她要赶快把小白救走，要寻找打开锁链的办法。

此刻的笼门上有整整三道锁。

她该怎么打开这些锁呢？她翻遍了帐篷，都没有找到钥匙，她又去那对父子的车里找，找到的只有车厢的钥匙。田苗不死心，无意间往表演场地看过去，清晰地看到指挥灰马跳跃单杠的男孩爸爸腰间正挂着一串钥匙。她无论如何也不能跑上去抢钥匙，那样不会成功的。

田苗思考了一会儿，重新回到了帐篷里。她挽起袖子，攥住笼子拼命往外拖。既然不能打开笼子，只能连笼子一起带走了。

铁笼的重量超乎田苗的想象，她使出了全力，那铁笼竟没有动一下。她调整姿势，双手紧握铁棍，身子后倾，用全身的力量去拽，才使得笼子晃动了一下。与此同时，帐篷外也响起一阵"叮叮当当"的声音，田苗焦急起来。慌乱中，她顺势藏到了一堆杂物后。

一个人走进帐篷，脚步一重一轻，搁下了什么后，忽然再无声音。

田苗正纳闷，只听男孩的声音响起，他一边朝外跑一边喊："爸，有人翻过我们的家了！"

田苗知道大事不妙，急忙从杂物堆后冲出。

她知道，这次她必须得把白狼救走。第一次，她失败了，如果这次再失败，她可能就再也没机会救它了！她拖不动那沉重的笼子，就拿起一旁桌子上的铁锤朝锁砸去。一时间火星迸溅！

没等田苗砸开第一个锁，男孩就回来了，惊愕地喊："怎么又是你？"

田苗丢掉锤子就要逃，却被男孩堵在了帐篷的门口。

她与他僵持着，直到又一个声音响起："这到底是怎么回事？"

田苗窘迫得甚至想要找个地洞钻进去，她深深地低下了头，眼泪大滴大滴地掉下来。

见到这一幕，男孩有些慌了，但他依旧满怀愤怒地说："你这个小偷，我要把你送到警察局去！"

男孩的爸爸说："赛福，你先去看下场子，这里我来处理。"

男孩不甘地点了点头。等男孩走了，男孩的爸爸搬来一个板凳，放好，对田苗说："你过来。"

田苗抹着眼泪走过去，坐在板凳上，依旧低着头。

男孩的爸爸倒了杯水递过去，道："喝水。"

田苗接过水杯，却不打算喝，只是默默地端着。

"你叫什么名字？几岁了？"男孩爸爸细细地打量着她。

田苗抽了抽鼻子："田苗，十四岁……"

"之前赛福说有个女孩要偷走白狼，是你吧？"男孩爸爸微笑着说，"你之前说要买下这只狼，现在又两次来偷，为什么想要这只狼呢？"

他看向了白狼。白狼在笼子里静静地趴着，似乎一切都与它无关。

田苗坐在板凳上，眼泪依旧不停地掉，却什么都没说。

男孩爸爸皱了皱眉头，继续问："你要偷走它，不怕它伤害你吗？那可是一只狼啊，它的牙齿轻易就能咬断你的手臂。你执拗地要得到它到底是为什么？你年龄这么小……你住哪里？怎么一个人？家人呢？"

田苗握着杯子的手颤抖起来，这些话句句戳着田苗的心，她抬起脸来，泪眼汪汪地看向坐在面前目光深邃的男人，后者的眼神里没有愤怒和责备，有的只是深邃的思索和探询。

她在他的目光里节节败退，退到心中的角落，再无处可退，她紧紧守着心中最深的隐秘，说："对不起……我知道……你们肯定不会把它卖给我的……所以我只能……只能……对不起……真的对不起……"

田苗知道她所犯的错不是几句对不起就可以抵消的，所以她把杯子搁在桌子上，从包里翻出一个布袋子，递给男人："这是我仅剩的钱了，我把它们都给你。我知道我不该请求你们把白狼给我，可是我还是想要带走它……或者需要什么样的条件，只要我能做到的，我都可以答应……"

男人看着田苗，微微叹了口气："你不想告诉我也没关系，等我跟你家里联系之后再说吧。"

田苗失神地说："我家里，只有我一个。"

男人不解地看着她，好一会儿才明白了这句话的含义。他有些自责地说："那你为什么想要带走它？可以告诉我吗？"

田苗侧过脸去看白狼，目光温柔："我想带它离开这里。"

"然后去哪里呢？"男人问。

"去森林。"田苗坚定地回过头，目光闪烁地看着他，"叔叔，我真的想带走它，您可以把它卖给我吗？不论多少钱，我以后都可以还给您。"

男人看向白狼，说："不是钱的问题，你自己看看它吧，你难道还没有发现吗？它已经再也回不到森林了。"

田苗不懂他的意思，重新看向白狼。小白就在那儿，可是在那儿的，真的还是白狼吗？

这不是田苗第一次有这样的感觉，但这是她第一次在外人的提醒下，以一种有别于之前的角度去面对这个现实，她意识到这是一个严重的问题，像一个黑洞，望一眼都令她窒息。

她从凳子上站了起来，无措地朝后退去几步。

"既然你想带走它，我可以为你打开笼门，但是如果它不跟你离开，你就要放弃，可以吗？"男人从腰间摘下钥匙，走到铁笼前，将笼门敞开。

就在这时，赛福从外面回来，看到这一幕，急忙跑来要阻止爸爸。男人拦住了他，对他摇摇头，让他不要说话。赛福不知道发生了什么，立在那儿，本就很白的脸变得更加苍白，气恼又难过地看着田苗走向白狼。

田苗喊："小白，跟我走吧。"

白狼只是看着她。

田苗再喊："小白，跟我走吧，我带你回家。"

白狼只是看着她。

悬赏令

萨摩耶犬

体貌特征：爱笑的白色胖子
危险技能："微笑"杀
江湖传闻：剃毛之前的萨摩耶也曾是个二百斤的胖子。

悬赏金：¥10,000,000

只要我吃得够快，
体重就追不上我！

田苗第三次喊"小白"的时候，已经声泪俱下了。

这一刻，田苗清清楚楚地知道了，此刻的她与它已是陌路。

四

冬天来临前的最后一个秋日，田苗将晾晒好的干草装进纸箱里的时候，赛福就站在帐篷边看着她，他无法理解爸爸为什么让田苗留了下来。

那天，在白狼没有选择跟田苗走后，田苗并没有离开，她恳求能在小小马戏团工作，以弥补给他们带来的困扰。当时，赛福表示了强烈的反对，但爸爸赛德在得知田苗无依无靠之后，考虑良久，最终同意了。

"赛福，过来搭把手，我们把帐篷收了吧。"爸爸赛德蹲在地上，掀起帐篷的一角喊。

赛福等了好一会儿才走过去，和爸爸收帐篷的过程中，他一直耷拉着脸，直到现在，还在生爸爸和田苗的气。

"她什么时候离开我们家啊？"赛福喃喃道。

赛德被问住了，兀自整理着东西，过了好一会儿才说："她帮得上很多忙啊。现在我们剩下北风和咩咩，又有了白狼，肯定忙不过来。她能留下来帮助我们，也是一件很好的事，不是吗？"

听爸爸这样说，赛福心里有些好受了，但还是耿耿于怀。

当初田苗是要免费工作的，可是赛德不同意，他答应每月给田苗一笔不菲的工钱。其实，现在小小马戏团的情况很糟糕，财务方面早已捉襟见肘，濒临倒闭。

以前，灰马北风和黑羊咩咩还年轻力壮，除了它俩，小小马戏团还有一条狗、一只猫、一只鸽子和一只仓鼠，赛福、赛德和它们有精力做更多场演出。可是这几年，其他成员相继死去，北风和咩咩也开始衰老，经常体力不支，更多的时候，它们需要被照顾，而不是参与演出。加上观众们越来越喜新厌旧，小小马戏团的生计一度陷入僵局。若不是赛福和赛德宁愿透支存款也要坚持下去，小小马戏团早就支撑不下去了。

赛福和赛德之所以创建小小马戏团并坚持到现在，是为了纪念赛福的妈妈。那时赛福一家三口住在遥远的地方，赛福的妈妈喜欢收留流浪动物，对任何生命都满怀怜悯。

这个世界太残酷，太黑暗了。赛福的妈妈总是说："如果世界上多一些温暖的人，多一些柔软的事物，就好了。"

这个柔软的女人，在一场车祸里离开了她深爱着的人和深爱着的世界。她曾经有个梦想，一个从未说出口却悄悄写在纸上的梦想。她在抽屉里的本子上写道：多想有一天，我可以和你们一起走遍世界的角落。

后来，赛德看到了这个笔记本，看到这篇倾注了心事与希望的日记，就去做了一个知名马戏团的助手，多年后和赛福一起创建了小小马戏团。

他们收留的流浪动物便成了小小马戏团的成员，小小马戏团成了他们共同的家，从此，一辆满载梦想与爱的卡车行驶在大街小巷，驶向更远的地方……

再后来，就到了如今的境地。

当然，这些只是一个方面。田苗作为一个外人，成为小小马戏团的一员，并不是赛福真正耿耿于怀的地方。他耿耿于怀的是田苗的目的不仅限于在这里工作。赛福知道田苗对于白狼仍不死心，知道她肯定会做出什么事情，带走白狼。

虽然赛福不知道田苗和白狼之间发生过什么故事，但他有种感觉，白狼之所以变成如今这样，肯定跟她脱不了干系。

一个让别的生命变得如此灰暗的人，凭什么值得他相信？他时刻记得妈妈对待生命的态度，只有那样温柔相待万物的人才是值得相信的人啊！

赛福很喜欢白狼，是发自内心的喜欢，他看到它的第一眼就喜欢上它了。这种喜欢不仅仅是单纯的开心，更有一种难言的、痛心的喜欢，他从它身上看到了一抹深刻的绝望。

那天在贸易市场看到白狼的目光，他不由得想到了自己，想到自己小时候也曾如此绝望过，他就再也走不开了。那场车祸过后，妈妈的离去和腿上落下的疾患让他跌入深渊，是爸爸和动物们的陪伴让他重新爬出来。所以那天，他央求爸爸买下白狼，即使白狼是卖家口中所说的"几乎不能表演的废物"，他还是央求爸爸去买。他极少去做这样任性的事，爸爸最终答应了他。

赛福和赛德把帐篷塞进箱子后，赛福又去找白狼了。

在赛福的悉心照料下，这些日子，白狼的体重增加了，不再像之前那般瘦骨嶙峋。白狼的一些伤也都痊愈了，只是翻开它的毛发，那些细密的疤痕依旧可怖。

赛福抚摸着白狼，从白狼的头顶开始抚摸，沿着背脊一路抚到尾巴。他感受着那一道优美却沧桑的起伏，忍不住把脸埋进它的毛发里。

此时，白狼没有被他们关在笼子里，也没有被锁链拴起来。它毫无束缚地立在那儿，依旧是那样的眼神，空荡荡的，不知道在看些什么。

它在赛福的抚摸中无动于衷，后来，赛福把脸埋进它的胸口，双臂交织着抱住它的身体，它的眼神忽然从茫茫无尽的白雾里收了回来，慢慢落到了双脚下。田苗抱着纸箱经过帐篷门口的时候，看到了这一幕。她长久地看着，却没有走近。

赛福答应田苗留下来的唯一条件，就是不能接触白狼。可是田苗留下来的目的，很大一部分是因为白狼。

白狼已经和她成了陌路，她究竟想要怎么样，想让白狼重返森林吗？不，白狼看起来再也不是以前的白狼了，回不去森林了。那她想要白狼干什么呢？田苗知道，自己只是想要白狼好起来，可是怎样才算是"好"？田苗惆怅地抱着纸箱走向别处，边走边思索着。

进入小小马戏团之后，田苗把长辫子剪短了。现在，她的头发自然地垂在肩头，随着走动上上下下地晃动着，风一吹，就有几缕发丝飞扬着遮住了她的视线，她的眼前再次模糊了。

冬天第一场雪落下的时候，小小马戏团正在赶往另一个镇子的路上。

四周白茫茫一片，天地间似乎只剩下了白色。三个人从车里出来，忍不住拥抱这少见的雪。后来，三个人把灰马北风、黑羊咩咩和白狼也放了出来。簌簌的雪啊，就在六个生命的眼前，簌簌地落着。

三个人在雪里跑着跳着，后来打起了雪仗。北风和黑羊依偎在一起取暖，而远远站在一旁的白狼，正仰头看天，不知何故，蓦然发出一声悲怆的嗥叫。

这嗥叫声喑哑无光，似乎像胶着的铁链，斑驳漫长地回荡在悠扬的落雪里。后来，雪越来越大，白狼的身影渐渐不见了。

三个人忙去找，却发现原来白狼还在那里，只是和雪的白融为了一体。赛福飞奔过去，紧紧抱着白狼，良久才松开。

雪太大了，车子已经行进不了了。于是，赛德就在旁边找了个落脚的地方，支起了一顶帐篷。

烧火煮饭的时候，三个人围着火堆忙活，北风、咩咩和白狼就在帐篷的一角安静地卧着。田苗在锅里煎馅饼，赛德切土豆，赛福无所事事，抱着膝看着他们。

赛德趴在田苗的锅前，深深地嗅了嗅味道，称赞道："真香啊，小福，你一会儿可以吃几个馅饼？"

赛福早就饿了，肚子"咕咕"地叫着。他看了看田苗手中的馅饼，又转过头去看白狼，红着脸说："谁要吃她做的馅饼啊，肯定难吃死了。"

赛德问："那你不吃？"

赛福撇撇嘴，倔强道："不吃。"

"一会儿烤土豆给你吃，我们吃馅饼。"赛德边说边冲田苗眨眨眼睛。

赛福不再说话，只是枕着手臂，偏着头看白狼，白狼也在看着他。

白狼优雅地趴在地面上，两只前肢交叉着搁在地上，头部轻轻地抬起来，耳朵时不时抖动一下，黑色的眼睛里闪动着一簇火苗。注视久了，赛福以为它的眼睛里真的有一簇火苗，他惊讶地再细看，深深地看，发现那抹火苗只是篝火的影子。他想抽回目光的时候，再次发现了令他振奋的东西，他在那眼睛里看到了自己的身影，小小的，像一粒青色的种子，于是赛福笑起来。

那眼睛里的身影，隐隐约约也笑了起来。

那晚赛福食言了，他一连吃了好几个馅饼，田苗忙着又给他们加了几份。吃饱喝足后，三个人围着篝火，都沉默了。

一旁的北风猛烈地吐着鼻息，灰马有些困倦地垂着头，黑羊开始反刍，牙齿有节奏地摩擦着，白狼则远远地望着火焰。

赛福把脑袋枕在手臂上，越过火焰偷偷去看田苗。他恰巧迎上了田苗的目光，急忙偏移了视线，假装看向篝火。田苗笑了一下，目光也落到了篝火里。后来，她隔着篝火望向了白狼。在"噼啪噼啪"的柴火燃烧声中，田苗哼起那首妈妈唱的歌，哼起了那首她曾经唱给白狼的歌……

我是一粒小苗啊，

我是一根小草啊，

我是一朵小花啊，

我是一棵小树啊，

……

赛福和白狼眼中都有一种让田苗说不清的光芒。

两天后，雪化了。卡车终于抵达一个地图上颇为繁荣的小镇。三个人休整一番，清理了一片空地，搭起了台子。

舞台搭建好后，赛福和赛德去整理表演的道具，田苗开始用清理出来的雪堆雪人。

等赛福和赛德准备好，田苗已经堆起了一个"白狼"的雪雕出来。只是这个"白狼"看上去一点儿也不威严。它有着大大的脑袋和眼睛，以及短小的身子和粗粗的腿，脖子上还戴着田苗的红围巾。

赛德忍不住笑了，他也拿起铲子堆起雪人。赛福对田苗的雪雕很不服气，他心中完美的白狼怎么会是这个样子？于是，赛福也堆了一个"白狼"。不得不说，那雪雕形态像极了一只狼，立在那儿仰天长啸。

台子下，三个形态各异的"白狼"和台子上小小马戏团的欢声笑语吸引了很多孩子前来。很快，下一场小小马戏团的表演就开始了。

这次，赛德扮成了牧羊人，赛福穿着毛茸茸的衣服，双手双脚着地，扮成了一只狼，一只白狼。至于田苗，也穿着戏服上台表演了，她身披仿制的野猪皮，戴着羽毛面具，手拿一张弓箭，扮成了一个猎人。

有了白狼和田苗的加入，小小马戏团终于可以做剧场演出了。

舞台上，一场精彩的表演开始了。牧羊人赛德挥舞着鞭子赶羊，穿着小西服打着领结的黑羊，像一位优雅的绅士一样往前走。就在这时，"白狼"猛地跳出来，"啊呜啊呜"就要吃掉黑羊。黑羊优哉游哉地朝牧羊人"咩咩"叫唤，似乎在说："快点儿把这个坏人赶走，不然别想要工钱了！"

牧羊人大呼小叫地去赶"白狼"，张牙舞爪的"白狼"和他僵持在一起。就在这时，一道箭矢射了过来！那箭矢一下打在了"白狼"的身上，"白狼"哀号一声，倒在地上。猎人从幕后出现，直奔"白狼"而去。

牧羊人愣住了，黑羊也愣住了。

就在猎人即将把奄奄一息的"白狼"带走的时候，黑羊咩咩朝后面叫起来。"呼啦"一声，一匹身穿战甲的马跃了出来，跑到了牧羊人身边。接着，牧羊人身子伏地，黑羊就踩着牧羊人的身子站到了马背上。马带着黑羊奔驰在场上，踩得木台子"轰隆隆"地响。它们朝猎人撞去，猎人丢掉弓箭落荒而逃……

突然，台上灯光全无。围得密不透风的大人和孩子们，看着台上一幕幕精彩的表演。观众一开始哈哈大笑，接着心神紧绷，后来屏住呼吸，直到突如其来的黑暗让人群一下沸腾起来。

就在观众们惴惴不安之时，场上骤然又亮起一束灯光，却是落在场上的白狼身上。

那白狼趴在那儿，黑色的瞳孔在强光下，流转着冷厉的光。人群突然安静了下来，却又爆发出更大的轰动。

那是一只真真正正的狼！

五

站在台下阴影里的田苗，脱掉了身上的猎人衣服，痴痴地望着这一幕。赛福兴高采烈地走了过来，情不自禁地挥起手就要和田苗击掌。田苗愣了愣，赛福也愣了愣。

他的手停在了半空，又有些窘迫地收回去，丢下一句"演出太棒了"，就逃开了。赛福穿着厚厚的白狼布偶服，逃起来跌跌撞撞，一连撞倒了好几个表演道具。田苗忍不住偷乐了一下。

这场演出确实非常成功。

晚上吃饭的时候，赛德给赛福和田苗各盛了一大碗饭，笑着说："又找到了几年前表演的感觉，真好。我们小小马戏团再次热闹起来了！"

小小马戏团在这个镇子表演了三场。三个人收拾行囊去往下一个镇子的时候，镇子里的很多孩子都在车尾恋恋不舍地追着。三个人在倒车镜里看着车后大大小小的孩子，都有些伤感。卡车行了一阵，又停了下来。

赛德从窗户里探出头，朝着后面的一大群孩子喊："我们还会回来的！"

小小马戏团确实热闹了起来，更多的表演组合，更有感染力的表演形式，还有令观众过目不忘的白狼。

其实白狼一直都不算表演，因为它不愿表演。它就是因为不愿表演，才在曾经的马戏团里受到折磨和鞭打，被打断了腿，当垃圾卖到贸易市场处理的。

赛德做过很多的尝试，可是白狼对于他们的引领和指示丝毫不闻，即使是悉心照料它的赛福让它去做一些动作，它也不做。它似乎从来不会表演，它生来就不是用来表演的啊！

后来，赛福也不想它去做什么表演了，只想它能开心一点儿。

可是小小马戏团要继续走下去，就必须想方设法地吸引观众。于是，赛福和赛德就尝试着以这种形式来演出，让白狼作为底牌出场。也就是因为这样留白的演出和点到为止的出场方式，才越发勾起了观众的好奇和欲望，与观众进行内心的交流。

寒冬就要离去的时候，小小马戏团的名声就在周边的地区传遍了。

大家都知道小小马戏团，知道小小马戏团里有一只白狼。很多人都期待着小小马戏团的到来，期待着见到那只传说中的白狼。

小小马戏团的名声从来没有这样响亮过，甚至很多人慕名追赶着小小马戏团。每当小小马戏团去往另一个村子或者镇子演出，这些人也跟着过去，而当小小马戏团离开，他们也跟着离开。慢慢地，他们感兴趣的似乎不是演出，而是白狼本身。

赛德觉得这是一种隐患。他和赛福、田苗商量之后，减少了白狼出场的次数，甚至慢慢地不再让白狼参与演出了。

可是，观众们对于白狼的好奇和期望不仅没有减退，反而更加旺盛。

早春，当一伙蓄谋良久的人拿着相机冲入帐篷，对着白狼一阵乱拍后，赛德才意识到这个重大的问题。那天，他赶走了那伙人，和赛福、田苗急匆匆地收拾行囊就开车离开了。

没几天，当地的报纸上就出现了一则报道，那是一条关于小小马戏团和白狼的报道。赛德看到报道后，跟赛福和田苗郑重地说："这段时间，我们休息休息，不做演出了。"

他刚说罢，就有人"咚咚"地敲着车门。

田苗坐在车门边，打开了门，一个衣冠楚楚的中年人站在外面。

中年人朝里望了望，笑着看向赛德："赛德老弟，好久不见啊。"

"是你!"赛德皱了皱眉，打开车门，走了下去。

两个人走到别处，不知道在说些什么。可没一会儿，赛德就回来了，上了车发动起车子。

赛福惊讶地说："我们今天不是要在这里演出吗?"

赛德瞅了眼车窗外站在远处微笑着的中年人，说："我们去别处。"

赛福忍不住追问："爸，那个人是谁，找你什么事?"

赛德罕见地点了一根烟，抽了一口，又狠狠地捻灭："没想到白狼原来是来自大大马戏团的。这世界上的事真巧啊，他们把白狼当废物一样丢弃，而我们又买下了白狼，也因此再次恢复了人气。白狼的身价现在在马戏团的黑市里，高得不得了。所以大大马戏团的人，要找我买回白狼。"

"买回白狼?"赛福和田苗同时惊叫了起来，担忧地互相看了一眼。

这段日子，田苗已经了解到大大马戏团的很多事。大大马戏团是这一地区首屈一指的马戏团。规模宏大，动物演员数不胜数，远不是小小马戏团可比的。几年前，逐渐顺风顺水的小小马戏团，就是被大大马戏团和其他马戏团打压下去的。

小小马戏团一直是以动物为主导，按照动物的意志来演出，用温暖感化动物，而不是靠逼迫和施虐来驯服它们。这个理念在当时的马戏界引起了不小的轰动，因为绝大多数的动物表演都是建立在鞭打之上的。

随着小小马戏团越来越受欢迎，这个温柔的理念在观众心中扎根，其他马戏团坐不住了，特别是为首的大大马戏团。于是，它们联合起来，对小小马戏团进行打压，除了派人骚扰演出现场、散布谣言之外，还千方百计地阻断小小马戏团的发展之路。在无法获得资源的状态下，小小马戏团一度萎靡不振，后来，就彻底翻不出水花了。

赛德为此拼命努力，可是在巨大的势力面前，他一次次失败，只能带着小小马戏团四处奔走。直到现在，小小马戏团再次归来。

赛德冷笑了一声："我是不会把白狼卖给他们的。动物在他们那里，只有被虐待的份儿。"

听着赛德和赛福交谈，田苗看向车窗外。疾驰而过的灌木林中似乎有一道白影疾驰而过。田苗揉了揉眼睛，灌木林中已经什么都没有了。

田苗回头透过玻璃窗看向后面的车厢，颠簸的车厢里，三条腿的白狼也在看着她。她不敢再看了，又转过头来。这两年来，白狼究竟受到了怎样的虐待？究竟遭遇了多少黑暗，才会变成如今的模样？

田苗看着前方太阳已迟暮，半坠在山腰之间，泛着蒙蒙的记忆一般的辉光。她又想起许久不曾回想的过去。

她第一次遇见白狼时，把它拖出陷阱，大雨依旧在下，浑身湿透的田苗拖着白狼找到了一处山洞稍做歇息。

看着奄奄一息的白狼，田苗想着带它去家里治疗。可是想罢，又觉得不行。先不说白狼能不能撑到山腰的家中，就是撑到了，该怎么瞒过其他人呢？万一让村子里的猎人发现了，那就更糟了。

思考了一会儿，田苗决定靠自己。好在她从小经常在山里活动，妈妈教了她很多急救知识。田苗压抑着心中的惊慌，冒雨跑出了山洞。没多久，田苗已经采了一些草药，她把草药碾碎，敷在白狼流血不止的伤口上，然后撕掉衣服，给它的伤口做了包扎。

田苗不知道这能不能救了它，但是她此刻能做的，只有这些。

她祈祷着这些止血的草药可以尽快地帮它止住血，她祈祷着大雨赶快停，祈祷着白狼能坚持住。

然而，雨并没有停下的势头。田苗看着白狼的气息逐渐衰弱，忍不住去拥抱它。它的身子真凉啊，像一块冰。它的心脏跳得真弱啊，像一口发不出声音的老钟。

后来，雨没停，白狼的心跳却停了。

田苗难过地放下白狼，收拾东西，闯入了大雨里。大雨洗刷着一切，洗刷着田苗身上的血迹，洗刷着地上的痕迹，洗刷着森林里孤独的灵魂。

第二天，雨停了。田苗带着锄头进了森林，准备给白狼挖一个墓，把它埋进去。可是，那个山洞里已没有了白狼的尸体。

田苗丢掉锄头，更恨那些猎人。她坐在洞口，看向外面。参天的林木下是郁郁葱葱的灌木丛。一道白影在灌木丛中一闪而过……田苗瞪大了眼睛，慌忙站了起来，那道白影走出了灌木丛，是白狼！田苗喜极而泣……

"小苗？你怎么了，怎么哭了？"赛德看到后视镜中的田苗泪流满面，忙担心地问。

田苗慌忙地擦掉眼泪，说："没什么，德叔，只是想到一些事……"

赛福看了田苗一眼，说："动不动就哭，不会是心里有鬼吧？"

田苗没有辩解，把头低了下去。

赛德无奈地敲了敲赛福的脑袋："看看地图，我们现在到哪里了。"

他们的车子停在了一处隐秘的山脚下，他们扎好帐篷吃好饭，三个人顿觉困倦，便早早地睡下了。

田苗独自睡在一个小帐篷里，赛德和赛福睡在大帐篷里，北风、咩咩和白狼在另一个帐篷里。

田苗躺在小床上睡不着。她从挎包里掏出那件妈妈织了一半的毛衣，把脸埋进去，深深地嗅着那熟悉却渐渐淡去的味道，心里隐隐作痛。

随着时间的流逝，她更加想念妈妈，也更加难过了。特别是她发现她和白狼已形同陌路后，她内心埋藏的愧疚和悲伤一直以一种无可匹敌的气势汹涌而出，她想要为白狼做些什么，唯有这样，她才能好受一些。

可赛福不让她接触白狼，她一次次忍住了，她一次次地只能看着它，看着他和它相处，她觉得白狼似乎和一开始不一样了。她说不清楚白狼哪里不一样了，但这种变化让她觉得惊喜。可是看着看着，她心中惶惶，她知道自己不该这样，可是控制不了。

她觉得白狼正在离她远去。

不，白狼明明已经离她远去了啊！这种远去，似乎是一种更深层次的远去，似乎是一种更加遥远的远去。

有时候，田苗看着赛福和白狼，虽然只有短短几步之遥，却在她心里变得如万水千山般遥远，她意识到她可能要真真正正地失去它了。

也许这样更好。

田苗翻来覆去地想着，来回否定自己的想法，又来来回回地肯定。

夜深人静，田苗放下了毛衣，她还是无法彻底放下。她下了床，朝外走去。另一个小帐篷里燃着一盏煤油灯，睡去的白狼动了动耳朵，醒了过来。

田苗有些不好意思地停住了脚步，它总是能立刻发现她。她壮着胆子朝它走去，而它静静地看着她。

田苗来到它的身边，面对着它，坐了下来。

她轻轻地说："小白，你还记得那只白鹡鸰吗？那只小鸟住在山涧的溪流边，总是在那块石头上晒太阳。后来我们发现了那块大石头，也去那里晒太阳。它可生气了，见到我们占领了石头，就叼石头砸我们，每次都这样。再后来，我们去别处晒太阳。那只白鹡鸰又可以独自占用那块大石头了。有一天，我们在别处晒太阳，它飞了过来，朝我们叽叽地叫。我不知道它怎么了，就和你一起离开，可它紧追不舍，依旧叽叽地叫。那时候你就带着我走到原来的那块大石头上晒太阳。那只白鹡鸰这才不再叫了，而是心满意足地落到了你的背上。于是，我们三个经常一块晒太阳……"

柔软的灯光里，田苗笑了起来。她去看白狼，白狼睡着了。她苦涩地看着，伸出手想要去抚摸，半途却惊慌地把手抽离了。

她从地上站起来，落寞地走出了帐篷。

在帐篷旁躲着的赛福，看着田苗走在风里的柔弱背影渐行渐远，再次看向了帐篷。帐篷里，白狼正睁开眼朝这边望着。

白日里，爸爸的话让赛福睡不好觉，他担心着，就过来看看北风、咩咩和白狼的情况，却意外发现田苗的到来。

他看着这一切，心里很介怀，他和田苗有过约定，田苗不能单独接触白狼，可是田苗还是偷偷来找它。他想冲过来让田苗离开这里，又无法做到。

田苗的身影在昏暗的灯光里如此孤单，他看着田苗的头发散落在耳畔，看着她白皙的手停在半空中，泛着蒙蒙的光。他不停地想着田苗留下后小小马戏团发生的种种，又不停地想着田苗任劳任怨的样子，心情十分复杂。

等田苗走远，赛福走进了帐篷，来到白狼的身边，抚摸着它问："你们之间究竟发生过什么呢？"

白狼朝那黑黢黢的门外望着，不知道在望着什么。

六

为了避开风头和躲开追赶着小小马戏团的人，赛德决定减少表演的场次，去更偏僻的地方表演。

三个人在山区的路上走走停停，想要演出了，就找个村子或者镇子安营扎寨，表演完后便匆匆离去。

这天，三个人在一个村子里表演，演出到了中途，突然从后方传来一声惨叫。再顾不得演出，三个人跳下台子径直朝帐篷处跑去。正撞见几个人从帐篷里逃出来，其中一个人抱着手臂，逃得跌跌撞撞的。

三个人冲进帐篷，看到白狼完好无损地耸立在那里，嘴巴微张着，两排牙齿泛着寒光。

三个人同时松了口气，但是又担心起来。那几个来路不明的人是谁？其中一个人似乎被白狼咬伤了，严不严重？

赛德阴着脸，觉得自己把白狼单独留在帐篷里是一件失责的事。本来，小小马戏团在三个人的努力之下渐渐有了名气，是一件多么令人振奋的事。可是现在，小小马戏团有了名气，似乎又是一件不好的事了。

赛德拿着钥匙打开车厢，对赛福和田苗喊："让白狼过来吧，我们得把它锁在里面。"

赛福点点头，转过身去牵白狼。

白狼依旧微张着嘴，似乎还未从方才的状况中恢复过来，它粗鲁地低声呜咽着。于是，赛福的手落到白狼的身上，一下又一下地抚摸，直到抚平了它的情绪。白狼随着赛福走出去，上了车厢，被锁在了里面。

演出继续。

晚上睡觉的时候，白狼也是睡在车厢里的。

两天后的晚上，小小马戏团的成员们被一声悠长的狼嚎声惊醒。

那是一声尚且稚嫩的狼嚎。躺在床上的三个人还在揣摩着那狼嚎声时，一道猛烈的撞击声彻底让三个人惊坐起来。

巨大的撞击声是从帐篷外传来的。三个人匆匆穿好衣服，来到了卡车边。卡车里的白狼不知受了什么刺激，发疯一样撞击着车厢的后门。

赛福急得走到车厢边喊："你怎么了？"

田苗也惊慌地走过去，走到赛福的身边，趴在车厢上听里面的动静。

隔着厚厚的车皮，田苗听见白狼粗重的呼吸声，听见它无比愤怒时摩擦牙齿的声音，听到它的步子沉重又急速的落下来发出的闷响声，听到它猛地撞到车门后骨骼不堪重负的惨叫声。

她被这声音震得双手发麻，双耳嗡鸣，朝后倒去。她没有倒在地上，而是倒在了谁的怀里。田苗闻到了那熟悉的皂角香味，是赛福。

赛福及时扶住了田苗，等她站稳又急忙放开了她。他支支吾吾说："我……我……我们得把车门打开！"

说罢，他就跑回了帐篷。

赛福用钥匙打开了车门。车门被拉开的一瞬间，白狼就化作一道残影落到了地上，然后以惊人的速度冲进了黑暗里。

田苗甩了甩头，可是耳朵里依旧嗡鸣不止，她看到赛德和赛福在张着嘴喊着什么，朝着白狼也朝着她。但她听不见，她没有多犹豫一秒钟，转身朝白狼消失的方向追去。

耳鸣的时候，田苗跑在黑暗里，辨不清方向，甚至朝前奔跑的每一步都让她感觉到那么不真实。周围一片混沌，只有一个隐隐约约的方位。

追到后面，耳鸣消退，田苗才缓了口气，焦急地喊："小白！"

没有任何回应。前方是无尽的黑夜，她再也辨不清方位了。

这时，田苗听到赛德的声音从身后远远传来："小苗……"

田苗回头望去，那幽深的黑暗里出现了一丝光点。近了，田苗看到了赛德和赛福。两个人的面孔在昏暗的光里并不真切。再近了，她看到赛福的脸上头一次流露出好似对她的担心。

赛福生气地说："白狼已经跑不见了，你也差点儿跑不见了。不要突然脱离大部队行不行啊？就会给我们添麻烦。"

赛德拍了赛福的后脑勺一下："好了，我们还是赶紧去找白狼吧。"

天上没有月亮，也没有繁星，仅有赛德的手机以及赛福的小手电可以照明，三个人寻了一阵毫无所获。

赛福在寒风里缩着脖子，不安地说："白狼是怎么了？为什么会发狂？难道跟那道狼嚎有关？"

赛德借着光试图在地上寻着踪迹，弯着腰说："很有可能。难道发出那声狼嚎的狼是白狼曾经的同伴？"

"这不可能！"田苗说。

赛福问田苗："你怎么这么确定？既然你知道的这么多，为什么不把有关白狼的事告诉我们？"

田苗被赛福问住了，她支支吾吾一阵，说："白狼……以前生活在我家那边的大山之中，它没有同伴……"

"没有同伴？狼不是群居的动物吗？"赛福有些不相信。

赛德直起身说："狼是群居动物没错，可是有一种狼没有同伴，那就是被驱逐出去的孤狼。"

说罢，赛德看向田苗："白狼以前是孤狼，对吧？"

田苗"嗯"了一声，不敢去看赛德。

"那就把这些事告诉我们，你们之间发生过什么事，为什么不能说出来呢？"赛福最不喜欢的就是田苗遮遮掩掩的样子。

田苗因为赛福的追问退后了一步，眼神躲躲闪闪的，她的身子很瘦弱，在黑夜弥漫的雾气里，像一只受伤的小鹿。

赛福看着田苗委屈的样子，觉得自己的逼问有些强人所难，心中又生出一些愧疚。他不敢再看田苗，也不再追问了，同样低下了头。

赛德看着两个人，叹了口气："先找到白狼要紧……"话音未落，某个方向突然传来"扑通"一声闷响。

三个人瞬间恢复精神，朝声源处赶去。到了那儿，映入眼帘的却是一个空荡荡的陷阱。陷阱四周脚步凌乱，有狼的也有人的。田苗知道白狼一定掉进了陷阱，又被谁给捉去了。可是一串脚印行至几米外就消失了。

赛福脸色苍白地环顾四周："没有脚印了怎么办？那些捉了白狼的人去了哪个方向？"

"要不我们分开找？"赛德忙说，说完又摇摇头，"不行，我们不能分开。这山中我们摸不清，万一走散了或者单独遇到捉狼的人就糟了，你们不能离开我的视线。"

田苗仿佛没有听到赛德和赛福的话，只是低着头，晃着小手电，在脚

印的周边寻着什么。赛福见田苗渐渐走远，大喊："喂！你要去哪儿？"他喊了几次没有得到田苗的答复，准备过去找她。这时，田苗回头看向赛福："我知道他们往哪里去了！"

赛福和赛德急忙跑过去。

"为了不让我们追上，他们把脚印和一些痕迹清理了。看来，他们的经验很丰富，能在这么短的时间里遮掩踪迹，恐怕是……猎人……"说到猎人，田苗顿了一顿，眼神中闪过一丝复杂的情绪，她低着头极力掩饰，手指着一个方向，"他们朝这边去了，我们快点儿追过去吧。"

三个人一边追一边继续确认踪迹的走向。后来小手电没电了，照明就全靠赛德的手机亮光了。

路上，赛福跟在田苗的身后，对她说："你对猎人居然这么了解，还能反追踪猎人，感觉你跟个猎人似的。"

田苗的脚步停了停，蹲下来捡起一根折断的草叶，苦涩地说："因为我家那里有很多猎人，我从小住在山里，经常往深山里跑，所以了解。"

赛福似信非信地说："怪不得，以前肯定是你们那里的猎人抓走白狼然后卖给马戏团的。"

田苗没有说话。

赛德说："不论这一次是谁抓走的白狼，我们一定要把它救出来。"

三个人追了一会儿，追到山坡的时候，清晰的脚印重新展现在眼前。看来那些人到了这里就没有再继续掩饰了，他们肯定觉得别人找不到这里，也或者他们遇到了一些紧急情况不得不着急赶路。

三个人沿着脚印朝前跑去。一路跑到山顶，气喘吁吁的三个人看到了一栋木屋。三个人不敢大意，关掉了手里的光源，摸黑朝前走去。

走近了，三个人听到从屋子里传来"呜噜呜噜"的声音。凑到窗边，透过那窗户的木缝朝里看，三个人不禁都吃了一惊。

屋里灰蒙蒙的，蛛网挂满了房梁。屋子一角，脏兮兮的白狼窝在那儿，腿和嘴都被绳子紧紧绑住了。它不停地挣扎着，只能发出"呜噜呜噜"的声音，眼睛却死死盯着屋子另一角的铁笼看。

铁笼里有一只灰色的幼狼，左耳是白色的，它趴在笼子里，没有看向白狼，而是微微仰头看向木桌边的人。

木桌边坐着三个人，两个男人和一个女人，身穿黑色的衣服，蹬着厚厚的靴子，身挂猎枪，腰插匕首，坐在桌子边看不清面容。

一个男人问："我们把货送过去？"

女人笑起来："不急，你打电话让他们自己来取，我们可没答应把货送过去。"

男人应着，就去摸手机，打开了，没有信号，他骂骂咧咧地朝门口走去。

三个人忙躲到灌木丛中，灌木丛中的田苗总觉得女人的声音有些熟悉。

男人来到户外，站到高处终于有了信号，唯唯诺诺地说了几句话之后，就挂掉电话重新回到了屋里。

三个人也重新趴到了窗边。

男人对女人说："他们让我们开车送去……不过钱会多给我们一些……你说怎么办？"

听得出来，男人有些怕这个女人，似乎一切以她的意见为主。

女人打了个哈欠："既然加钱了，那我们送过去也可以。"

女人从椅子上站了起来，走起路来，靴子有节奏地敲击着地面。她走到屋角，走到白狼的面前，伸出一双指甲鲜红的手撩拨着白狼的牙齿，笑着说："没想到，我们又见面了。"

白狼拼命挣扎起来，龇牙咧嘴地想要咬女人，嘴角流下很多口水。

接着，女人又走到铁笼边，用枪杆戳了戳小狼。小狼有些惊恐地退到拐角，缩在那里无助地颤抖着。白狼见了，更加拼命地挣扎起来。它的牙齿咬破了嘴唇，流下了血。

女人随手扯来一张黑布，盖住了白狼的眼睛，皱着眉说："没想到这小狼真是它的孩子。看来他们这两年没少下功夫，还想繁殖更多的白狼，可惜了。你再去打个电话，就说我们明早会把货送去，让他们准备好钱。"

那个之前打电话的矮个子男人说了声"好"，就朝外走去。

三个人藏到更远的地方。

赛福压着声音问赛德："爸，我们现在怎么办？"

"看来他们是准备明天开车运走白狼，还有时间，我们慢慢想办法。只是这几个猎人口中的买方是谁呢？"赛德捉摸着，忽然发现身边的田苗在微微颤抖，就问："小苗你怎么了？"

田苗说："没事，我只是突然有点儿紧张……"她远远望着那木屋，心中久久无法平静。

不知何时起风了，吹得灌木丛发出"簌簌"的声音，吹得树叶"哗哗"地响。那个女人的声音与她往日的一部分记忆渐渐重合……

那天，田苗上山采药，半路刮起了风，她抬头看了看天，喃喃地说："要下雨了。"

"要下雨了啊。"突然，从树下传来一个声音。

田苗一惊，俯身去看，透过树叶，一个女人正笑容灿烂地看着她。女人满身是汗，背着一个登山包，正拿着卷起的遮阳帽往脸上扇风。

"小妹妹，去青龙尖怎么走？"女人用清脆悦耳的声音问道。

田苗觉得女人有一种特别的、她从未感受过的优雅与自信。她羞涩地藏在树叶间，朝下喊："你沿着太阳落山的方向一直走，翻过两座山后，就会看到一道青龙模样的山坡了，那儿就是青龙尖。"

"谢谢你啊，小妹妹。"女人擦了擦汗，干脆把背包卸了下来。她从包里掏出水和两块面包，倚着树干仰头说，"小妹妹，你是村里人吗？那里你去过吗？"

田苗弱弱地"嗯"了一声。

女人显得很高兴："那你能不能帮我带路，我会给你工钱的。"

不一会儿，田苗从树上溜了下来，躲在树干的另一侧偷偷打量女人。

女人吃了口面包，狡黠地"咯咯"笑起来："我是不是很好看？"

田苗脸一红，急忙不看了。

女人转过身，递给田苗一块抹了果酱的面包："等你长大肯定比我好看的，大方点儿。"

田苗接过了面包，嗅了嗅，就大口地吃起来。

女人说："我这里还有，尽管吃。"

田苗擦干净嘴，把长辫子攥在手里，问："你去青龙尖干什么？"

"我啊。"女人又咯咯笑起来，"我去找点儿东西。"

"找什么？"田苗好奇起来。

"一个传说。"女人说罢，一滴雨落到了田苗的脖子里。

天开始下雨了……

"小苗，你想什么呢？我们先找个避雨的地方吧。"赛德拍了拍失神的田苗，领着赛福和田苗钻进了灌木丛深处。

田苗摇了摇脑袋，似乎想摆脱那段回忆。

三个人找了一阵，都没有找到合适的地方，又怕猎人把白狼带走而不敢走太远，就凑合着躲在了一片密林下。

一开始，雨只是滴答滴答地落着，后来，雨下得更大了，雨滴重重地砸在树叶上。田苗问："我们现在怎么办呢？"

赛德看着田苗和赛福，担心地说："这件事，就让我来处理吧。如果我不能救出白狼，你们就……报警请求援助。"

"不能报警！"赛福忙说，"不然小小马戏团就完了……爸，我跟你一起去救白狼！我们一定要把它救出来。"

"还有我！"田苗坚定地说，"为了救白狼，什么事我都愿意做。"

赛德认真而严肃地看着决然的田苗和赛福，说："太危险了，我不能让你们冒险，这事交给我办。"

可是对方有三个经验丰富的猎人，赛德只有一个人啊。

田苗同样认真地说："德叔，让我帮你。我认识那个女猎人，我可以当诱饵。"

田苗的话让赛德和赛福都愣住了，赛德看着田苗，似乎在重新审视她。赛福也面露疑色，眼前的女孩藏着太多秘密了。这段时间的相处，本来让他对田苗的印象有些改观，可是现在，他却觉得她再次陌生起来。

赛福心中有股愤怒，他强压着这不同以往的愤怒，强压着这与白狼之事无关的愤怒，吼出来："你到底是谁？"

面对赛福，田苗低下了头，她只能不住地道歉，恳求着："我不会做出伤害小小马戏团和你们的事，我也绝不会做出伤害白狼的事。我……只想让白狼好起来，等……等白狼好起来，我会把所有的事都告诉你们的。就让我当诱饵吧，我知道那个女猎人最想要的是什么……"

"她最想要的是什么？"赛福质问。

"一个传说。"

"传说？什么传说？"

那日，田苗也问过这个问题。

"就是你们这儿的那个白色的传说啊。"女人说。

那个白色的传说，是在这大山周边流传了不知多少年的传说。

传说在这座深山之中有一群精灵，它们化身成为万物，白色的群鸟、白色的树林、白色的流云……现在它们是白色的狼群，缥缈游走于大山之中。

田苗笑了，说："这世界上哪有什么精灵啊！如果真的有精灵存在，那我妈妈的病为什么一直没有好起来？如果有精灵，我早就找到它们了……"说着，田苗黯然地垂下了脸。

女人轻轻叹息一声，摸了摸田苗的头，将她搂在了怀里。

那一天，女人露营在那棵树下。第二天一早，田苗按照约定前来。两个人背着朝阳出发了，脚步不停，中午就到了青龙尖。

青龙尖是周围地势最高的山头，站在这里朝西望，可以望见那连绵的群山以及遮天蔽日的原始森林。那里是无人区，属于真真正正的森林。女人拿着相机站在山巅，朝四面八方拍了很多照片。

后来，女人问："小妹妹，你自己可以回家吗？"

田苗点点头。

"了不起。"女人笑着边说边掏出钱包，给了田苗不少工钱。

田苗不敢去拿这明显比约定的多了好几倍的钱。

女人笑着："你说你妈妈病了，就当这钱是给你妈妈买药的，拿着吧。"

田苗这才接了钱。等她往回走了一阵，再回头去看女人，微风吹拂的山巅上已经没有了女人的身影。

田苗沉浸在回忆里，把白色传说讲给赛德和赛福听。

"居然是这样的传说。"赛福张大了嘴，"那个女猎人想要这个传说，难道是指她想要传说中描述的白狼群？"

"是的。"田苗说，"她想找到白狼群。我可以作为诱饵分散他们的注意，你们趁机去救白狼。"

赛德和赛福连连摇头，都不同意田苗这样做。

田苗笑着说："我会和他们周旋的，并不是真的去当诱饵。你们不用担心，我从小就住在山里，一般的猎人是追不上我的。夜里，我更加有优势。"

听田苗这样说，两个人这才同意了。

赛德把手机交给了田苗："我们在营地会合。万一发生什么，直接报警。"

田苗重重地点点头。

赛福说："你机灵点儿，可不要被抓住了，我……"

田苗疑惑地看着赛福。

"我们还有很多事要问你呢。"赛福偏过头，故意不看田苗，"一定要机灵点儿。"

田苗笑着再次点点头。

下半夜，猎人木屋的门"咚咚咚"地响了起来。

屋里半睡半醒的两男一女同时看向木门，手里握住了匕首。

等了良久不见有动静，其中一个高个男子蹑手蹑脚地走到门边，侧耳听了一阵，便小心翼翼地打开了门。

门外是淅淅沥沥的雨和浑浊的黑暗，门外一个人都没有。

他环顾四周，握紧了匕首，朝前走去。脚下有什么绊了他一脚。他弯腰去瞧，见是一块石头，就继续往前走，谁知又被几块石头绊住了。

他忽然觉得不妙，急忙退到门口，再去看这些石头，冲屋里大喊："拿灯来，门外有东西！"

矮个子男人提着煤油灯走了出来。

灯光照亮了木屋前的空地，地上摆放着很多石头。矮个子男人踮起脚把煤油灯挂在了门口的铁钩子上。于是灯光将所有的石子都映亮了。那些石子排列成了一行字：我知道白狼群在哪里。

"白狼群？"高个子男人惊呼一声，"姐，有人知道白狼群在哪儿！"

女人疾步走出来，看着石子，面色阴沉地朝雨幕里喝道："是谁？"

不远处响起"呼啦啦"的声响，似乎是有人快速地逃走了。

"我去追，你们留在这儿。"女人蹙着眉头，回头朝屋里的白狼看了一眼，一下冲入了雨中。

高个子男人和矮个子男人互相看着，最终高个男人咬牙也往雨里冲去。矮个子男人着急地喊："哥，我也去！"

高个子男人只留下来一句话："不行，你留下来看货。"

矮个子男人不甘心地用拳头一捶门框，目光追寻着那两个人的身影消失在雨幕里。

赛德和赛福躲在暗处，看着女人和高个子男人相继离开，又惊又喜，惊的是高个子男人竟然也追了过去。那个女人看起来就不是个普通的猎人，田苗作为诱饵引走了女人，赛福本就有些不放心。这下，赛福更加不放心了。但是到了此刻，多想已无益，赛福压下心中的担忧，和赛德一起看向了那个矮个子男人。

两个人等了一阵，赛德捡起脚边的石头，朝着一个方向高高地抛去。

石头落在木屋另一边的灌木丛里，响起"哗啦"一声。

矮个子男人闻声一动，喝道："谁？"

灌木丛里再无动静了。矮个子男人犹豫不决地立在那儿，不仅没有过去查看，甚至还有点儿想要进屋的意思。

见到这副情景，赛福觉得不妙。矮个子男人如果进了屋关上门，那他和赛德再想救白狼难度就更大了。他不知道此刻田苗那边是怎样的情况，是还在跟猎人周旋，还是按照之前的计划已经趁着天黑和下雨甩掉了猎人，又或者……

赛福使劲摇了摇头，重新看向木屋，他必须想办法解决这边的问题。他一咬牙，悄悄从赛德身边离开，绕了一个弯，"哗啦啦"地走进了灌木丛里。

矮个子男人又喝："是谁？"

赛福便朝灌木丛深处跑去。

赛德一愣，正纳闷究竟怎么回事，一回头才发现赛福不见了。

看着矮个子男人远离了木屋，赛德踌躇起来。他想要追过去帮助赛福，可是田苗和赛福这样做不就是为了救出白狼吗？

他再不迟疑，飞快地奔进了屋子。他先是给白狼松了绑，然后拿着解开的绳子就跑出了屋子。他沿着赛福离去的方向追去，没多久就追上了矮个子男人。

赛德朝他扑去，与他扭打在一起。在前面跟跟跄跄奔跑的赛福听到身后赛德的声音，便又跑了回来。

此时，赛德已经在与矮个子男人的扭打中节节败退了。

赛德喊："绳子，绳子！"

赛福摸到了落在地上的绳子就也扑了过去。

三个人几乎滚了一块儿，后来，矮个子男人被赛德和赛福捆住了。

矮个子男人拼命大叫："姐，不好了……"话还没说完，他就被赛德用撕开的衣服堵住了嘴巴。

两个人拉着矮个子男人回到木屋，见到得以解脱的白狼正在铁笼边，朝着小狼"呜呜"地叫唤。

肿着一只眼睛的赛德把男人绑在了椅子上后，找来钥匙开了锁，牵出了小狼。

小狼并没有反抗，似乎它已经习惯了被人类摆布。白狼紧跟在小狼身后，即将走出门口的时候，朝椅子上的男人看去。它那双黑色的眼睛里，如寒冰一般冰冷，可它并没有做出别的动作来，就只是望着。最后，它回过身，走进了雨幕里。

辗转疾行，赛德和赛福以及两只狼终于回到了营地。营地里静悄悄的，田苗还没有到来，两个人焦急地等待着，却又不知应该做些什么。

他们一直等到天亮，等到雨停了，田苗依旧没有回来。

赛德知道田苗出事了。

他心中翻滚着不安和悔恨，他知道自己做错了，他不该让田苗孤身犯险。他翻出备用手机，开始拨打田苗的手机号。

竟然拨通了。

他惊喜地喊："小苗。"

电话里传来一阵"咯咯"的笑声："请问你是？"

"你是谁？"赛德反问。

"我啊，我可是昨天逮到那小妹妹的人。她可真不好逮呢！要不是我弟弟从侧面出现拦住她，可就让她跑了呢。"

"你们把小苗怎么了？"赛德怒道，"如果你们敢伤害她，我绝对不会饶了你们！"

女人笑道："我可不会伤害她。不过大大马戏团会不会伤害她我就不知道了。所以奉劝你一句，不要报警，除非你想小苗被伤害，或者毁了小小马戏团。"

赛德本来就有所猜测，现在得知他们抓住白狼是为了给大大马戏团，心中怒意更盛："你们抓白狼不就是为了钱吗？大大马戏团出了多少钱？我也可以给你们。"

"嘿嘿，当然是为了钱啦。不过现在可不止一只白狼的钱了，等我找到白狼群，大大马戏团自会给出约定的价格。这价格恐怕是你们一辈子都拿不出来的吧！"女人"咯咯"笑个不停，"不过只要小苗配合我，我不仅会把她安全带回来，还会跟大大马戏团商量放你们小小马戏团一马。"

赛德阴着脸说："我要随时知道小苗的安全，让小苗说话。"

于是，电话那边响起田苗的声音，她只喊了一声"德叔和小福"就换成了女人的声音："行了，我会再联系你的。"

挂掉电话后，女人从驾驶座上转过头，看着后车座上的田苗，说："没想到几年不见，你已经长得这么漂亮了。小妹妹，你家里现在怎么样了？"

田苗瞪了女人一眼，偏过头去，闭口不言。

女人笑着对田苗说："你就这么恨我？当年虽说你无可奈何，可说到底也是你自己选择的啊，你选择了不反抗。"

田苗因为女人的话语而惊慌失措起来，她伪装的坚强和力量在这一刻彻底崩溃。她狼狈地缩在座位里，双手垂着，像一只溺水的小鸟。

女人说："好吧，往事不提了，现在说说白狼群的事吧。"

"我什么都不知道。"田苗说，"之前都是骗你的。"

"不用骗我了，小苗。"女人说，"我不知道以前我找你的时候，你知不知道白狼群的消息，但是现在，我敢肯定你是知道的。所以告诉我，等我找到白狼群就放了你。"

田苗抬起脸看向女人，痛苦在她脸上蔓延，她的眼里晃动着水珠，怒意凛然："是吗？然后呢？找到白狼群你要干什么？捉住它们卖掉？"

"可能吧，但是我也可能会杀掉一两只。"女人眼中忽地冒出一抹恨意，"可不能轻饶了它们。"

"杀掉？"田苗脊背一凉，她看着眼前这个危险的女人，"它们跟你有什么深仇大恨，你要这么狠毒？"

女人咯咯地笑："我确实跟它们有深仇大恨。"

田苗紧咬着嘴唇，想要说什么，却不知道该说什么，不甘心地重新低下头。

她听到女人继续说："好了，愿意告诉我白狼群的消息了吗？"

田苗再也没有说话。

女人无奈地转过头去，启动车子，她狠狠一踩油门，车子便彻底化作离弦之箭。

田苗被直接带到了和大大马戏团交货的地点。那里已有几个人等着了，为首的是田苗以前见过的大大马戏团的那个中年人。

女人掩口一笑："没想到来接洽的是二把手。"

中年人耸耸肩，问："货呢？"

女人用眼神指了指田苗："原来的货没了，现在的货更好。她知道白狼群在哪儿。"

听到白狼群，中年人脸上先是闪过一丝慌张，接着涌出浓浓的惊喜，他问："真的？"

女人眉头一蹙："难道还是假的？带我见你们老板，我这几天就要出发。"

中年人迟疑了一下，道："我先打个电话。"

女人摆了摆手："我有一个条件，你转告他。就说如果我让这孩子带路，并最终找到狼群，你们大大马戏团不能再对小小马戏团进行打压，也不能伤害小小马戏团的任何人。"

中年人斟酌着走到远处，开始打电话。过程中频频朝女人和田苗看去，好一会儿才走过来："没问题。只要能找到白狼群，并捉到它们。"

路上，田苗对女人说："我还没有答应你，我是不会带你们去找白狼群的。"

女人头也不回地开着车："你不好好想一想吗？是带我去，还是不带我去？谁也强迫不了谁不是吗？一个人无论做出什么样的选择，都是自己做出的。"

这句话如一根钉子，毫不留情地钉在了田苗的心上。

田苗失魂落魄地又一次陷入回忆里。

女人说："这个世界上，要得到什么就会付出一定的代价。你如果想要那只白狼和小小马戏团安然无恙，你只能带我去找白狼群。"

田苗从回忆里挣扎而出，已是汗流浃背，她问："只是我们去找白狼群吗？"

"当然不是。"女人从镜子里看了田苗一眼，"大大马戏团也会派出很多员工，我们才可能和白狼群有匹敌的力量。"

"他们的老板呢？"田苗问。

"老板不去的话，大大马戏团的员工不过就是一团散沙。"女人呵呵一笑，"大大马戏团就因为有那个老板，才是大大马戏团，不然，什么都不是。那可是一个狠角色。怎么样，你想好了吗？"

"嗯，想好了。"田苗点点头，眼神却看向别处。

九

出发之前，田苗让女人给赛德打了一个电话。

"德叔，你们不用担心我，我没事。我已经跟他们说好了，我带他们寻找狼群，他们不再为难白狼和你们。"

赛德的声音在电话里听起来有些喑哑，他问："小苗，你真的决定了吗？可是叔叔不愿让你这样做，叔叔觉得对不起你。"

田苗笑着说："没有，这是我自己的选择。德叔，应该是我跟你说对不起。这半年来，我给你们带来了很多困扰……"

说着说着，田苗就掉下了眼泪，她忍着不让自己哭出声来，默默擦掉眼泪，继续说："你们不仅没有赶我走，还照顾我，甚至把我当亲人一样对待。谢谢你，德叔，谢谢你，小福……"

赛德还是听到了田苗的哽咽声，他似乎也掉下了眼泪。

这时，电话里传来赛福的声音。赛福在田苗面前从没有掉过眼泪，可是此刻，赛福哭着大喊："你伤害了白狼，现在又要伤害更多的白狼，没想到你是这样的人！你可以选择不帮助那些人啊，你明明可以反抗啊……"

这是田苗第一次听到赛福哭。

因为白狼，赛福不喜欢她，他时常提防着她，有时甚至会为难她，可是这段日子里，他确实也很照顾她。一起搬箱子的时候，他会挑最重的搬；刚学习表演的时候，田苗经常失败，他挽救过她的几次错误，教她表演诀窍；一起出去玩的时候，也会考虑到她的意见……

赛福在她面前，一直以来都是坚强的模样，从来没有露出怯懦的样子。可是，这一次，他哭了起来。

田苗泣不成声地挂掉电话，她流着眼泪，朝外望去。

窗外的远山缓缓地移动，天上的云层涌动着，纠缠交织，像一张铺天盖地的网。

田苗感觉离开家乡已经是很久远的事了，她在心里默默细数着，才惊觉只是小半年的时间。她恍然看着那愈来愈近的群山，突然又想起妈妈来。她发现，心中的悲痛似乎已经消逝了许多。她觉得自己应该为此而难过吧，可是想到妈妈只想让她过得开心一些，她就觉得自己应该为此高兴。

她反反复复地在这种情绪里沉沦，女人的话让她回过神。

"我们到了。"

一行五六辆车停在隐蔽的山脚下，十几个人全副武装。一个高大的刀疤脸男人来到女人面前，说："看来这次你可以报仇了。"

女人略有厌恶地说："记得你答应给我的钱。"

男人瞥了眼田苗，这让后者在那冰冷的目光里打了个哆嗦。

他重新看看女人，笑着说："你看我时为什么总是一副厌恶的眼神？我就这么不让你喜欢？"

女人也笑起来："希望这是我们家族最后一次跟你们合作。"

说罢，女人带着田苗率先朝山里走去。

一路上躲躲藏藏避着村民，他们经过了山脚的村庄，经过了田苗那建在树下的小小的家，经过田苗熟悉的草木，最终进到了深山里。

晚上，一行人驻扎在青龙尖。

吃了饭，田苗坐在石头上朝着西边望去，天空中透着深沉的紫色。女人坐到田苗身边："我还记得第一次见你的时候，你带我来这里，距离今天已经有六年了吧。"

田苗出神地望着前方隐没的群山，说："是啊，那时候以为不会再见到你了，没想到四年后你又找到了我。"

"路上我看到你家似乎没人住了，那你妈妈……"

"去世了。"田苗说。

田苗的头发被山风吹动，轻轻地晃着，她不经意地说："你呢，为什么和白狼群有深仇大恨？"

女人淡淡道："我父母都葬身白狼口中。"

田苗愣了愣。

"那是七年前的事了。你也看出来了，我家是猎人家族，家里都是猎人。能成为一个猎人，在很早以前是一件光荣的事。但是，这几年来，猎人似乎成了杀戮的代名词，因为猎人猎杀猎物获取食物和钱财。可是作为祖祖辈辈以此为业的家族，要放弃它是艰难的。所以到了我父母那代，依旧没有卸掉枷锁。为了钱和生活，我父母偶尔接一些委托。直到后来他们接到大大马戏团的委托，进山寻找白狼群，而后双双离去。"

女人顿了顿，似乎说到了一件很痛苦的事情。

"为了大大马戏团的利益，他们的老板私下对我们进行了赔偿。我很不甘心，我不知道是不甘心就这样了事，还是不甘心白狼群杀死了我的父母。总之我和大大马戏团开始合作，开始寻找白狼群。可是白狼群就像消失了一般，大大马戏团提供的线索，没有起到任何作用。我们甚至没有发现任何一个狼群的踪迹。就在我产生怀疑的时候，我听到了猎人圈子里的一个消息，那就是有人在我父母出事处的周边看到过一个女孩和一只白狼在一起……"

"所以你第二次找到了我。"田苗幽幽地说。

"我可没想到是你。"女人也幽幽地说，"并且如今第三次找到了你，也许这就是命运。"

"命运……"田苗重复着，重复着。

她转过脸看女人。女人还是那么漂亮，带着一种特别的自信和优雅，却是一个夜行杀手。

"你真的要这样做吗？"田苗复杂地看着她，似乎有所期待。

女人站起来，说："每个人都有必须完成的使命，不是吗？"

田苗心中的那丝期待消失了，她重新看向了天色阴沉的西边，落寞的话语里有一丝坦然："是啊，每个人都有必须完成的使命。"

田苗生活的大山，相比较其他地方的山已经少有人烟了，可这只是原始森林的外围地带。六年前，女人围着青龙尖做了考察，并义无反顾地走入真正的无人区去寻找白狼群的踪迹。可原始森林无路可走，巨木林立，藤蔓遮天蔽日，吸血的蚂蟥和各种毒虫无处不在，仿佛无边无际，女人毫无方向地寻了几天一无所获，只能离去。

下了青龙尖，这日晌午，一行人行到了原始森林的面前。

站在远处，尚且只是觉得那树木高耸，来到近处，眼前的树就像出鞘的剑一般，高得骇人。

一棵棵巨树耸立在大地上，灌木丛和藤蔓无处不在，铺到了视线的尽头——黑黢黢的森林深处，似乎烈阳也无法侵入那儿，寒意阵阵，黑暗涌动着，树木盘根错节。一行人轮换着挥舞砍刀在前开路，后面的人有的观察着四周，有的标记着记号和方位。

田苗缩了缩脖子，抬头望天。

此刻，已望不到天空，只有零碎的阳光躲避着树叶的侵蚀，惊慌失措地落下来。她又想起那天来。

想起白狼离开的那天。

她缩在树上偷偷地流泪，哭着哭着，忽然听到一阵窸窸窣窣的声音。她借着月光朝那儿看去，却看到了一道白色的身影！

一瞬间她以为是白狼，可是白狼明明不在了啊。

不过那个白色的身影也是一只白狼，一只陌生的白狼。它看起来比小白高大了许多，立在月光里，身上泛着洁白的光芒，有一种说不出的威严和肃穆。

它走到那个黑乎乎的陷阱边，低着头嗅了嗅，接着抬起头看向了某个方向。最后，它朝身后的原始森林看了一眼，又有意无意地朝着田苗看了一眼，就朝前跑去。

田苗在树上已经一身冷汗，她心里乱成了一团，魂不守舍地在树上待到了半夜。

后来，她想着妈妈肯定正在担心她，就红肿着眼睛准备回家。爬下树，她一转身，就彻底惊呆了。

她窒息地看着面前的狼，那只之前看见的狼不知何时又回来了。

田苗不知道这只白狼来自何方，它为什么跟小白一样都是白狼？难道它是小白的同伴吗？可是如果是同伴，为什么这三年来她都不曾见到，此刻却突然出现了？

田苗以为它会用它那锋利的牙齿咬断自己的喉咙。她想，若它是小白的同伴，它有资格取走自己的性命。可是，妈妈还在等她，她必须得回去。田苗绝望地看着这陌生白狼的双眼。

陌生白狼的双眼竟然给田苗无比熟悉的感觉。她以为此刻是小白在看着她，可是不对，面前明明是一只陌生的狼。

陌生的白狼深深地看了田苗一眼，转身离去了。它的背影再无之前的气势与威严，而像一个伤心的父亲。田苗惊异于自己的想象，但她确实是如此的感受。于是她更加难过和心碎了，那是从未有过的难过和心碎。

她觉得自己真是一个彻彻底底的坏蛋，最后，她几乎是逃跑般回了家。

见田苗有些发呆，女人拍了田苗一下："接下来往哪里走？"

田苗看了看四周，确定了方位，指着一个方向，说："这里。"

说完，田苗继续陷入了回忆。

后来，田苗常常见到那只白狼，那只白狼暂且叫它大白狼吧。大白狼总是悄无声息地出现在田苗的身边。有时田苗正坐在溪边那块大石头上和白鹤鸰晒太阳，一转头就看到灌木丛里闪过的大白狼的身影；有时田苗钻进那个曾救了白狼的山洞里想着事情，一抬头，就看到大白狼不知何时也在山洞里了；有时田苗正破坏一个兽夹，挥着榔头的空隙，就瞅见林子里有一双眼睛盯着她……

田苗总在猜测大白狼是谁，但越猜测越痛苦，越陷入回忆和愧疚的沼泽里无法自拔。后来，她再也受不了了。她想要弄清楚大白狼的事情，于是她不再逃避，而是去追寻。

她跟着大白狼一次次地深入原始森林。

一开始，她每次都被大白狼甩掉。后来，她可以跟得更久，走得更远。

有一次，她追丢了大白狼，来到一个山谷。那个山谷里有很多洞穴，她好奇地张望着，忽然感到身后有一股热气袭来……

✚

到了晚上，一行人开辟了一片空地安营扎寨。

其他人做饭的时候，田苗就坐在旁边休息。她看着女人和那个脸上有刀疤的男人，以及那个二把手的中年人在远处交谈，突然有一些害怕。

这害怕起初只有一丝，但后来就如星星之火，不断壮大起来。她不停地告诉自己不要怕，于是，她不停地想象着妈妈。

她不再怕了，但还是一头汗水。她抬起袖子去擦，察觉到身后有什么东西，转头去看，密林的黑暗处又好似什么都没有。

于是她又坐了下来，远处，女人和老板的谈话隐隐约约地传了过来。

"当年围攻你们的确定是三四十只白狼？"女人问。

"是的。"脸上有刀疤的男人说，"四个全副武装的人就逃出来两个。不过我们这次准备充足，只要找到它们，就可以一网打尽。"

女人说："我要头狼的命。"

"头狼的价值之大，是无法估量的。"男人说。

"狼群是在头狼的带领下害死我父母的。"女人恨恨道，"以前说好的，找到狼群，我杀了头狼，你是要反悔？"

气氛有些凝重，中年人忙笑着打圆场："当务之急是一起找到狼群，还是等我们捉到了它们再商量怎么处置吧！当年你父母的事是我处理的，我能理解你。当年为了补偿，我们不仅给了你们姐弟一大笔钱，并且这些年来也在资金上支持你们整个家族的发展，我们合作了这么久，有什么话都可以好好说啊。"

"互相利用罢了。"女人哼笑了一声，"遵守约定就行，这次事完了和你们的合作也就结束了。"

说罢，女人走开了。

田苗听到女人朝她走来，慌忙装作没有听见的样子。

夜里，田苗迷迷糊糊地听到一阵"呼噜呼噜"的声音。

她一个激灵醒了过来，睁着眼睛瞪向黑暗。心里七上八下地等了许久，却没有再听到什么声音了。她咽着唾沫，心里祈祷着它们千万不要出现。

第二天晌午，众人翻过一座高山，田苗指着下方的山谷说："那儿就是白狼群的巢穴。"

众人激动不已，纷纷打起精神来。商量了一会儿具体的作战计划，一行人就马不停蹄地朝山下赶去。

越往下走，树木就变得越稀疏起来，地面上出现了越来越多的巨石和石洞。阳光可以毫不保留地照下来，映得一行人一时睁不开眼。

刚走到谷底，女人突然喊道："停下！"

二把手问："怎么了？"

"有些不对。"女人皱着眉头看向田苗，"你确定是这里？"

田苗强装镇定地点点头。

"下山的一路上我没有发现任何狼留下的痕迹，却发现了别的动物痕迹。我一开始以为只是路过的熊，可是刚刚我发现不是，那些痕迹太密集了。"女人问，"你骗了我们是吗？"

没等田苗回答，一道黑影就从旁边的灌木林中冲出，直扑向众人。众人被这黑影冲得七零八落，狼狈地站稳后才看清黑影的面貌。

那是一头体型惊人的黑熊。这样的熊，田苗以前也见过一次。

记忆又回到那次，她追丢了大白狼，来到了一个山谷。忽然感到身后有一股热气袭来，她被身后的热气弄得又惊又痒，回头一看，差点儿瘫倒在地上。原来，在她身后竟有一头黑熊正饶有兴趣地闻着她。

她惊叫一声，拔腿就逃。

黑熊晃动着小山一样的身子，朝田苗追去。

田苗跑得飞快，一时间就要甩开那头黑熊了，庆幸不已之际，前方却又猛地蹿出一只黑熊来。

她被两头黑熊夹击，不——紧接着又出现了一头黑熊，三头黑熊瞬间包围了她。

田苗手忙脚乱地顺着一根藤蔓爬上了树。她期望着黑熊可以离开，可是那三头黑熊不仅没有离开，反而引来了更多的黑熊。更让田苗惊恐的是，其中有两头黑熊开始往树上爬。

田苗顺着藤蔓逃离到旁边一棵树上，就又有黑熊往这棵树上爬。她瑟瑟发抖地紧紧抱着树枝，再无办法。

就在这时，远处响起一声悠远的狼嚎。接着，不远处现出了一群白狼的身影。

阴冷昏暗的森林里，那些白狼浑身都泛着蒙蒙的光，跳跃着，奔跑着，像一个个白色的精灵。

其实，田苗以前在见到大白狼的时候，结合之前的小白，心里就已经有了一些猜测，她觉得原始森林里应该生活着白色的狼群，可是亲眼见到这一切，她还是觉得像梦一样。

白狼的出现吸引了黑熊们的注意，仿佛它们原本就是死敌，黑熊们愤怒极了，纷纷朝白狼扑去。

十几只白狼面对数量远超它们的黑熊，有些不敌，但它们行为有序，

彼此配合，攻击和防守虚虚实实，逐渐把黑熊们引开了。

田苗这才借此机会爬下树，朝来时的方向逃去。等她逃到安全的地方，才彻底放下心来。她倚着树干大口喘息，还未从震动里回过神来，却又听到身后传来一阵"唰唰"的声音。

她以为黑熊又追来了，再生绝望，就要奔逃，却发现那不是黑熊，而是白狼。

十几只白狼出现在田苗的身边，包围了她。

它们什么都没有做，只是静静地看着她。那只大白狼也在其中，同样什么都没有做，静静地看着她。这种注视仿佛是一种无言的审判，田苗在这致命的审判中流下了眼泪。

后来，大白狼朝着天空悠长地嚎叫了一声，便领着白狼群退去，再也寻不到了。

从此，田苗再也没有涉足过这片原始森林，也再没有看到过大白狼。

眼前的情景，让田苗回忆起那段难忘的经历，面对着愤怒的黑熊，田苗紧张地观察着两边的一举一动。

"都不要慌！"脸上有刀疤的男人一声猛喝，率先摘下背上的麻醉枪，瞄准余下的黑熊开始射击。"嗖"地一下，麻醉针插在黑熊的背上。

黑熊回头瞪了男人一眼，就"轰隆隆"地转过身子朝他奔去。

男人继续射了两枪。三支麻醉剂的作用下，奔跑的黑熊开始晃动起来，可它依旧没有倒下，而是低吼着朝男人扑去。男人丝毫没有躲避，冷笑着，再次射了一枪。中枪的黑熊再也支撑不住，轰然倒地。

可是没等众人松口气，又有几头黑熊跑了过来。

二把手有些惊慌了："一支麻醉剂足以放倒一只狼了，这东西居然需要四支才能放倒。而且还有！"

男人换了猎枪，朝天空开了一枪，对慌乱的手下喊："一群废物！都给我镇定点儿，我们弹药充足，对付几头畜生罢了。"

说着他朝迎面而来的一头黑熊放了一枪。子弹打中了黑熊的一只前肢，打得它一阵趔趄。受伤的黑熊却咆哮着以更加可怕的气势向他冲去。

男人暗骂一声，迅速丢掉了猎枪，继续射起麻醉枪。众人也不再惊慌，纷纷拿起麻醉枪戒备和攻击。

面前远远不止三头黑熊，更多的黑熊开始出现。

男人在放倒了又一头黑熊后，一脸狰狞地朝田苗走去。田苗转身想逃，却被女人堵住了退路。

她匆忙折身到一棵树旁，紧紧靠着树。她没有后悔，做出这个决定，她知道会有什么后果。只是，想到白狼和赛福，她有一些遗憾。她还没有好好跟它以及他们告别。但是想了想赛福，田苗又觉得没有必要遗憾。赛福那么喜欢白狼，肯定会带着白狼好好生活下去的。

她面对着眼前的威胁，站得笔直。

女人复杂地说："我小看了你。原本念着跟你有点儿情分，我不想伤害你，还答应不为难你的白狼和小小马戏团，可你真让我失望。"

田苗几乎把嘴唇咬破："每个人都有必须完成的使命，这就是我的使命。"

一旁脸上有刀疤的男人一连说了几声"好"，便抽出了自己的匕首。

"等一下！我们还没找到白狼群……"女人话音未落，那匕首就寒光一闪地朝田苗砍去了。

田苗避无可避。

千钧一发之际，一道白影撞开了男人，匕首硬生生砍在了树干上。

白影落到一旁，三条腿钉子一样地抓住大地，居然是白狼！

田苗终于慌了，她没想到白狼会出现在这里。

白狼不是跟赛德和赛福在一起吗？

田苗意识到什么，一张脸变得惨白。她抬起头来，就看到了从远处跑来的赛德和赛福。赛德戴着牛仔帽，就像当初田苗第一次见到他时一样，赛福同样戴着一顶帽子，却是骑着北风奔来。咩咩跟在其后，目光炯炯。

他们直冲田苗而来。

男人与白狼对峙着，命令道："给我拦住那些人！"

他手下的人听到了，面对着黑熊的攻击，有心却无力。

赛福骑着北风躲过几头黑熊的扑打，冲到了近处，他紧紧拉着马缰朝田苗喊："不要怕，我们已经报警了，林警就在后面！"

听到赛福这样喊，田苗的眼里有眼泪在打转，她知道报警意味着什么。

男人阴沉着脸，借此机会端起麻醉枪朝白狼射去。白狼险而又险地躲开了，它龇着牙再次朝男人扑去。

男人再想开枪已经来不及了，只能抽出腰间的砍刀去砍白狼。白狼跃至空中，身子极力闪避，却依旧被刀芒伤了皮肉，血顺着白狼的肩膀滴下来。

田苗要冲过去帮助白狼，被女人拦下了。赛福见了，也准备过去帮忙，但两头黑熊盯上了北风，朝北风和赛福扑去。

田苗站在远处，看着赛福在黑熊的攻击下四处躲藏，心里捏了一把汗。就在那头黑熊差点儿扑中赛福的时候，田苗的心跳都快停止了。她想要过去帮忙，可是女人把她拦得紧紧的。

白狼和赛福，她都帮不了。

这时候，赛德也冲到了近处，他捡起地上男人丢下的猎枪，在一头黑熊扑向赛福的时候，朝着黑熊的头顶放了一枪。

子弹打中了黑熊头上的藤蔓，一声炸响。黑熊惊得放弃了攻击赛福，转而扑向大大马戏团的二把手。

田苗终于放下心来，赛德跑到了田苗身边。

田苗对女人说："你还是走吧，林警要来了。"

女人朝田苗和赛德走去："你要告诉我白狼群在哪儿。"

"不要靠近了！"赛德用枪指着女人。

"我记得……你以前在大大马戏团做过助手吧？好像是接受不了大大马戏团的理念才离开的。"女人看着赛德说，继续往前走，"你是不会开枪的。"

赛德的手颤抖着："是的，我是接受不了大大马戏团的理念离开的。他们只会压榨和虐待动物，他们所得到的东西全是建立在痛苦之上。我尊重猎人的职业，所以我劝你不要再为大大马戏团做事。我看得出，你不想伤害小苗，你还是赶紧逃吧。"

女人忽地冷笑起来："为了钱？我为的是找到白狼群，给我父母报仇。七年前，我父母和大大马戏团的人一起寻找白狼群的踪迹，被它们活活咬死。我找了这么多年，马上就要找到了，你却让我走？"

赛德听了这些话，盯着女人，觉得女人渐渐眼熟起来："你说七年前……难道七年前出事的夫妻是你父母？啊，我想起来了，你是他们的女儿！可是我记得他们是因为掉落山崖才去世的啊！"

女人依旧冷笑着："对外确实是这样说的，可是真实的情况是白狼群害死的他们。"

赛德皱着眉头："不对。那时候，我记得出事之前，他们是打算去南山做任务的。"

"南山？"女人的脚步顿住了。

"对，南山。"赛德说，"我确定他们是去了那里，因为那时候他们说了一句话我记得很清楚，他们说：'等这两天结束了南山的任务，我们就带孩子们出去玩一玩吧，一直都没有旅游过。'"

女人彻底停住了，她不可置信地说："你在骗我！"

"我没有骗你。我的妻子一直想走遍各地，但是我们还没开始她就离开了。所以你父母说的那句话我印象十分深刻。"赛德继续说，"南山和这里是完全相反的两个方向，而且南山那里是荒山，没听说过有狼啊……难道临时换了任务？"

女人紧紧盯着赛德，试图找到对面之人撒谎的证据，可面前的男人目光沉静，脸庞坚毅，不像是撒谎的模样。

女人朝后退去，一连退了两步，她看向一旁正和白狼厮斗的脸上有刀疤的男人。

刀疤脸男人听了这番话，脸色变了。他挥舞砍刀逼退白狼之后，朝女人看去："不要被他骗了。难道你相信这个和大大马戏团有过这么多矛盾的人？现在去抓那女孩，我们得撤退。"

女人因为这句话又看向赛德。

田苗喊："两年前我见到白狼群的时候，根本没有三四十只，只有十多只！"

刀疤脸男人的脸色再次有了变化，他说："四年里可以发生很多事。

何况你怎么肯定你见到的就是狼群的全部？"

田苗一时语塞。

此时，局面已经越发混乱，到处是"嘭嘭嘭"和"嗖嗖嗖"的枪声，到处是愤怒的熊吼。骑着北风的赛福在尘埃里躲避着黑熊和大大马戏团的追捕，高高望见了从远处跑来的林警们，激动不已地喊："林警来了！"

刀疤脸男人慌了，再次逼退了白狼，转身想走。赛德想追去，没跑两步就遭到了黑熊的攻击，不得已与那头黑熊僵持起来。

刀疤脸男人跑进了树林。田苗心里一急就追了过去。田苗在林子里如鱼得水，几乎是眨眼间就从一侧追上了刀疤脸男人，拦住了他的去路。

刀疤脸男人看也不看，挥着砍刀朝她砍去。

田苗借着纠缠的藤蔓和灌木躲过了这一击，她捡起地上的一截枯枝，朝男人砸去。

"本来想放过你，没想到你自己反而追来了。"男人挥刀砍碎了枯枝，咬牙切齿地丢掉砍刀，掏出身上挎着的另一杆猎枪，狞笑着瞄准了田苗。

瞬间，"嘭"的一声巨响，田苗感到自己的身体遭到巨大的冲击，一下倒在地上。

她脑中一片空白，她从未如此接近死亡，即使是白狼命悬一线，即使是妈妈的离去，即使她当年误入熊谷差点儿葬身于熊口……

她脑海里不停地闪过妈妈的脸、妈妈的身影、妈妈的声音和叹息。她知道妈妈一直都知道她的秘密，知道妈妈一直想让她去找回白狼，找回她自己。

可是，她发现了不对，她的胸口只是隐隐在痛罢了，她依旧好好地活着呢。

这时，她又感觉胸口滚烫了，似乎有什么东西压着她，有什么液体流到了她的心里，滚烫滚烫的。

她仰起头去看，见胸前趴着白狼，她正好面对着白狼的双眼。

白狼似乎有些疲倦了，眼睑微微耷拉着，但它还是努力地看着田苗。

田苗看到那双黑黑的眼睛里映着她的面孔，白狼瞳孔里面映的面孔上缓缓流下了两行泪，于是那黑黑的眼睛也像是流了泪。

这是怎样的一双眼睛啊。

这是一双再熟悉不过的眼睛，却带着让她泪流满面的光和淡然。

这一刻，和两年前的那一刻如出一辙。两年前，田苗失去了白狼，而此刻，田苗再次找到了它，可是她就要永远失去它了。

白狼用尽最后一丝力气，微微仰起头，用生命的最后一丝力量，朝天空发出了一声悠远的狼嚎。

狼嚎远去，白狼也远去了。

之后，赛德和林警们冲了过来，及时抓住了刀疤脸男人。

赛福从北风的身上几乎是栽下来的，他从田苗怀里夺走了白狼，呼唤着，号啕大哭。赛德过去抱住了赛福，同样泪流满面。

后来，林警们勉强抵挡着黑熊的攻击，带着抓住的一群人以及赛德、赛福、田苗退出了熊谷，朝安全的地方退去。

"大家快点儿，好像要下雨了！"林警队长喊，"注意四周，出了原始森林就安全了。"

一路上，赛福抱着死去的白狼朝前走，走在赛德和田苗的前头，肩膀一下一下地不住抽泣。

田苗走过去，走到赛福的身边，哽咽着说："都怪我，怪我背叛了它。"

赛福哭得几乎说不出话来。

田苗看着白狼，眼泪依旧在掉，泣不成声地说："我和小白第一次相遇是在五年前，当时它被困在猎人的陷阱里……

"第二天，我准备给它挖一个坟墓，可是到了山洞它却不见了，我以为是猎人发现了它的尸体。就在我准备离开的时候，发现它在灌木丛里立着，正看着我呢！后来，它慢慢好了起来，我跟它成了朋友。我知道一只白狼对于猎人的吸引力，所以我一直偷偷地去见它，不敢让别人发现。我甚至都没有告诉妈妈白狼的事。她只知道我有个朋友，住在更深的山里。她总是说：'小苗，你最近变了，变得快乐了。'至于小白，我不知道它从哪儿来，也不知道它的家在哪里，更不知道为何只有它一个。自从它出现，似乎从来没

有想过离开，似乎从来没有想过回家。我心中有很多疑问，可是没法问它。它喜欢跟我一起晒太阳，在那块溪边的大石头上，任由白鹡鸰落在它的背上，听我不停地说啊说。我有很多话要说出来，它总是静静地听着。那时候，妈妈的身体变得很不好。只要我心里难过得受不了了，就去山洞里找小白，小白总是任由我抱着它，靠在它的胸膛上哭一阵……"

田苗哽咽着，顿了顿，继续说："我不停地努力，妈妈也在努力，可是妈妈的身子依旧越来越糟糕……两年后，妈妈不得不进行一场重要的手术。可是手术需要一大笔钱，我们无论怎么拼凑都差很多。妈妈要放弃这个手术，坚持了这么多年，妈妈要放弃，我不甘心。就在那时，我遇到了那个女猎人，那是我第二次见到她。我没想到她找到我竟是为了白狼。她问我可不可以让她见白狼，我没同意。她在村子里住了下来，有时候她要去周围的山里，让我给她带路，并给我工钱。我的确需要钱，于是带着她一次又一次进了山，也带她进过原始森林。她希望找到狼群，可是在原始森林里没有什么发现。

"她失望了，于是把注意力全放在小白身上。我心里有些不安，不想让她见到小白，但她总是把我盯得紧紧的。那段时间，我都没有去找小白，只是小白会来找我，夜深人静的时候，它会来到我的窗边，陪我一会儿。有时候妈妈疼得醒来，就会小声唱起歌。细细的，柔柔的，妈妈唱着唱着会流泪，后来，声音断断续续，再后来，妈妈重新睡着了。我伸着手摸了摸小白，小白就无声无息地离开了。"

回想起这些过往，田苗眼眶中的泪水终于决堤而出。

"白天的时候，那个女人偶尔会到山上来，给我拿些食品和水果，让我带回家。我知道不能轻易接受别人的施舍，可我只能接受。手术的日子一天天近了，女人突然对我说，她看到了白狼。我慌乱起来，开始质问她。我知道她想得到它、研究它，我说：'我不会让你抓走它的！'她却说：'以前我不知道它在哪儿，可是现在我知道了它在哪儿，你不论怎么反对，一点儿用都没有了。'"

赛福茫然地看向田苗，她止不住地将所有过往与委屈一股脑儿地倾诉出来。

"她又说，自己是受雇于一家马戏团的猎人。等她抓走白狼，白狼会被用作演出以及寻找白狼群。她要去抓它了，如果我不阻止她，她就愿意给我一笔钱，足够我妈妈的手术费用。她没有等我回答，笑着从包里掏出一个厚厚的信封递给我。我抱着沉重的信封去找小白，可我找不到，我呼唤它，它也没有出现。小白被抓走了吗？女人应该还没有抓走它。可是它为什么不出来见我呢？我难过地回了家。我在妈妈见到那些钱后担忧的眼神里黯然神伤。那两天我寝食难安，后来那个晚上我等来了一声狼嚎。"

田苗的眼中突然闪过一丝亮光，语气局促地说："我跑出了家，循着声音跑到一个林子里。那晚的月亮大得出奇，也亮得出奇。我爬上树，看到身穿黑衣的女人和另外两个帮手，看到了深陷陷阱里的白狼。我想呼喊它，想跳下树阻止这一切，可是我做不到。不，是我没去阻止，我怨恨自己。我以为它不会发现我，可是它还是发现了。它朝我看来，我看到那双眼睛里闪动着的不是不解也不是愤恨，而是一种让我异常害怕的淡然，仿佛这一切它都清楚……我知道，从那一刻起，我就彻底失去它了……"

田苗不住地擦去滚滚而出的眼泪："我失去了它，妈妈的病也没有好起来，我接着失去了妈妈。我觉得自己是一个坏人，一个彻彻底底的坏人。妈妈离开前，似乎有什么话想对我说，那时候我不知道。后来我知道了，妈妈想让我去寻找自己……"

赛福抱着白狼，白狼的血染了他一身。听完这些田苗一直掩藏的秘密，他想说："你确实是一个坏人！"可是这些话他怎样都说不出口，比起责备，更多的是心痛。

赛福憋得难受，再也走不下去了，他擦干眼泪，却有更多的眼泪要滚下来。他极力忍着，抬头去看田苗。

面前的女孩衣服单薄，脸上泪水混着尘土。他看着田苗哆哆嗦嗦地哭着，那些眼泪顺着她的眼睛滑下去，滑过唇角，聚到下巴上，簌簌地抖动着，又滚落在地。他看着那双被泪水浸透的眼睛，正透着无尽的难过与哀伤。他朝天空大吼一声，再也忍不住涕泗横流。

赛德从后面走了过来，将两个人搂在怀里。

走出原始森林后，一群人才安心下来。可是一声突如其来的狼嚎让一群人再次紧张起来。回头望去，只见原始森林的深处现出一道道白影，时隐时现地走近。为首的是那只大白狼，它从狼群中走出，走出原始森林，走向田苗和赛福。有几个人吓得端起麻醉枪。

"请不要开枪！"田苗喊。

赛德说："大家退后，它是为了白狼而来，不会伤人的。"

一群人朝后退去，只留下了田苗、赛福和赛德。

大白狼走到田苗和赛福身前，走到他们怀中抱着的白狼身前。它长久地看着，看着，然后，它朝着天空长久地嗥叫起来。

原始森林中的白狼，此起彼伏地叫了起来。

最后，大白狼再次看了白狼一眼，折身朝原始森林走去，像一道光，远了，远了，最后消失在森林深处的黑暗里。

那天，三个人在田苗家的院子里挖了一个坟墓，把白狼葬在里面。

雨中，田苗唱起了那首妈妈唱过无数遍的歌，唱起了那首她和白狼都听过无数遍的歌。

> 我是一粒小苗啊，
> 我是一根小草啊，
> 我是一朵小花啊，
> 我是一棵小树啊，
> 刮风哟，
> 打雷哟，
> 下雨哟，
> 落雪哟，
> 不要怕啊，
> 不要怕！
> 总有一天我会抽枝，
> 总有一天我会发芽，
> 总有一天我会开花，
> 总有一天我会长大！

十一

大大马戏团因绑架动物和进行非法的动物表演受到了严厉的处罚并解散，为首之人面临监禁。小小马戏团也因动物表演而被强制解散。

大大马戏团的动物们几乎都被送去了动物园和动物救助站。小小马戏团的咩咩和北风同样要被送去动物园，即使它们陪伴了赛德和赛福十多年。

那天，相关人员开着车拉它们去往动物园的路上，赛福、田苗和赛德一路陪伴，老眼昏花的咩咩和倦意连连的北风也许自知要离别了，用温热的舌头舔舐着三个人，如同完成了使命一般，在去动物园的路上，咩咩和北风双双停止了呼吸……

对了，还有那只白耳小狼。

三个人从大大马戏团的员工处得知小狼是白狼在一年前生下的。白狼自从到了大大马戏团后就一直在反抗，没有谁可以驯服它。别人用鞭子狠狠地抽它，用棍子狠狠地打它，打得它皮肉绽开、骨头断裂，甚至失去一条腿，它都没有屈服。它生来就是属于森林的，属于天地的，任何人都无法驯服。它是一个精灵，灵魂纯洁而光芒万丈。

后来，大大马戏团的人放弃了驯服白狼，可他们又想到了别的办法。他们找来其他的狼，想让白狼生下小狼。白狼仿佛知道他们的目的，接连咬死了两只公狼。后来，大大马戏团用了麻醉剂，白狼终于无法抵抗。

它生下了三只小狼，却不是纯白的。三只小狼一生下来就被带离了，白狼再没有见过它的孩子们。它疯狂地撞击笼子、撕咬别人，疯狂地要找到它们。再后来，当别人把三只小狼的尸体拿到白狼面前后，白狼平静了下来，它的心完完全全地死去了。据大大马戏团那个员工所说，白狼的三个孩子因为体虚和流感其实只夭折了两只，剩下一只在丢去垃圾桶的时候又活了。可是没人敢让白狼再见到那只小狼，小狼被高价转手给了另一家马戏团。直到大大马戏团想再次得到白狼，又借来小狼，用小狼引诱白狼……

此时，怎么处理小狼成了难题，相关人员建议把小狼送去救助站或动物园。

可是赛德和赛福都知道，去了那些地方，对于小狼而言意味着失去自由，那是一种合法的"囚禁"。

在赛德和赛福的努力争取下，相关人员终于愿意让他们联系一下狼群。赛德、赛福和田苗带着小狼再次回到原始森林。田苗唤来了白狼群，三个人不知道白狼群会不会接受这只混血小狼，纷纷为小狼捏了把汗。后来的结果让三个人放心下来，大白狼领着小狼走进了狼群……

那个女猎人在那天的混战中领着弟弟跑了，至今没有出现。关于女猎人父母之死，经过专员的再次调查和对当事人的审讯，证实并非白狼群所害，而是掉下山崖而亡的。至于为什么大大马戏团的人要隐瞒事实，那是因为事情的真相是——女猎人的父母和刀疤脸男人、二把手在南山荒山做任务的过程中出现分歧，双方在争执中坠崖。为了推卸责任和平息猎人家族的怒火，也为了继续利用猎人一家，刀疤脸男人和二把手一起隐瞒了真相，并对猎人家族撒了谎，谎称是白狼群干的……

如今，一切都结束了。

一天早上，赛福像往常一样去田苗的帐篷里找她，发现帐篷已收拾得干干净净，并无田苗的身影。赛福站在空荡荡的帐篷里，心里也空荡荡的。寒风阵阵，吹得帐篷颤抖不已，也吹得他的心颤抖不已。

田苗就那样不告而别了，她没有留下一句话。就像她来时一样，突然闯入赛福的生活，又突然离开。

赛福不喜欢这样，不喜欢田苗突然闯来的样子，也不喜欢田苗突然离去的样子。他不甘心这样，他想找到她。他和爸爸辗转打听，后来听说她被委托到一家孤儿院接受照顾了。

赛福得知了她的消息之后，并没有去找她，他想，很多事情都需要留给时间去治愈。匆匆相遇，又匆匆别离，人生不就是如此吗？

这一年的下半年就在落寞与遥想里缓缓度过了。冬天的大雪里，无所事事的赛德和赛福躲在帐篷里听雪，大雪簌簌地落下来，雪花落到帐篷上，听着雪花堆积在帐篷上互相挤压，两个人都有些困了。

赛德煮了一锅咖啡递给赛福，两个人喝着喝着，便想起去年的雪日里，他们煮咖啡喝的场景。

当时打完雪仗，脸蛋冻得红扑扑的田苗抱着烫烫的搪瓷碗，一口气喝光了赛德煮好的咖啡，啧啧称赞道："真好喝啊。"

此刻少了田苗，两个人缩在炉子边，端着滚烫的咖啡，默默地喝着。

喝了一口，赛福说："真好喝啊。"

赛德也说："真好喝啊。"

雪后春来，当地的街角出现了一家咖啡店，名叫"小小马戏团"，是赛德和赛福经营的小店。

一开始，小店的客人很少，可是来过的人都觉得咖啡好喝，一传十，十传百，小店的生意慢慢好了起来。

生意好起来后，赛德和赛福就忙不过来了。考虑到店里还需要一个帮手，赛德写了一份招聘启事，贴在店外的小黑板上。

几天后的晚上，店里打烊了，赛福和赛德忙着擦桌子和收拾杯子，忽然听到门口的风铃"叮叮当当"地响了起来。

"我们打烊啦！"赛福说着，回头去看。

门口站着一个女孩。

女孩一头长发散落在耳畔，她穿着一件洁白如雪的毛衣，脸颊在晚春的夜里微微泛红，一对眸子亮晶晶地闪烁着："请问，店里还缺人吗？"

一阵晚风吹进店中，将女孩的头发吹得飞扬起来，也将男孩的领带吹得飞扬起来。

在风铃声里，男孩的脸微微泛红，他一笑，说："田苗，欢迎回来。"

（全文完）

奇趣档案袋

狗的生命很短，人的生命很长，它在你的生命中，可能只是一个片段，而你却是它的全部。

——《神犬小七》

汪星人身份识别指南

你知道吗？汪星球同我们的世界一样丰富多彩，颜值担当、搞笑担当、暖萌担当……每只汪星人都扮演着最独特的角色！汪星人的世界，你了解多少呢？快来一起认识它们吧！

★ 颜值担当组 ★

小组宣言：颜值是汪星球的第一生产力！

No.1 萨摩耶犬

外号：雪橇三"傻"之老三、微笑天使、傻白甜

外貌特征：属于中型犬，有一身雪白的毛发，耳朵呈竖立的三角形，表情看上去总在微笑，全靠一张爱笑的脸吃饭

原产地：西伯利亚

性格：憨厚、温驯、有毅力、适应性强

职能：工作犬

饲养守则：萨摩耶犬是全身洁白如雪的美犬，要保持它毛色洁白柔顺，就要经常梳理它的毛发。建议早晚各梳毛一次，每次梳毛5分钟，保持它美美的样子哟！

内心独白：其实我也不知道自己为什么笑，不知不觉舌头就跑出来啦！

No.2 阿拉斯加雪橇犬

外号：雪橇三"傻"之大傻、雪地王子

外貌特征：体形庞大，长相憨厚，头部宽阔。毛发浓密厚实，有长毛和短毛之分，长毛阿拉斯加犬常见的脸部为"黑白十字脸"，短毛阿拉斯加犬常见"灰白桃心脸"。

原产地：阿拉斯加

性格：稳重、爱与人类相处、内心细腻、胆小

职能：雪橇犬、守卫犬、工作犬

饲养守则：阿拉斯加雪橇犬的纪律性相对较差，自由散漫，因此需要较大的活动空间，不适合室内饲养。另外，阿拉斯加雪橇犬很怕热，饲养环境不可过热，夏天最好开空调，以防中暑！

内心独白：别看我体形大，也有突如其来的玻璃心，总被乱叫的小狗吓跑，真是丢狗啊！

No.3 大麦町犬（斑点犬）

外号：外交专家

外貌特征：中型犬，被公认为是最优雅的品种之一，体形修长，白色皮毛上有清晰的黑斑点，斑点分布均匀，非常好识别。

原产地：南斯拉夫

性格：活泼、聪明伶俐、听话易驯、感觉敏锐、警戒心强

职能：拖曳犬、狩猎犬

饲养守则：斑点犬是冒失鬼，喜欢扑人，家里有小孩和老人请特别注意，避免发生意外。另外，大麦町犬比较爱活动，因而食物的消耗量也比较大，所以饲料的供给比其他犬种多些。

内心独白：狗生好艰难，好想变长毛，盖住肉肉啦！

搞笑担当组

小组宣言：总要有负责搞笑的汪，汪生才不会那么无趣嘛！

No.1
西伯利亚雪橇犬
（哈士奇犬）

外号： 雪橇三"傻"之二傻、"撒手没"、表情帝

外貌特征： 属于中型犬，头部比较尖，眼睛呈杏仁状，两眼之间的距离适中，眼睛稍斜，类似吊眼，瞳孔多为棕色或者蓝色。面部有类似面具、眼镜等形状的花纹。

原产地： 西伯利亚

性格： 温驯友好、精力旺盛、极度自由散漫、神经质

职能： 宠物犬、工作犬

饲养守则： 哈士奇运动量较大，每日用自行车拉着它跑一段路可以让它们保持体形。但遛哈士奇永远不要撒手或摘掉绳子，因为它们经常跑出去几个小时才会发现："哎哟，我家呢？"

内心独白：（面对被撕烂的沙发）主人，不是我的错，是沙发先动的手！

No.2
威尔士柯基犬

外号： 小短腿、电臀

外貌特征： 小型犬，毛色通常为橘色，耳朵较大，四肢短小，后肢肌肉结实。毛色光滑，外表跟狐狸相像，分为断尾柯基和长尾柯基，学名叫潘布鲁克威尔士柯基和卡迪根威尔士柯基。

原产地： 英国

性格： 稳健、机警、本性友好、勇敢大胆

职能： 家庭犬、牧牛犬

饲养守则： 柯基犬容易患眼疾，应每隔三到五天用2%的硼酸水为它洗眼，定期为它洗澡、清除耳垢、牙垢，修剪爪子等。

内心独白： 腿短不要紧，来跟我一起唱："柯基柯基，柯基柯基，柯基柯基，腿长八厘米！"

No.3
秋田犬

外号： 眯眯眼的大脸长腿哥哥

外貌特征： 属于大型犬，毛发颜色醒目清晰，多为橘色。毛发为双层毛，质地柔软浓密，脸部黄白相间的毛发呈M波浪形，区别于柴犬脸部的T形花纹。

原产地： 日本

性格： 勇猛、敏锐，极为忠诚，固执

职能： 工作犬、狩猎犬、看家犬

饲养守则： 秋田犬善于狩猎，更喜欢运动，它们体形不小，对食物的要求比较多。为秋田犬准备食物应丰富且营养全面。

内心独白： 人们总说我安静得像条"假狗"，既不爱叫也不爱跳。别的汪嘲笑我既不闹腾也不撕家……其实我只是懒。

★ 暖萌担当组 ★

小组宣言：温暖你的心，就是我的日常任务呀！

No1 比熊犬

外号：棉花糖

外貌特征：小型犬，外形漂亮，以双层毛皮形成的蓬松外形而著名。圆滚滚的脑袋加上黑黑的眼睛，像个小天使。当比熊静止时，就像毛茸茸的玩具；运动起来时，又像喷出来的棉花糖！

原产地：地中海

性格：忠诚、性情温驯、顽皮可爱、有活力

职能：家庭犬

饲养守则：毛发对比熊犬尤为重要，再加上比熊不会自然脱毛，因此毛发需要每日耐心梳理和定期进行专业修剪。同时，比熊犬是一种非常怕寂寞的狗，需要有人经常陪伴。

内心独白：你今天不开心？等我给你来个摇头杀！

No.2 贵宾犬（泰迪犬）

外号：小人精

外貌特征：小型犬，头部小且圆，眼睛很黑，呈椭圆形。耳朵下垂紧贴头部，耳廓长且宽。毛色一般有巧克力色、棕色、红色、白色、咖啡色、杏色、黑色，鼻子一般为棕色。

原产地：欧洲

性格：活泼、性情优良、极易近人

职能：玩具犬

饲养守则：贵宾犬容易患病，要特别注意它的饮食卫生。食物中须含有丰富的蛋白质，每天肉类不得少于100克。喂前加等量的素食或饼干用水调和，同时应及时供给新鲜清洁的饮水。

内心独白：跳舞？玩滑板车？倒立吃饭？前腿走路？So easy！

No.3 金毛寻回犬

外号：大暖男、吃货

外貌特征：属于大型犬，最具标志性的特征是它全身覆盖着金黄色的毛发，眼睛清澈明亮，眼缘的颜色较深，眼睛为深棕色或中等棕色，两眼之间的距离较大。

原产地：苏格兰

性格：温驯忠实、热情友善、聪明机警

职能：伴从犬、猎犬

饲养守则：金毛喜爱运动，除了跑步外，游泳也是一项对它很好的运动。但主人最好同爱犬一起下水。游泳后，一定要将它全身擦干，特别是耳朵内要保持干燥，以免感染。有些金毛对盐过敏，在海中游泳后一定要尽快用淡水将其身上的盐冲掉。

内心独白：作为犬类智商第四的聪明汪，被说吃货当然不能承认啦！咦，口水什么时候流下来了？

关于狗狗，
你一定不知道的冷知识

🐾 相处久了，狗狗会和主人有"夫妻相"

狗狗和主人真的会出现"夫妻相"！研究人员推测，人的潜意识里存在着一种"生物裙带"的关系，它可以使人更乐于选择与自己相貌相似的狗。经过一段时间的亲密接触，宠物与主人间越发默契，内分泌也会相互影响，所以看上去会越来越像。

🐾 狗狗可以准确预知天气变化

据说，狗狗可以听到、闻到、感觉到天气的变化哦！如果你家狗狗忽然开始捣蛋或做各种事情来引起你的注意，甚至表现出不安，那么很有可能是风暴或异常天气要来了。

🐾 狗狗看你的时候，大多数是看你的左脸

狗狗看你的时候，大多数是看你的左脸，因为人在表现感情时两边的脸露出的表情是不一样的，狗狗能从你的左脸看出你的情绪。

🐾 狗狗可以读懂人的悲伤

狗狗可以读懂人的悲伤情绪，尤其面对自己的主人，这项能力会被强化五倍。根据核磁共振显示，当主人哭泣时，狗狗的大脑被激活，与响应同伴哭泣时的大脑反应是一样的。研究表明，狗能够通过人的面部表情来辨别人是开心还是生气。

🐾 狗狗眼睛接收信息的速度比人类快25%

人类眼中快速运动的世界，对于狗狗来说都是慢速回放。它们眼睛接收信息的速度比人类快了25%，这也就解释了为什么狗狗总能接住飞来的物体。

🐾 狗狗看不懂电视，但它们会假装很爱看

狗狗其实看不懂电视，但它们会假装很爱看，这样才能陪在主人身边。电视机是根据人眼和人脑设计的，每秒显示足够数量的画面，在人看来图片动了起来，但在狗狗看来，电视画面就像幻灯片一样无趣。有专家称，除非电视能散发气味，否则狗是不会真正感兴趣的。

🐾 狗狗不会迷路

狗狗真的不会迷路，跋涉千山万水找到回家的路，对它们来说一点儿困难都没有，但如果是高楼，并且每层都一样的话，对它们来说就有困难了，因为它们不识数。不过，狗狗可以凭借看到的紫外线和听到的部分超声波，以及感受到的地球磁场回到家。

狗狗能在两个泳池那么多的水中闻到一勺糖的味道

狗狗的嗅觉灵敏到什么程度？如果人类可以在一杯水中闻到一勺糖的味道，那么，狗狗可以从两个奥运泳池的水中闻到一勺糖的味道。由于狗狗鼻子的两侧是有缝隙的，所以，它们可以做到呼和吸同时进行，增强了狗鼻子的嗅觉功能。狗狗的大脑还能根据左右鼻孔吸到的气味浓度的不同，判断气味的来源。

狗狗也会吃醋

嫉妒并非人类独有的情绪，狗狗同样会嫉妒。有些狗是天生的醋坛子，美国一项研究显示，狗不喜欢主人对其他狗过于亲密，否则就会"吃醋"。比如，对与主人亲昵的其他狗表现出攻击性，大声吠叫，甚至发动攻击。当然，让狗狗吃醋的不仅是另一个同类，也有可能是你新买的玩具。

狗狗不是色盲

狗狗眼中的世界不只是黑白色，它们还能识别黄色和蓝色。虽然对颜色的辨识比不上人类那么丰富，但比起其他动物，狗狗眼里的世界已经算五彩缤纷的了。所以给狗狗买玩具时，可以买黄色或蓝色的。

狗狗其实不喜欢让人抱

据说狗狗不怎么喜欢被人抱，因为在汪星人的世界里，把四肢放在别的动物身上意味着支配。国外的一项最新研究表明，狗狗很鄙视被人拥抱。并且，在被拥抱时，它们会觉得被陷阱或笼子困住了。所以，当被人类拥抱时，汪星人的内心往往是崩溃的。

汪星人语言密码知多少

仔细观察汪星人看着你的表情和它的动作，我们就能了解到汪星人的秘密语言啦！快来了解一下你家汪星人一直想对你说的话！

🐾 狗狗为什么摇尾巴？

狗狗高举尾巴显示它很有信心或兴奋，摇尾巴则表示高兴。很多狗见到主人回家都会兴奋地抓门吠叫、摇尾巴，那是在大声地跟全世界的人说："我喜欢的那个人出现啦！"

🐾 狗狗为什么递给你玩具？

把喜欢的玩具拿到你面前，是因为狗狗认为你是它的领袖，想要讨你欢心，所以拿出最好的东西与你分享。狗狗想说的是："我喜欢的东西，相信你一定也很喜欢！"

🐾 狗狗对你寸步不离是为什么？

有的狗狗喜欢你走到哪里就跟到哪里，看见你时还会兴奋地转圈圈，满屋子地跑。这是狗狗情感外放的行为，表达它对你的极致想念和喜欢。

🐾 狗狗为什么喜欢靠在你身上？

狗狗觉得你很有安全感时，就喜欢靠在你身上，证明你给它的感觉非常好。这也是狗狗爱你的表现，因为它觉得眼前这个人不会对自己做出伤害。

🐾 为什么狗狗总是在求抱求摸？

有时候狗狗会像个长不大的孩子一样对你撒娇，求你抱抱它、摸摸它。因为它们觉得那样很舒服，像是在说："多摸摸我，然后我们一起玩吧！"

🐾 狗狗为什么冲着你笑？

有时狗狗会吐着舌头，用一种好似在笑的表情看着你，耳朵自然放松地下垂。

那么，恭喜你，获得一只会笑并非常爱你的狗狗！

🐾 狗狗在你面前抬起一只爪子是干什么？

当你的狗狗抬起一只爪子，压低头部，并专注地看向某处时，就意味着它要出发狩猎啦！它的前方或许有一只小鸟或其他猎物，这时，请不要打扰它哦！

🐾 狗狗做出弓起或缩小身子的动作是什么意思？

当狗狗弓起身子或缩成一小团时，通常代表它感到很害怕。如果它盯着一个目标，慢慢地晃着尾巴，就是一个警戒信号！这时要注意，千万不要贸然行动，否则它们就会做出伤害你的行为了。

🐾 为什么狗狗喜欢啃咬家具？

是否啃咬家具取决于狗狗是否有"分离焦虑症"。一般人通常只养一只狗，每日忙碌，不可能随时陪在狗狗身边。如果狗狗没有学会独处，而是过度依赖主人的话，就容易患"宠物分离焦虑症"，用啃咬家具的方式向你提意见哦！这个时候，要多多陪着它。

🐾 狗狗坐在你的脚上有哪些含义？

如果狗狗有很强的支配欲，它会通过坐在你的脚上来表达。另外，如果有"分离焦虑症"，这同样是一种常见的试图接近你的方式。除此之外，狗狗妒忌心很强的话，也可能是在向其他人或动物宣称："这是我的！"当然，它也可能只是单纯地觉得这么坐着很舒服。

汪生有幸

生与死的距离，对于一条狗来说，它无法参透，它只相信，它的主人会回来。它的生命如一注流水，一点一点在车站的青石台上年复一年地流逝。

——《忠犬八公的故事》

我长得不拉风，不帅气，不是名贵品种，你还愿意养我吗？

——喜 喜

田园犬也可以很拉风

文◎让声音煮沸

【1】

"那个……以后放学我们一起走回去吧。"我双手拽着书包背带，眼睛瞪着前方十字路口的人潮，不敢看身旁的贾一宁。

可是贾一宁并没有回应我，在我疑惑地转过脸试图搞清楚状况时，才发现他根本没站在我身边，而是蹲在几米外，嘴上一边惊呼着"好拉风"，一边摸着那只大狗的毛。

这只黑色大型犬的确很帅，可是它的主人是我讨厌的班花，孙梦然。

"我家就在学校旁边，所以牵我家赫本出来遛遛！"孙梦然昂起下巴，眼里闪过一丝骄傲，"这是阿拉斯加雪橇犬，赛级血统！它的爷爷可是连续两年夺得了CAC冠军……"

孙梦然是长了张讨喜的脸，可成天闭不上嘴，逮着机会就讲个不停，贾一宁一定也很讨厌这样的孙梦然吧！我下意识地看向贾一宁，谁知他两眼泛光，不停地逗着那只阿拉斯加，兴奋地问孙梦然："它会什么技能吗？它长这么大一天吃多少呀？我可以牵它吗？"

孙梦然一一回复，点头把牵引绳递给了贾一宁，于是两个人就这么牵着狗，往反方向走去。

喂喂喂，跟你约好一起放学回家的人是我啊！不是孙梦然，更不是这个孙赫本！我气得直跺脚，一个人垂头丧气地往家走去。

贾一宁体育好，个子高，想和他做好友的人比比皆是，我只是其中一个。该死，我怎么不知道贾一宁这么喜欢狗？如果我也牵了一只狗，不用我开口，贾一宁就会愿意和我一起玩儿吧！

于是那天傍晚我回到家，便冲着在厨房炒菜的母亲大人哀求："妈妈，您也给我买条狗呗！要很大很帅的，还是啥比赛的冠军的那种！"

良久过后，老妈才森森地转过头，白了我一眼："我说过，家里只能留一只宠物！"

于是我乖乖地缩回房间，拿出作业本，却连笔都提不起来。满脑子都是贾一宁和孙梦然，以及那只吐着舌头的阿拉斯加。

第二天一早，我带着黑眼圈跌跌撞撞地跑出了家门。

昨晚失眠，早上起晚了！为了不迟到，我决定抄小路，从那片拆迁地穿过去！

这片地被围起来好久了，房子也都推平了，却迟迟不动工，成了一片废墟，住在周边的老人甚至还在这里种起了地。

不过这儿一向脏，垃圾车进进出出，所以我很少从这儿走，要是把衣服弄脏了，还要惹得母亲大人骂。

正当我踩着碎石小心翼翼地小跑时，被前方的两只狗吸引了注意力。

那是一只被主人牵着的宠物狗与一只体形中等、瘦骨嶙峋的流浪狗。那只流浪狗想与宠物狗玩耍，而宠物狗只是呆呆地站在原地，盯着它。

想扑就扑啊！我放慢步子，慢悠悠地向它们靠近，才发觉这只流浪狗不只在看宠物狗，还在看宠物狗的主人中年大叔。这狗还会看人的脸色行事？

果然，大叔一挥手，流浪狗立刻跑远，时不时回头，恋恋不舍地看着漂亮的宠物狗。

它那双带着胆怯和期盼的眼睛深深印在了我的心里，那一整天我心不在焉，心里一直想着那只流浪狗。如此害怕人类，该是被多少人欺负过？就让我来收了你吧！可怜的流浪狗，相信把你洗白后肯定也很拉风，到时候让贾一宁牵着你跑！

那天放学后，我拿着从教室小仓库里找来的绳子赶去了拆迁地，空荡荡的废墟不见任何一只狗影。难道它的营地并没有驻扎在这儿？正当我决定放弃之时，在拆迁地边缘的小树丛里一眼看到了这只伪装成树叶的狗！

它在躲我？我笑眯眯地走到跟前"汪汪"了两声，它怯怯地抬起头看着我，正当要伸出狗爪时，两个聊着天的老奶奶经过，它又立刻缩了回去。

看来它只是下意识地躲避人类。我心里叹了口气，在两位老人走远后，又露出"友好"的表情，伸手唤它过来。流浪狗慢慢地迈出了步子。

乖乖，跟着我回家吧！我激动地亮出绳子，正准备套牢它时，流浪狗一个激灵立刻往回飞奔，一眨眼工夫，我已看不清它的身影。

后来我想象着这个画面，拿着绳子坏笑着张牙舞爪的我，的确像是个反面人物……看来我的"诱狗计划"还需要再改改。

周末，我顶着大太阳，捧着刚刚从餐桌上收集来的鸡骨头，找到流浪狗长期歇息的小树丛里，谄媚地献上。

我眨着眼搓着手，虔诚地看着眼前的流浪狗。可它瞪着我一动不动。

我仿佛立刻接收到它的信号一般，立即弓着腰默默退后几步："小的就不打扰您用膳了哈！"

等我缩在远处，偷偷盯着树丛里的鸡骨头与流浪狗后，心里忽然不知是何滋味。我犯得着对一只流浪狗这么毕恭毕敬吗？当初又不是我伤害了它，给它留下了恐惧人类的阴影！然而，流浪狗接下来嗅嗅鸡骨头后，又默默回到原地躺下时，我暴怒了。你倒是吃啊！你瘦得连肋骨都突出来了！还担心我下毒不成？

事实证明，我错了。它并不是担心我下毒，大概只是嫌弃这寒酸的鸡骨头吧。因为第二天我锲而不舍地偷偷拿出我的大鸡腿时，这家伙吃得津津有味，害我在一旁咽口水……

收买，哦不，收留一只流浪狗，真不容易啊！

【2】

终于，在我进贡了我午饭里的所有鸡鸭鱼肉后，流浪狗终于不再对我手里的绳子感到抗拒。在我向它的脖子套上绳子的那一刹那，我决定给它起个比"赫本"还要厉害的名字！

我吹着口哨，开心地牵着流浪狗回到家，却被母亲大人痛骂了一顿。

"你不给我买，我自己从外面捡回来一只都不行吗？"我委屈地喊道，况且这"捡"也费了我好大劲。

"霍多朵！如果你想留下这只狗，你就给我离开这个家！"

我只能解了绳子，我对流浪狗说了声"拜拜"，便把家门关上，甚至不敢从门缝看它的眼睛。

对不起，流浪狗，你还是回那片拆迁地吧，我偶尔会给你送食物的。

然而第二天一早我开门去上学时，竟看到了趴在我家门前的流浪狗。它抬起头看着我，尾巴懒懒地摇了几下。

我的心里苦涩起来，拍拍它的脑袋，说："走，给你买肉包子去！"

上学的路上，我吃着肉包子的皮，流浪狗吃着肉包子的馅，我们和谐地一起走到了校门口，我对它摆手："学校可不会让你进来的！"

流浪狗也停了下来，它心里也还是害怕人群的吧。

我安心地走向教学楼，走进教室后，一眼便看见在教室后排聊着天的贾一宁和孙梦然。

唉，如果当初牵着狗的人是我，那么此刻与贾一宁开心聊天的人应该是我才对吧。我酸酸地放下书包，拉出椅子时，只听周遭同学一声惊呼，一只狗影忽然"嗖"地冲了进来，穿过三两个同学，直奔到我的桌底。

是那只我还没给起名的流浪狗。它眼睛亮亮地盯着我，暗红色的舌头傻傻地露在外面。

"这狗怎么进学校的啊？是谁带来的？"

一时间，大家开始讨论起来。

难道它是趁着早上人多，偷偷溜进来的？

这时，孙梦然忽然走上前，双手抱胸，趾高气扬道："霍多朵，学校不让带狗，你不知道吗？"

"谁说这是我的狗了？"我也没撒谎，我妈本来就不同意我养狗。

可这时，这只流浪狗像是为了证明我与它的关系，忽然跳起来，两只前腿趴在我的膝盖上，摇着尾巴，一脸讨好我的样子。

这下我难堪了，孙梦然嗤笑，又捂住了鼻子，矫情地说："哎呀，真臭，你都不给你家的狗洗澡吗？"

她尖尖的声音就像一把刀子，狠狠地插进了我的胸口，我叫道："我说了，它不是我家的！"

看着周遭同学们窃窃私语，还有的跟风捂着鼻子偷笑，我尴尬极了。就在我忍无可忍之时，一声铃响，早读时间开始了，班主任走进了教室。大家赶紧回到了各自的座位上，剩下我与流浪狗兀自站在过道，与讲台上扶着眼镜的班主任面面相觑。

"霍多朵，你现在快把这只狗带出学校！"

看来我再怎么解释都没用了，我垂头丧气地走出教室，流浪狗竟也乖乖跟着我走了出来。我没敢看贾一宁，很怕他的眼神也和其他人一样，充满了鄙夷与不屑。

我把流浪狗带去属于它的拆迁地，转身往回走时，它依然跟着我。

"你烦不烦啊？不要再跟着我了！"我懊恼地大叫，往前走几步转身，它仍然紧紧地贴在我身后。

我愤怒地蹲下来捡起地上的石头举在头顶，恶狠狠地说："你还不走？再不走我砸你咯！"

可是它纹丝不动，只是看着我，眼睛清澈。

它可是曾经连人一抬手都会吓得转身就跑的流浪狗啊，如今，眼睁睁地看着我的恶行却仍然不动。你的防卫意识呢？你的自我保护系统呢？被我的鸡鸭鱼肉通通打败了吗？你这笨狗！如果你以后遇到了坏人，吃了坏人的东西，你就一命呜呼了！我在心里怒吼。

都是我不好，不该打扰你的生活，没能给你一个名字，没能给你一根牵引绳。害你被嘲笑、嫌弃……不知不觉，我湿了眼眶，我扔掉了石头，无力地坐在地上的碎石里，流浪狗赶紧坐到了我的身边，安详地躺下。

你不会在乎别人的嘲笑，你在乎的是能否留在我身边。可我不行啊，我无法无视别人的目光，无法拥有如你单纯的内心，笑看生活里的不堪。

我该怎么办？我看着身旁的流浪狗，陷入无边的迷茫。

【3】

"你现在简直像只无家可归的流浪狗！"

我闻声抬起头，看到了双手叉腰的母亲大人。

"你的班主任给我打了电话，说你送只狗出学校送到现在还没回！"

我再次心虚地低下头，正准备经历一场暴风雨般的教训，母亲大人却只是转过身说："都中午了！快跟我回去吃饭！"

原来我蹲在这堆废墟里哭了一上午？我赶紧起身拍了拍屁股，跟随母亲大人回了家，那只流浪狗仍然紧紧地跟着我。

我叹了口气，狠心关上了家门。

午饭有红烧排骨，我想把骨头留给流浪狗吃，又担心妈妈发现，只得躲躲藏藏。收拾碗筷时，母亲大人竟把骨头用塑料碗装了起来，不屑地看着我说："行了，快把兜里的骨头都拿出来！帮你洗衣服的是老娘我！"

我喜出望外，立即把我私藏的骨头拿了出来，兴奋地拿起塑料碗跑向家门口。"开饭啦！"我边喊着边打开门，门口却空空如也，不见狗影。

我的心凉了大半截。我不死心地走出楼道，往四周张望，热切地盼望着可以找到它。明明早上我还拿着石头想赶它走，可如今，却舍不得了。难道是因为它静静伏在我身边，陪我度过了一个难熬的上午？

寻找无果，我失望地把塑料碗放在地上，转身回家。

当我打开家门时，听见了一个卖力哈气的声音，转头一看，一只湿漉漉的流浪狗正向我扑来。

我惊恐地看着它，它也立刻刹住脚，在我家门口停住，双眼炯炯有神地盯着我。我还在思考着大晴天它是怎么把自己弄得全身是水时，它忽然迈出了一只前爪，踏进了家门，接着抬起头看我，仿佛在征询我的同意。

不知为何，我忽然理解了它这不着边际的举动。

它明白大家捂着鼻子说它又脏又臭的意思，为了可以成为我家的一员，它找了个有水的地方，把自己浑身淋了个遍。

就算如此，也是越洗越脏呀！我哭笑不得，愣在门边不知如何是好。

我足足与这只流浪狗在门口对峙了十分钟，我妈的声音忽然从厕所传来："你还发什么呆？洗澡水我都放好了！"

没等我反应过来，流浪狗便兴奋地"汪"了一声，自觉地冲进了厕所。

母亲大人嘴上说怕我与脏狗接触，才决定主动洗狗。又发现这狗好像挺喜欢洗澡，于是决定收养这只爱洗澡的狗，并赐名"喜喜"。

亲爱的母亲大人就是刀子嘴豆腐心，一定是看我哭得红肿的眼睛才决定收养喜喜的！

我乐滋滋地想着，后来跟她说时，母亲大人冷笑了两声，说："我收养狗不是看你哭得惹人怜惜，而是连卖菜的大妈都告诉我，你在垃圾堆旁和一只狗蹲在一起哭得不成样子，实在是太丢人了！"

就在我错愕之时，母亲大人继续说："还有，你别再以为喜喜是因为想进家门才主动找水洗澡的，它只是在路边便便时被洒水车淋到了！"

"你怎么知道？"

"卖菜大妈看到的。"

这下我凌乱了，到底是哪个神秘的卖菜大妈，消息如此灵通……

总之，喜喜成了我家的一员，据神秘的曾在畜牧站打扫卫生的卖菜大妈说，喜喜有两岁了，是只母狗。

我正拿一支圆珠笔逗喜喜玩，旁边喝茶的母亲大人开口："狗的两岁相当于人的几岁？"

我立即用手机上网查了下，回答："23岁！"

母亲大人忽然拍桌而起："那还在家随地大小便？果然是什么人养什么狗，笨主人养笨狗！"

"我又没有随地大小便。"我弱弱地"顶嘴"。

【4】

后来，母亲大人要求我每日牵喜喜出门两趟，解决它的大小便问题。

周末的傍晚，我拿出牵引绳准备带喜喜出去溜达，母亲大人忽然给了我五块钱，面无表情地说："累了就给喜喜买根冰棍。"

我顿了顿，好一阵才反应过来。冰棍自然进了我的肚子里，狗狗怎么能吃冰呢！哼！

我把喜喜带进学校里的操场跑，不幸撞见了孙梦然和她的赫本。

"哟，这不是上星期那只脏狗吗？你洗干净啦？"孙梦然冷嘲热讽，甚至拉住了想要凑过去闻喜喜的赫本，她教训赫本道："这是土狗，你也想跟它玩？"

人把一切都分为三六九等，可不代表在狗的世界里没有平等！

我报复性地松开了喜喜的牵引绳，喜喜稍微向前走了一步，赫本却按捺不住，向喜喜冲去，孙梦然这小个子哪儿拉得住它！

看着赫本哈着舌头、耳朵向后、一脸欢脱的模样，我家喜喜却傲娇得不为所动，我心里暗爽不已！

孙梦然气得直跺脚，就在这时，一个人影忽然出现，拉住了赫本，是贾一宁。

他塞给孙梦然一瓶水后，皱眉说："你怎么也不拉住赫本啊？如果皮肤病传染了该怎么办？"

孙梦然脸色一变，点了点头，而我脸色大变，招呼也没打，便带着喜喜冲出了操场。

真是人眼看狗低！我家喜喜虽然长得没那么拉风，可是身上的黑色斑块不代表是皮肤病啊！

我对贾一宁失望到底，也不愿意再遛狗。尤其每当我牵喜喜上街时，总会听到这样的声音：

"这狗是什么品种？"

"一般的土狗啊，哪儿有品种？"

虽然我心里在呐喊：中华田园犬不是品种吗？就不值得你们喜欢了吗？可我仍然没有面对这些偏见的勇气，我把喜喜关进了笼子里，这样它就不会随地大小便了吧。

喜喜在笼子里可怜巴巴地看着我，抑郁得连饭也不吃了。

母亲大人把我臭骂了一顿，她告诉我："如果我把你关在笼子里，不理你，每天让你吃喝拉撒在一个一平方米不到的地方，你难道还傻乐呵地感谢我？"

我愧疚地低下眼，摇了摇头。

"我一直教导你养狗要有责任心！不要以为给它饭吃就可以了！"

"你以前不准我养狗，没教导我这么多呀……"

母亲大人转身，嘴里念念有词："果然家里只能留一只宠物……"

母亲大人决定亲自养喜喜，她说我没救了，但喜喜还有进步空间。果然，经过母亲大人的调教，喜喜不但学会了定点大小便，还学会了握手、坐下等技能。

初秋来临时，喜喜忽然食欲不振，肚子也一天天大起来。母亲大人有些忧愁，买菜时随口一提，竟被告知：恭喜恭喜，即将有小喜喜诞生。

母亲大人为此急得饭也吃不下，觉也睡不好，仿佛怀孕的是她一样……我爸以为她不想养小奶狗，暗自准备把小奶狗送走，被我的母亲大人骂了一顿。

她哪儿是愁即将诞生的小奶狗呢？她是愁喜喜的孩子们该取什么名字，刷刷、搓搓……哎呀，喜喜肚子那么大，要是生了个七八只该怎么办呢？

喜喜成了家里的头等保护对象，各种丰盛菜肴补身子，可怜我中考时被外面的十元盒饭就打发了！连老爸也被神经质的母亲大人熏陶，饭桌上我刚夹了个大鸭腿，老爸就一把打掉了我的筷子，把鸭腿夹进地上的狗碗里，奈何食欲不振的喜喜仅仅闻了一下……

我真的是他们亲生的吗？面对这样的爸妈，我欲哭无泪。

喜喜怀孕五十天时，肚子已经拖到了地上。我看着它躺在取暖器旁的毛绒垫上，安详地眨巴着眼睛，一下子回忆起不久前它皮包骨的样子，又看了看当初不愿意养狗却还是收养了流浪狗的母亲大人，只能感叹，世事无常啊，人心不可测！

【5】

狗界的江湖郎中——卖菜大妈推算，喜喜的生产日是12月25日。

母亲在圣诞节这夜没敢合眼，一直守着喜喜，可直到天亮，喜喜都没有生产的迹象。母亲困得直打哈欠，嘱咐了我几句，便回房睡觉了。

轮到我守着喜喜，我倒没母亲大人那么紧张。我搬了个小板凳，坐在喜喜的加强型豪华狗屋旁，轻轻摸了摸它的肚子。

"该有多少只小喜喜呢？"我喃喃自语，喜喜并没有理会我，只是喘着气。

难道要生了？我正疑惑之时，手机铃声响了起来，竟然是贾一宁。我已经好久没和他说过话了，突然接到他的电话，我不禁心生疑惑。

电话里，贾一宁约我在学校门口见面，我迟疑了一会儿，看了看仍然喘着气的喜喜，还是决定出门，顶多半个小时就回来，应该没什么事吧？

我蹑手蹑脚地溜出了门，生怕被母亲大人发现。

待我见到贾一宁，发现他的脖子上戴着我去年送给他的围巾。我又惊又喜，他忽然递给我一个礼品盒："我发现自从你养了狗，就不怎么理我了……因为太忙了吗？"他开口问。

明明是你总和孙梦然一起玩好不好。我在心里愤愤不平地想着，嘴里只酸酸地答道："没有啊，因为你觉得我家狗有皮肤病啊，我怎么好意思传染给你们，所以只能保持距离呗！"

"我哪儿说你家狗有皮肤病？"贾一宁一脸茫然地拦着我。

居然还不承认！我气冲冲地把那天的学校操场事件回忆了一遍，贾一宁无辜地眨眼道："我说的是赫本啦！它那时候得了皮肤病，我怕它把皮肤病传染给别的狗狗呀。"

我一惊，仔仔细细地回忆着那天贾一宁说的话——"如果皮肤病传染了该怎么办？"好像是这么回事，亏我还因为这个一直记仇！

我还没来得及自我反省，便接到了妈妈的电话。她的哭腔把我吓了一跳："快去菜市场把那个卖菜大妈请回家！喜喜生不出来！"

我没空向贾一宁解释，带着他冲向了城东菜市场……

等我和贾一宁拉着卖菜大妈赶到家时，喜喜似乎已经奄奄一息，我当即哭了出来。

卖菜大妈手脚麻利，拿酒精消毒，用手抚着喜喜的肚子，动作麻利娴熟，很快，小奶狗的头冒了出来……

一共有四只小喜喜，却只有一只活了下来。喜喜不断地舔着一只只小奶狗，紧紧挨着它们，仿佛它们还活着一样。我泣不成声，母亲更是哭成了泪人。

"都是我不好！我不该出门！"我开始责备自己。

母亲大人打断了我的自责，她说："是我不该乱喂，喜喜太胖了，所以才难产的！"

"不……都是我……"

我们母女俩开始一唱一和，卖菜大妈再也看不下去，一本正经地说："好歹狗妈妈活了下来！你们现在开始好好照顾它，死去的小奶狗要偷偷拿走。"

我和母亲大人赶紧点点头，送卖菜大妈出门。

听说母狗护崽，连主人都碰不得小奶狗，一时间，我与母亲大人都犯了愁，最后，我发现了一直站在角落默不吭声的贾一宁。

"那只小奶狗可以送给我吗？我会好好养它的。"贾一宁开出了条件。

"它长得不拉风，不帅气，不是外国品种，你确定要养？"我问。

贾一宁点点头："这些都不重要，重要的是缘分。我意外看到了它出生的整个过程，我觉得我和它有缘。"

见母亲大人点头，我也答应了。

接着，我与母亲大人见证了贾一宁被喜喜咬了一口的残忍过程，这也算是一种缘分吧。

重返汪星的小奶狗们被我与贾一宁埋在了当初找到喜喜的那个小树丛里——不要伤心，准备好后再来蓝星球也不迟！

【6】

贾一宁的"Lucky"长到三个月后，便向它的妈妈喜喜说了再见，去往新家。母亲大人曾一度反对喜喜的孩子叫"Lucky"，她认为应该叫"耍耍"，贾一宁自然不同意。

Lucky走后，我为小奶狗擦屎擦尿的奴隶生活终于结束，喜喜只伤心了一天，便再次没心没肺地跑去马路边等洒水车的到来。

爸妈一如既往地宠爱喜喜，而我，在记起贾一宁在圣诞节送我的礼物后，终于找到了存在感。

我翻出那个礼品盒，期待地打开盖子，却看到了一条镶着水钻的狗项圈……

我默默地把项圈放回了礼品盒，抹了一把辛酸泪。果然啊，家里还是只留一只宠物比较好……

我最亲爱的渺渺，即使我的生命明日便将终结，我只愿你安好。

——小石头

祝君好

文◎时 巫

和周子岩恩断义绝那天，我出了一场交通事故。

我和周子岩同班七年，后来他屁颠屁颠地去了美国，一去就是两年，不曾回来看望我一次。

这段友情简直脆弱得像塑料花，让人心酸，我肉疼地打国际长途朝他吼："要是我生日那天你还不回来，就别再来找我！"

我以为这个重磅消息一丢出去，周子岩还不得雷厉风行地飞回来？但事实证明，我还是太天真了。

生日那天，我从白天等到夜晚，别说人了，连周子岩的一点儿消息都没有。我这人太有原则，说出去的话就是泼出去的水，他既然不回来，我一咬牙，决定和他从此相忘于江湖。

心空了，胃得填满。

我骑着自行车，呼哧呼哧地去附近超市买吃的，一心要化悲愤为食量。大概是我太过悲愤，一不小心就把自行车当跑车开，转角时来了一次飘移。

没想到，世界上说走就走的太多，我刚拐了一个弯，突然一个黑影冲了出来，我一个急刹车，"砰"的一声，人和车一起倒地。

我费力地爬起来，见地上躺着一只金毛，一动不动，可怜巴巴地盯着我，呜呜地哀嚎着，一副"你撞了我你要负责"的表情。

一滴血都没流，却嚎得那么惨，不会是内伤吧？我吓得不行，我的自行车哪儿来的这么大威力，能把一只狗撞成这样？

肇事逃逸绝不是我的作风，好在我记得附近就有一家宠物医院。于是我翻身上车："狗狗，我绝不是逃逸，等我回来救你！"

我风驰电掣地奔进医院，看到一个穿白大褂的，拉了就走，拉到医院门口，我拍拍自行车后座："快上车！要出狗命了。"

那个人嘴角抽了抽，把我拉下车，拉着我上了一辆小型救护车，飞快地开往事发地点。狗狗还躺在地上，一见我就开始嚎，我和兽医一起把它搬上担架，送回医院。一路上，狗狗的目光哀哀凄凄，看得我心都酸了。

我诚恳地向兽医大哥发出请求："虽然我是穷学生，没多少钱，但请你救救它，我一定会请你吃饭的。"

兽医大哥哭笑不得地看了我一眼，没有说话。

到了急救室，我被拦在外面。我坐在外面的椅子上，想起今天的祸不单行，缩成一团，难过得泪流满面。

兽医出来的时候，我还没有察觉，他在我面前蹲下："心情不好？养只宠物吧，狗最能安抚人心了。那只金毛没什么事，只是受到了惊吓。"

我进病房里探视，那只金毛健健康康地趴着，见我们进来，眼睛轻轻地眨了眨。我在心里怒吼，身为一只狗，胆子这么小真的好吗？我还受到了惊吓呢！如今狗没事了，那医药费……

我战战兢兢地看向兽医，他却会读心似的说："我弟弟以前最喜欢金毛了，看在狗的面子上，这次当义诊，不收你的钱。"

我眼睛一亮："你弟弟喜欢，那你带回家养吧。"

兽医不看我，苦笑道："来不及了，我弟弟在一年前的今天过世了。"

我飞快地捂住嘴，安慰人这种事实在不是我的长项，好在不用我开口安慰，兽医就指了指我的手臂："你擦伤了，我帮你包扎。"

一定是刚才倒地时擦伤的，我有点儿犹豫："可你是兽医。"

对方眼角跳了跳："给人包扎这点儿技术，我还是有的。"

说罢，他不容分说地抓过我的手进行强制包扎，还好心地给我打了个蝴蝶结。包完之后，他对着我笑："我叫陈子睿，是这家医院的医生，记得你欠我一顿饭。"

对哦，还要请吃饭！我赶紧脚底抹油，被陈子睿一把拉住："喂，你把你的狗忘了。"

我在马路边，捡到一只金毛，这只金毛莫名成了我的宠物。

陈子睿说，金毛身上脏兮兮的，没有名牌，也没有项圈，他上网查了，最近没有寻狗启事。所以这只金毛百分之九十是只流浪狗，如果我不收养它，就只好送去收容所。

陈子睿用期待的目光看着我，金毛也用期待的目光看着我。

好吧，狗是我救的，就冲这缘分，我决定对它负责到底。于是我把它领回了家，取名小石头。

小石头用不屑的目光看我，好像在说："我这么威武雄壮的一只狗，你好意思给我取这种名字？"

我一边拿毛毯给它造窝，一边解释："我以前常常想，以后我一定要养一只金毛，用周子岩的小名命名，就叫小石头。"我失去了周子岩，好歹捡回一只小石头，也算是一种安慰吧。

小石头极通人性，我说话的时候，它安安静静地听着，琉璃珠子似的眼睛紧紧地盯着我。

我一说完，它突然飞身扑了过来，把我扑倒在地，用头温柔地蹭着我的脸，像是在拥抱我。

虽然这个画面真的好温馨，但此时此刻我只想说："笨狗，我快被你压死了！"

小石头抬起脑袋，以迅雷不及掩耳之势舔了我一口，眼睛亮晶晶的，丝毫不顾我的控诉，心满意足地继续压在我身上。

就这样，我和小石头过起相依为命的日子。都说狗有灵性，但小石头简直有灵性到令人诧异。叼拖鞋、遥控器什么的，早就不在话下，更神奇的是，无论我说什么，它好像都能听懂，我哼歌，它也"呜呜呜"地附和我。

小石头还很黏人，我帮它洗了澡之后，它就开始往我床上扑，把头搁在我的膝盖上，含情脉脉地看着我，一副看八百眼都看不够的架势。

它这种恋主的表现让我很头痛。毕竟当我做着瑜伽，费力地把脚往脖子上翘，它还这么含情脉脉地看着我，那情景就显得很诡异了。

小石头不是纯种的金毛，鼻子和眼睛中间有一条怪异的伤疤，显得有些凶狠。

我被它看得发毛，便说："你长得这么凶，就不要卖萌了好吗？"

它果断地放弃卖萌，飞身朝我扑来，各种撒娇求顺毛。

这天，小石头屁颠屁颠地叼了一张名片来找我，是陈子睿给我留的名片，我在睡梦中迷迷糊糊地推了它一把："你又没病，看什么医生？"

我拿着名片继续入睡，总觉得好像有哪里不对劲。这张名片被我丢在名片盒里，盒里的名片那么多，它怎么找出来的？难不成它认字？

我不信邪地命令："小石头，把我昨晚看的那份文献资料拿过来。"

不一会儿，小石头叼着那摞资料丢在了我脸上。果然是我昨晚看的那份，我情不自禁地抖起来。

这种感觉实在太惊悚，狗再懂人性，也不能认字吧？可是我那乱葬岗一样的书桌上有那么多份资料，它却一找一个准，这不科学！

我翻身坐起来："你你你，究竟是什么怪物？"

小石头有些懊恼，一副"还是被发现了"的模样，随即朝我走过来，爪子搭在陈子睿的名片上。

电光石火间，我想起陈子睿说过，他的弟弟在一年前去世，而一年后的同一天，正是我遇到小石头的日子。

我指着它："难道……你是他弟弟？"

小石头歪着头看了我一眼，低低地"汪"了一声，点了点头。

它的眼神如此笃定，我觉得自己的世界观被颠覆了！

三

我躲进厕所里，思考了整整一个小时的人生，恨不得写个奇异事件帖。直觉告诉我，虽然小石头这段时间趁机占了我不少便宜，但它应该不会伤害我。

我小心翼翼地走出去，就见小石头叼了一张纸，上面歪歪扭扭地写着：别怕，我没恶意。

它居然还会写字！我捂着胸口，久久不能平静："冤有头债有主，你去找陈子睿啊，找我干吗？你留在我身边难道是因为仰慕我的美色？"

小石头跟跄了一下，咬了一支马克笔，歪歪斜斜地在纸上写：**你有美色？**

如果它是人，我一定扑上去掐它脖子，质问它："我怎么没有美色了？"

我本想带着小石头和陈子睿来个兄弟相认，但小石头狠狠地鄙视了我，写道：**你觉得他会信？**

小石头说得有道理，我总不能跑去告诉陈子睿，你的弟弟变成了一条狗了。我一定会被他送去精神病院。更何况小石头不愿意让陈子睿知道它的存在，它低着头费力地在纸上写：**狗的生命有限，我不能让我爱的人再一次经历离别。**

我的泪点低，最受不了兄弟情深的情节。我感动地抱住小石头："你变成了狗都要留在他身边，我一定帮你。"

于是，我领着小石头去医院找陈子睿。陈子睿正好给一只哈士奇检查完身体，看见我和小石头，匆匆走出来："我以为你忘记欠我一顿饭呢。"

我看了看两眼期盼的小石头，肉疼地捂住了自己扁扁的钱包。看来做好事也要付出代价！我咬咬牙："说话算数，我就是来请你吃饭的！"

陈子睿欣然赴约，两个人一只狗坐在街边的大排档。陈子睿豪迈地点了一堆菜，小石头扒在桌边两眼放光，一副被我饿惨了的样子。

吃饭的时候，我一边给小石头往碗里夹肉，一边偷瞄了陈子睿好几眼，酝酿了好久才终于开口："事情是这样的……"

我努力表现出理直气壮的样子："既然小石头是你帮忙救的，那么大家都和它有缘分，为了避免小石头不小心被我饿死，我希望可以和你一起养它。"

我在心里祈祷，虽然这个理由很烂，但是……答应我吧，答应我吧。

陈子睿果然有一颗柔软的心，想都没想就答应了："没问题，不过我住的地方不能养狗，就养在你那儿吧，我定期去看它。"

我欣喜若狂，伸手去揉小石头的脑袋。小石头的眼里湿湿的，看不清楚是开心还是失落，它抬起头，把脑袋搁在我腿上。

它的眼神让我莫名心悸，我一个恍惚，陈子睿和我说了什么都没听清。

（四）

有了陈子睿的资助，小石头的日子好过了许多。陈子睿给它买了舒适的狗窝、玩具，还给它做营养早餐，看得我羡慕嫉妒恨，感叹自己还不如一只狗过得好。

但小石头傲娇得很，它还记得自己曾经是人，和我抢饭吃，睡我的床，玩我的电脑。最可气的是，它玩我的电脑！

我的电脑上配了块触屏手写板，小石头就用它的狗爪画来画去，居然还在我的QQ上和别人聊得不亦乐乎，聊到一半，还能调出音乐播放器放首伤感歌曲。

我看得冷汗淋漓，网上那句话果然是对的：隔着屏幕，你根本不知道网络那头是人还是狗。

我赶紧扑过去把小石头挪开，这才发现它在和陈子睿聊QQ。聊天话题一直围绕着陈子睿的私生活打转，再加上各种示好和暗示，一副花痴的模样。

我蒙了，抓着小石头进行教育："你关心你哥我能理解，但你也不能毁我形象啊！"

突然，我丢在沙发角落的旧手机响了起来。

那部手机是我专门用来和周子岩联系的，自从他爽约后，我一怒之下关了机，方才百无聊赖地按了开机键，没想到它居然响了，打电话的不会有别人，一定是周子岩！

我在思考着怎么应答，小石头却已经抢先一步扑过去，按了接听键，脑袋趴在手机上听。我正想问问它周子岩说了什么，它突然咬起我的手机夺门而出。

它有四条腿且跑得飞快，等我反应过来追到楼下，它已经不见了踪影。我揪着头发来回踱步，这狗坏透了，居然还学会抢手机，剥夺我和周子岩通话的机会！

认识了小石头以后，它经常表现出对周子岩深深的鄙视，只要我一提起这个人，它就鼻子不是鼻子，眼睛不是眼睛，多次在我看着他的照片黯然神伤时劝我：这个人一看就不是好人！

小石头这么讨厌周子岩，我的手机一定凶多吉少。我难过极了，蹲在楼梯口等着罪魁祸首。

小石头很快屁颠屁颠地跑回来，嘴里空空的，我的手机果然没有逃过厄运，不知在哪个土洞里默默地腐烂。

它似乎知道我生气了，使劲儿拿头拱我，我垂头丧气地牵着它回家，窝在沙发上一动不动。小石头在一旁蹦来蹦去，给我秀陈子睿给它买的项圈、零食和玩具，它欢欣鼓舞的样子让我眼睛突然一酸，心里绷了许久的那根弦终于断了。

我对着它号啕大哭："我知道你哥哥很好，虽然周子岩很差劲，虽然他宁可和我老死不相往来，可是我舍不得他啊！"

小石头没有回应我，也没有安慰我，只是沉默地在我身旁蹲了许久，然后转身跑回电脑前鼓捣着，不知又和陈子睿聊着什么。

我哭得更凶，我在这儿撕心裂肺呢，它还有空聊天！正咬牙切齿地要断了它的网，却听见熟悉的叮咚声响起，是周子岩发来邮件的专属提示音。

这次我反应极快，飞奔过去把小石头推到一边，防止它心狠手辣地删除我的邮件。我在小石头无可奈何的目光中打开了邮件，然而，我既没有看到想象中长篇大论的解释，也没有诚意的忏悔，页面上只有简简单单的一句话：渺渺，我不会再回去了，忘了我吧。

我和周子岩这么多年的交情，他只用一句话便终结了。

我震撼得连哭都无力，沉默地低下头，正好对上小石头担忧的目光。我想，恐怕它是在电话里听见周子岩跟我告别，怕我难过，才夺走了我的手机。

我拍拍它的脑袋："我错怪你了。"

小石头拉过手写板，写了一句话：你一定要比他过得更好，我陪你！

我蹲下身去，用力地拥抱小石头。还好，在我伤痛欲绝的时候，还有它在。

五

在我决定重新开始生活的第一天早晨，我被一阵敲门声吵醒了。

我打开门，衣冠楚楚的陈子睿站在门外，身后是光芒初绽的朝阳。

我愤怒地质问他："一大早扰人清梦要闹哪样啊？"

陈子睿一脸无辜："昨天晚上你跟我说你心情不好，让我今天早点儿过来找你。"

我抽着嘴角看向小石头，终于明白它昨晚在电脑前究竟在捣鼓些什么。眼见两人一狗僵持不下，小石头突然跃下沙发，跑到陈子睿身后，从他手中叼出一捧水灵灵的姜花，递给了我。

姜花纯朴，是我最喜欢的花，陈子睿对我的了解不深，自然无从知道我的喜好，用脚指头想也知道，是小石头在暗中传递消息。

陈子睿用他兽医的身份发表看法，他认为主人心情不好会直接影响宠物的健康，所以他决定带我们出门遛弯散心。

早餐吃的是福满楼的流沙包和鲜豆浆，坐车途中，陈子睿还递给我一大包杂七杂八的零食，我扫了一眼，番茄味的薯片、麻辣牛肉干，和早餐一样，都是我喜欢的口味。

情报收集得这么全，小石头着实有当卧底的潜力。我轻飘飘地看了它一眼，它却在后座上一脸严肃地端坐着，假装在看风景。

陈子睿将我们带到海边。海浪滔滔，我站在沙滩上发呆，只觉得心情也跟这片海一样波涛汹涌。我看向陈子睿："你干吗对我这么好？"

陈子睿望向远方："我第一次见到一个小姑娘会为了一只流浪狗慌里慌张地跑到医院，又愿意收留它。"他又转过来看我，"不要害羞，虽然很多女生都会刻意接近我，可是……我觉得你最特别。"

虽然陈子睿英俊迷人又有爱心，但他到底哪里来的自信，觉得我在刻意接近他？为了表示清白，我觉得是时候把小石头的身世秘密告诉他了。

我深吸口气："你想多了，我接近你是为了小石头，它其实是……"

话未说完，方才一直在一旁静坐看戏的小石头突然跃起，在背后猛地撞了我一下。我想小石头一定没有意识到自己是一只几十斤重的胖狗，它这么一撞，差点儿把我撞倒在地。

陈子睿连忙扶住我。

我咬牙切齿地解释："海风太冷，冻得我站不稳！"

陈子睿笑了笑，转身跑回停车场给我拿外套。

陈子睿前脚刚走，小石头就急急忙忙地在沙滩上写字：答应我，无论发生什么，都永远不要让他知道这件事。

我无法理解："那你为什么还要回来？"

小石头沉默了好一阵，才缓缓地写：**因为，我要看着最爱的人开心，才能安心离开。**

我默默地红了眼眶，它一定觉得我能让陈子睿开心，才将我们两个凑在一起吧？

远处，拿着风衣的陈子睿缓缓跑近，他的眼角眉梢都是笑意，盈满了我能看见的所有美好。

我轻轻地扫平沙滩上的字，拍拍小石头的脑袋："我答应你。"然后我站起来，笑着迎向陈子睿。

多亏小石头的通风报信，陈子睿掌握了我所有的兴趣爱好，我们一起去游乐场，一起去坐缆车，一起去城市最高的山顶看日落，做所有我想做却一直没做的事情。

时光漫漫，漫过了一个春夏秋冬。

我居住的出租屋合约到期，恰逢搬家旺季，预约不到搬家公司，我只好在附近找了几个散工。

搬家这天，陈子睿在医院有事不能来帮忙，我一个人带着几个散工跑上跑下，正跑到一半，突然听见我的屋子里传来一声凶狠至极的狗吠声。

小石头从来没这么叫喊过，我吓了一跳，家具都顾不得了，攀着楼梯往上跑。

屋子里，一个散工正和小石头对峙，小石头露着獠牙，眼睛紧紧盯着那个散工鼓起来的口袋。

那个散工吓得脸都白了，拿了我一根用作摆设的棒球棍左右挥舞着，试图阻止小石头靠近："你快叫它滚开，疯狗要咬人了！"

小石头才不是疯狗，它这种表现，一定是那个散工顺手牵羊拿了什么东西！

然而我只有一个人，散工还有同伙，我怕自己遇上坏人，不敢冒险，只能拉住小石头，在它耳边低语："不是什么要紧的东西就算了，等他们走后我再报警！"

那个散工趁着我和小石头说话，突然一跃而起，跨过了地上的箱子就往外跑。他慌不择路，经过的时候还推了我一把，我一不留神，一头磕在一旁的墙上，疼得我龇牙咧嘴。

小石头登时暴怒，疯狂地追了上去，咬住了那个散工的裤腿。那个散工早就怕得直哆嗦，小石头咬住他裤腿的同时，他也举起了棒球棍，大叫着朝小石头砸过去。

我要阻止的时候已经来不及了，眼睁睁看着球棍砸在了小石头身上，它猛地颤了一下，直直地倒了下去。

动静太大，邻居们都跑了出来，也惊动了楼下的保安。一脸苍白的散工被人指指点点，最终被保安扣下。

可我什么都顾不得了，眼皮底下只有躺在地上一动不动的小石头。

我把小石头送往医院的时候，正好遇到陈子睿从手术室出来，他顾不得休息，就将小石头送了进去。

我急得团团转，几次要硬闯手术室，都没有成功。好在陈子睿很快从手术室出来，他目光复杂地看了我一眼："没伤到要害……"

我大喜，越过他，跑进了小石头休息的房间里。

小石头躺在床上，奄奄一息的样子让我瞬间红了眼眶。我气急败坏地盯着小石头吼："陈子睿说你没事的，你别指望像第一次那样骗我，我不会上当的！还有啊，以后不许逞英雄了！"

小石头一动不动，只抬起眼皮，默默地看着我，那是它时不时会出现的眼神，充满留恋和无奈。我猛然想起，这样的目光我在姥爷弥留之际曾见过，我看得心惊，浑身止不住抖了起来。

"它伤得不重，可是它七岁了，恐怕……"陈子睿在身后说，"渺渺，让它去吧。"

明明一年前它才活蹦乱跳地来到我身边，怎么突然就老得无法动弹了？我无法接受，推开陈子睿，趴在小石头床边喊："我不准你走！你跟我说话！"

我夺过陈子睿口袋里的本子和笔，放到小石头面前，可是它只是怔怔地望着我，我把笔凑到它的嘴边，它却无力叼起。

我的手抖着，不肯收回来，固执地和它对视着。它眼里那些复杂难明的情绪最后都化成了眼泪。良久，它攒足了力气，微微仰起头，轻轻对着我吠了三声。

三声过后，它合上了眼睛。

七

你知道失去一样很重要的东西是什么感觉吗？那种感觉，是在空荡荡的房间里没有声音，没有陪伴，仿佛宇宙间只剩下你一个人。

我不顾所有人反对，搬回原来居住的小公寓，我想，也许小石头还会回来呢，它既然能回来第一次，保不齐就能回来第二次，我要在这里等它。

陈子睿对我的悲伤无可奈何，只能每天下班都来陪伴我。我有许多秘密，可是我答应过小石头，不能对他说。我只能对陈子睿提了个无理的要求："我能不能看看你弟弟的照片？"

陈子睿愣了愣，还是从手机里给我调出一张照片。照片里的少年腼腆地笑着，长得清秀，眼睛躲避镜头，和我平日见到的小石头感觉毫不相似。

我摩挲着照片，放肆黏人的小石头，怎么会是这么腼腆的样子呢？

我从陈子睿口中问到他弟弟所在的陵园位置，拒绝了他的陪伴，独自前往。在陵园里，我对着石碑上一个陌生的名字嗫嚅了半天，却说不出一句话，只能站着发呆，心绪难平。

突然有人喊我的名字，我回首，见一位头发灰白的妇人朝我挥手。即使我此刻心如死水，还是免不了吃惊，那是周子岩的妈妈。

她朝我靠近，神情有些激动："我没认错，你真的是渺渺。"然后她试探着问："你……也是来看我们家子岩的吗？"

　　我心里一颤，已经问出了口："子岩他怎么了？"

　　周妈妈神色一黯："哦，你还不知道啊？我们家子岩一年前出了车祸……唉，好端端的，也不知道他那天为什么非要从美国赶回来。"

　　我愣在当场，无法动弹。周妈妈却拉着我的手："你……能不能去看看他？我用他的手机给你打过好多次电话，可是你都没有听……"

　　我木偶般地被周妈妈拉到一块墓碑前，低头，一眼便看见墓碑上那一行亡故的日期。

　　那一天，是我的生日。原来，他没有爽约。

　　似乎有什么呼之欲出，我颤抖着转过身，拔腿就跑。不可能！怎么可能呢？那天后，他还给我发邮件说再也不见。

　　我奔回家，手忙脚乱地打开桌子上的一个牛皮纸袋。纸袋里是那个散工顺手牵羊拿走的东西，警察很快送了回来，然而我当时沉浸在小石头离去的悲伤中，早已无暇顾及。

　　我颤抖着将所有的东西都倒出来，里面只有几百块现金和一条项链。那条项链是周子岩出国前送我的礼物。倘若为了几百块现金，小石头不至于和人拼命，那么唯一的解释是，它是为了周子岩送我的项链。

　　那么讨厌周子岩的小石头，为什么要拼死护住周子岩送我的项链？我的手不住地颤抖起来。

　　小石头知道我喜欢什么食物，知道我喜欢什么花，知道我想去什么地方，甚至它来到我身边的那一天，和周子岩出车祸是同一天。

　　迷雾慢慢散开，小石头的出现，压根就不是为了陈子睿，它根本不是陈子睿的弟弟。它是为了我回来的，我怎么就没有认出来，那么放肆张扬的样子，是陪伴了我整个青春的周子岩！

　　我缓缓地跌坐在地上，痛哭失声。周子岩，你布了好大一场骗局！

八

　　渺渺，我最亲爱的渺渺。

　　该怎么跟你开口呢？怎么告诉你，英俊潇洒的我变成了一只狗？你会信吗？或者，你会撸起袖子将我扫地出门吧？

我很想告诉你，那天我没有爽约。

为了赶在你生日那天和你见面，我当天从美国搭乘夜机回国。大概是天妒英才，我遭遇了车祸，没有活下来，却莫名其妙地变成了一只狗。

我去找你，我想告诉你，我回来了。

可是我不能，我只是一只不知哪天就会命丧黄泉的狗。

所以我顺着你的想象，假装是陈子睿的弟弟，阻止你告诉他我的存在，让你和他相熟，成为好友。

我不停地诋毁我自己，丢掉了你和我联系的旧手机，在你难过痛哭的时候发邮件跟你恩断义绝。

很抱歉，我已经不能陪你度过漫长的人生了，但陈子睿可以。

渺渺，不要难过，即使我的生命明日便终结，我只愿你安好。

我用我的生日日期登录了周子岩的电子邮箱，看到了这封信。这封信安安静静地躺在草稿箱里，我想，也许他永远都不打算把信发出去。

他变成小石头费尽心机地回到我身边，隐瞒身份做的一切，都是希望我能快乐。即使他不好，也希望我过得好，那么，我总不能让他失望。

我起身，沉默地整理屋子，将近日蓬头垢面的自己打理一番，准备出门走走。

然而，我一打开门，就见到在我门口来回踱步的陈子睿，他怀里抱着一只小小的金毛，刚出生不久，眯着眼睛看人。

陈子睿很紧张地说："一个客户带着一只金毛去我们医院生产，我特地跟他要了一只……渺渺，送给你，好不好？"

我伸出手，抱过小金毛。它不怕人，轻轻地舔着我的手，天真无邪地歪着头看我，突然冲着我"汪汪汪"叫了三声。

电光石火间，我想起小石头在离开前的最后一刻，轻轻对我吠了三声，原来说的是：我爱你。

你的世界异彩纷呈，而我的世界里，只有你。

——吉优

上帝的游戏

文◎漩 沐

01

天堂登记署的门口排满了长长的队伍。在这里，每个人只有编号，没有名字。天使拿着一份从上帝那儿得到的花名册，对准话筒，清了清嗓子，念了一个编号。

有人被推搡了出来，孤零零地站在队伍之外，编号M28704，没错，就是他。

天使走上前，说："你还真是幸运，跟我走吧。"

M28704张了张嘴巴："什么意思？"他突然惊恐地发现居然听不到自己的声音。

他扼住脖子，天使转身看着他："别费劲了，在这个地方，每个人都要被消音的，也就是听不见自己的声音。不单是你，其实我也听不见自己说话的声音，我们是用'心音'在对话。"

说罢，天使拉起他的手，飞快地跑了几步，然后纵身一跃，他的身体顿时陷进了一个软槽，紧接着，软槽下面的齿轮因人体的重量而迅速下滑，进入了轨道。他简直不敢往前看这轨道的弯度，抑制不住心中的恐惧，他"啊"地叫了一声，几乎晕了过去……

当他小心地再次睁开眼睛，环视自己所处的世界时，这儿已经不像天堂登记署那般死气沉沉了。走了没多长的路，天使停住脚步，宣布："就是这里了。"

拐弯处就是一个垃圾堆放处，味道格外刺鼻，他立马屏住呼吸。

天使扭头对他说："等会儿你要做的事情很简单，进入你需要'寄居'的身体，然后，顺理成章地饰演新角色。"

O₂

臭气熏天的垃圾堆里，堆放着各种不知名的废物和回收品，这里是蚊子和苍蝇的乐园，这就是他要来的地方？他有些恐惧，脸上的表情也变得严肃起来："请别开这种玩笑，好吗？"

天使扭过脸，贴近他的脸，说："我没有开玩笑，这是上帝给你颁发的《修行指南》上写的。"

说到这里，天使想起来了："差点儿忘了把《修行指南》给你，拿着。"

天使递来一本小册子，他不情愿地把册子接了过来，直接塞进了口袋，随后冷冰冰地说道："这到底是怎么回事？把我弄到这个垃圾堆里，是看不起我吗？以前犯的错误，现在还要纠缠着吗？"

此刻，不远处的街口，一个满面愁容的少女推搡着一个一脸胡子拉碴的男人朝这边走来，少女的眼中噙着泪水，抽噎着说："阿勇哥！你把吉优扔到哪里去了？快把吉优还给我！"

那个叫阿勇的男人暴躁地推开她的手："不是说了吗？那只狗已经死了，是畏罪自杀，你懂吗？"

少女挥舞着手："不管，不管，这些理由我不信，它没有错，是我不该离开它，那是惩罚……我只要吉优，无论吉优做了什么，都是我最爱的吉优！"

阿勇无奈道："唉，真是不开窍的死心眼，见到了你就死心了，是吗？"

少女泪眼婆娑地垂下头，抓着阿勇衣角的那只手还是没有松开。阿勇瞥了她一眼，叹了口气，抬手朝垃圾堆的方向指了过来。

天使不动声色地站着，什么话也没说。M28704按捺不住心中的疑问，他问："难道我要去扮演一只狗？"

天使抬眼看了看他："没错，你总算是猜对了。"

"人怎么可以去扮演狗呢？"

天使扭头认真地说："我从来没有说过你曾经是人啊……"

"这个笑话一点儿都不好笑！"

"我没有开玩笑。"天使的脸上没有半点儿笑意，一本正经地解释道，"你在天堂登记署看到的那些人，他们原本的面貌可能是一只苍蝇、一只蚂蚁、一头大象、一只猩猩，当然，也少不了人类。上帝为了方便管理，才让他们看起来都长得一样。包括你之前问的，为什么你无法听到自己的声音，也是同样的道理。你觉得自己是在说话，实际上是你的心在发出信号，将你的需求传递给我。"

"可是，只有人才会说话啊！"

"我说过，我们的对话是心音，这是所有生物共通的语言。"

M28704听不进这些解释，他喃喃道："所以……我活着的时候，很可能是别的生物。"

他垂下脑袋，看起来沮丧极了，全然不顾周围的情况。

此时，那少女听了阿勇的话，飞快地跑到垃圾堆旁。她就像根本闻不到那些令人作呕的臭味似的，疯狂地扒开那堆垃圾，敏锐地找到了一只外露的狗爪子。她的脸上没有任何惧怕，反而更加卖力地推开压在狗狗身上的垃圾。终于，她看到了一只狗，那只狗僵直的身躯上满是肮脏的泥巴与斑斑血迹。

"吉优！吉优！"她把狗抱在怀里，号啕大哭，伤心极了。

"M28704！"天使呼唤着他，他却立在那儿一动不动，嘴巴微微地张了张："我不想干了，怎样才可以让我消失？"

天使毫不客气地将他往前推了一把，他趔趄了一下，钻进了狗的身体。

天使的脸上露出了胜利的微笑，道："大功告成！"

——所以……现在我就变成一只狗了吗？他想试着动一下，果然，狗狗的爪子就颤了一下。

"吉优……"少女突然惊愕得睁大了眼睛，眼眶里噙着的泪水恰好落在狗狗的鼻子上。

——真讨厌！你不知道把眼泪滴在别人的鼻子上很难受吗？

狗狗用爪子蹭了蹭鼻子。

"啊！"少女叫了起来，"吉优，吉优没有死！它还活着！弟弟，我就知道你舍不得我！"

——哎？这是怎么回事？

天使居高临下地看着他，解释道："这位少女就是你的主人，她的名字叫吉佳，这只狗叫吉优。吉佳是个孤儿，对于她来说，这只狗就是她的亲人，她一直把吉优当弟弟。"

刚才站在一边的男人不知何时走了，吉佳将他紧紧地抱在怀里，温暖在瞬间取代了他脑袋里所有的顾虑与不安。

天使离开前说："我想有必要告诉你，我叫鲁利，需要我的时候，请在心里默念我的名字，我会尽快出现在你的面前。"

鲁利的身影消失在空气中，只有声音还在回荡："不过，我有很多事情要处理，所以，不要乱叫我的名字，老喊'狼来了'的孩子一点儿都不可爱哦！当然，有时候我会来抽查的！"

"真是讨厌的鲁利！"他在心里骂道。

鲁利的声音突然不知从哪里又冒了出来："不好意思，我还没走远呢！"

03

夕阳温暖地笼罩着世界，少女的脸上有天使一般圣洁的光芒。

他想，比起鲁利，吉佳更像天使吧！可是吉佳不是鲁利，听不见他独有的语言，她只是靠着自己的领悟力来解读吉优的心情。

"弟弟，对不起……是我没有好好照顾你，才让你遭人毒手，我保证，以后……以后一定不会发生这样的事情了！我们会永远在一起，我再也不会抛下你……"

吉佳悲伤地把脸埋在吉优的身上，也不嫌他现在全身脏兮兮的，不知道是不是钻进了狗的身体里就有了动物的本能，他轻轻地蹭了蹭吉佳流着泪的脸。

料不到自己这么快就适应了新角色，他也不禁有些惊讶，难道活着的时候自己就是一只狗？这样的设想令他全身一颤。

吉佳以为是吉优过度受惊了，便说："弟弟，我知道你叫我不要伤心，我答应你，以后不再哭鼻子了。你也答应我，乖乖地待在家里，不要再跑出去和别的狗狗疯玩了，好吗？"

吉优"汪汪"地叫了两声，代表答应。

吉佳抱紧他，站了起来，说："好了，弟弟，我们回家吧！你一定饿坏了吧？我给你做好吃的。"

说着，她低头看看吉优身上的伤口，难过地说："吃饱了姐姐再带你去看医生，好不好？"

吉优伸出舌头，舔了舔她的手指，那味道咸咸的，带点儿苦涩，是眼泪的味道。

吉佳口中的家，不过是一间普通的小平房，吉佳和年迈的爷爷奶奶住在一起。

爷爷看到吉佳把吉优抱回来，拄着拐杖从房间里出来，厉声道："这只狗还没死吗？吉佳，我不允许你再把这只狗带回家！"

"爷爷……"吉佳难过得又要哭了，"吉优是我的弟弟，它还活着，我不能抛弃它！"

奶奶在厨房里准备晚饭，闻声过来，一看吉佳怀里抱着血淋淋的吉优，不禁一怔。

"爷爷，您过去不是也很喜欢吉优吗？您夸吉优聪明又懂事，人都会犯错误，更何况是狗呢？爷爷，我求您，原谅吉优吧！"吉佳抱着吉优跪在地上，"如果您不同意的话，我就一直这样跪着……"

"吉佳！这狗伤害的不是别人，是你！你这孩子怎么那么傻呢？你知道它下次什么时候再发疯吗？"爷爷气愤得摔掉拐杖，气呼呼地回房去了。

吉佳依然抱着吉优，喃喃地说："我相信吉优，它不是故意伤害我的……爸爸妈妈已经不在了，除了你们，我只有弟弟了。爷爷您以前不是说过吗？既然决定要收养吉优，就不能把吉优当作狗来看待，而是像亲人一样。对于我来说，吉优就算伤害了我，也依然是我的弟弟，是永远的亲人……"

爷爷的影子陷入黑暗中，唉声叹气。奶奶抹了抹眼泪，把吉佳扶起来，将她轻轻地拥进怀里。

　　吉优发出"呜呜"的叫声，他们对话里的意思，他一点儿都不明白。奶奶低头，看着吉优说："吉优啊，以后再也不要伤害吉佳了，知道吗？"

　　虽然不知道吉优曾经给吉佳带来什么伤害，也不知道吉佳究竟是怎样疏忽了对吉优的照顾，但对于他来说，他们之间的感情是真实的，那温暖且厚实的情感，他能够体会到。

　　他"呜呜"地应和着，奶奶说："好了，准备开饭吧，吉优也饿了吧？"

　　"汪汪！"他使劲儿点点头，听到可以吃饭了，就连舌头也情不自禁地吐了出来。

　　——这舌头怎么塞不回去？

　　他懊恼地用爪子捋了捋舌头，显然是失败了。

　　吉佳抱着吉优来到饭厅，爷爷已经坐在饭桌前了，他板着一张脸，说："不准把狗带到饭桌上！"

　　"可是爷爷……"

　　奶奶轻轻地推了吉佳一把，她呢喃着，声音越来越轻："……以前，不都是这样的吗？"

　　奶奶把食物夹进吉优专用的碗盘里，吉佳低下头摸了摸吉优的脑袋，然后站了起来，走到屋外，沮丧地说："吉优，对不起……"

　　"汪汪！"他叫了两声，算是呼应，也算是原谅。

O₄

　　晚饭看上去还不错，他把脸埋在盆子里，狼吞虎咽地吃了起来。原以为他开始吃了，吉佳就会进去，谁知她竟然傻坐在那儿看着他吃饭，还心疼地说："弟弟，你一定饿坏了吧？"

　　"你不用这样看着我……"吉优的嘴巴上沾满了汤汁和米粒，抬头看着吉佳。

　　吉佳弯下腰，帮吉优清理干净。

　　奶奶出来劝说："吉佳，快来吃饭吧！"

"爷爷不让吉优进去吃饭，我就不吃。"吉佳倔强地说。

吉优不知道该说什么才好，心却莫名地紧了一下。他摇着尾巴绕在吉佳的身边，用鼻子使劲儿拱了拱她，"汪汪"叫了两声，意思是催她去吃饭。

吉佳站在那儿不动，他就蹭蹭她的脚踝，用身子拱着她往里走。她不走，他也不吃饭。

吉佳蹲下来，抱着吉优的脑袋道："弟弟，我明白你的意思，我会去吃饭，你也乖乖吃吧！"

他"汪汪"应和着，摇着尾巴，看着她依依不舍地走进屋子，才回到自己的饭盆前继续用餐。

"哈，看来这饭菜挺合你胃口的嘛！"鲁利突然出现了，他一开始没在意，本能地回了一句："那是当然。"

应答之后，他回过神来，猛地抬起头。鲁利摸摸他的狗脑袋："伙计，来看看你，顺便为你解答几个问题，不然以你的能力，恐怕无法顺利修行。"

"你竟敢看不起我！"他恼羞成怒地看着鲁利，鲁利顿时头皮发麻，往后退了一步。

鲁利坐在他旁边的石级上，说："知道这只狗是怎么死的吗？你肯定不知道，因为吉优伤害了吉佳，看到吉佳因自己而受伤，吉优太悲伤了，所以才决定以死谢罪。"

"狗也懂这个？"

鲁利无奈地笑笑："当然，你一定很难理解，毕竟很多人都不懂。"

"吉佳对它那么好，吉优为什么要伤害她？"

"这个问题正是你修行的重点。"鲁利说，"其实很简单，对于动物来说，主人是他的唯一，而人类本身还可以交到其他的朋友，他们的生活圈比动物广得多，这样就造成动物特别容易寂寞。当主人把对动物的关心倾注到别的方面，动物就会变得孤独无助……然而，人和动物之间虽然可以建立一定的沟通，但人依然无法完全理解动物的内心。

"简而言之，这样的事情发生在吉优和吉佳的身上，就让吉优产生了嫉妒。吉优不愿与任何人分享吉佳，所以做出了伤害她的事情。好了，今

天我要说的就这么多,晚安!"

见鲁利站了起来,他不禁问:"喂,那我修行的内容到底是什么?"

"你这个笨蛋,原来我说那么久,你都没听明白,你要先学会感激!"说完,鲁利又消失了。

——感激?为什么要感激呢?既然养了宠物,就要好好照顾它们,这不是作为主人必须做到的事情吗?

繁星点点的夜晚,他抬起头仰望星空,努力消化今晚鲁利说过的话。

05

第二天,吉佳抱着吉优去看兽医。清理好一身的伤口之后,吉优被护士小姐包扎好,抱了出来。

兽医说:"真是奇迹,它喝了大罐的农药,竟然一点儿事都没有,血液浓度的检验结果出来,一切正常。"

吉佳摸摸吉优的毛发,喃喃地说:"吉优是爸爸妈妈派到我身边守护我的天使……天使,是不会离开的。"

——可是,天使……不会伤人吧?

他缩在吉佳的怀里,回想昨天大家的对话,所有人都说吉佳对吉优很好,吉优却伤害了她,即便是这样,都可以得到原谅吗?他看着吉佳温柔的面孔,他想不通,吉优为什么要那么做?

忽然,兽医问吉佳:"你自己的伤口呢?好得怎么样了?狂犬疫苗还是需要注射的,不然会有麻烦的。"

吉佳将吉优放在地上,她弯下腰,卷起裤腿,露出腿上的伤口,伤口被简易地包扎过,脓血却仍然依稀可见。伤口上有明显的牙印,显然是狗牙的痕迹。

——这是吉优干的吧?哪怕干了这样的事情,伤害了自己的主人,都可以被原谅?

"没错,就是这么回事。"鲁利不知何时又出现了,人类看不见鲁利的存在,只听到吉优朝着某个方向低吠了几声。

吉佳连忙说:"嘘,弟弟乖,这里是医院,你的其他朋友还要好好休息呢！"

鲁利笑着说："听到了吗？弟弟乖，不要这么不友好，哈哈。"

他安静下来，扭过头，对鲁利置之不理，甚至拿屁股对着他。

鲁利说："M28704，你不能对我如此无礼，至少我是你的训导师。"

"你以为我会怕你？"他用心音回答。

鲁利不屑地说："如果我提醒你一件事，也许你还会反过来求我！告诉你吧，你只有三天的时间，这个消息是不是很劲爆？"

"三天？"

"是的，没错。"鲁利满不在乎，"两天后的下午，你的修行就结束了。好了，今天要说的话都说完了，我要走了……"

眼见鲁利要消失了，他一着急，喊了起来："喂，如果我修行成功的话，吉佳会怎样？"

"《修行指南》上说，如果吉优修行成功，就可以带着感恩的心重生。"

"那么，如果失败呢？"

"失败的话，吉优会消失。一个不懂得感恩的自私的生命，没有资格活着。"

也就是说，吉佳会永远失去这个弟弟。

0₆

可是，这个修行的任务到底该如何完成呢？

一天只有二十四个小时，时间一分一秒地过去，留给他的时间不多了，他却毫无头绪。

就这样眼看着这么一个善良的女孩，永远失去她的宠物吗？失去那个被她当作弟弟和亲人的小狗吗？其实，如果是他消失的话，他一点儿都不害怕，反正活着的时候到底做了什么错事，他根本就不记得了，自然没有任何遗憾。可是，吉优不一样，吉优的身上有希望，有寄托，它不是孤独的。

他懊恼了，集中精神，默念道："鲁利，鲁利，你快给我出来！"

"找我有什么事吗？没礼貌的家伙，你打扰我午睡了。"

"我想不到该如何完成这次修行任务，太难了。"

鲁利无语，盘腿坐在狗窝面前："这已经很简单了。"

"那你总该给我一些提示吧？我对吉佳和吉优一点儿都不了解，怎么帮助他们？"

鲁利想了想，说："既然这样的话，就应你的要求，给你一点儿提示。"

说着，鲁利在他的耳边耳语了几句，他听了之后，疑惑地问："这样可以吗？"

"信不信由你。"鲁利打了一个哈欠，伸伸懒腰说，"困死我了，我要回去接着睡。"

"喂！我还没问完呢！"

可是，鲁利已经不见了。

他对鲁利的提示持怀疑态度，但还是想试试。或许鲁利说得没错，只有真正进入角色，才能了解他们之间的故事和存在的感情。从昨天鲁利跟他宣布了所剩的时间到现在为止，他因为心情沉重又糟糕，饭都没好好吃，吉佳给他盛在盘子里的饭，他连碰都没碰。

十几分钟前，吉佳出门的时候，还对他说："乖弟弟，待在家里陪爷爷奶奶，我很快就会回来的。"

鲁利刚刚的建议是让他跟踪吉佳，不过，这样好吗？

犹豫再三，他还是按照鲁利说的做了。吉优的狗鼻子十分灵敏，能清楚地记得吉佳的味道，于是，他一路循着她的味道寻过去。

最后，在一个舞蹈室外，他透过玻璃窗看到了吉佳。她纤细的身姿随着音乐优雅地摆动，她如此投入，甚至没有看见窗外的吉优。

——她的舞姿真美，他默默地欣赏着。

到了晚上，他的梦境不再安逸，提示他想起了更多的过往。

曾经把所有注意力都投注在吉优身上的吉佳，因为一次偶然的机会喜欢上了舞蹈。她对这个爱好的痴迷，渐渐超过了对吉优的关注。过去，她只要有时间就陪吉优一起玩游戏，带吉优出去散步，可是，后来这些时间都被舞蹈所取代。

吉优讨厌她跳舞，讨厌那些把她带进舞队的伙伴。终于有一天，吉佳对吉优说："乖弟弟，姐姐要离开你一段时间，到另一座更大的城市去学习舞蹈，去参加真正的舞蹈比赛。"吉优害怕了，吉优的世界里只有她，她的世界却是那么五彩缤纷。

于是，在她离开的那一天，在她上车之前，吉优冲进人群，咬住了她的腿……

吉佳的腿受伤了，腿上的疤痕也许永远都不会消失，也许她再也不能站上她热爱的舞台，跳她喜欢的舞蹈。吉优夺走了她的世界，剥夺了她的梦想，吉优也懊悔不已，后悔自己干了这么冲动又愚蠢的事情，于是选择以死谢罪……

无止境的梦里，熟悉的场景与曾经的故事拼凑在一起，变得清晰起来。

他猛地睁开眼睛："啊……鲁利，我想起来了！原来我就是……"

鲁利竟然又毫无预兆地出现在他身后："看来，你真的想起来了。修行真正的意义，其实就是唤醒你的记忆。就算记忆被清空，意志力却能战胜许多无法预计的东西。我们的任务是还原一个事实，让那些被仇恨与冲动蒙蔽了双眼的人明白，事实未必像他们看到的那样。"

接着他要做的就是，在截止时间之前，赶回天堂登记署，办理修行手续。

他回头看着抱着吉优熟睡的少女，在心里轻轻地说："吉佳，我们很快会再见面的，谢谢你。"

回天堂登记署的路上，鲁利递给他一本册子。

"拿好，这是我给你写的修行日记。"

他瞄了一眼，不屑道："你老做这种无聊的事情。既然我根本就不是人类，为什么修行日记里……一直用'他'？"

鲁利说："'他'这个字，左边是人字旁，不是指人，而是一条生命。所有的个体都是平等的，都是一条生命。"

——原来是这样。

云端之上，他温柔的目光囊括了她的整个世界。

爱宠手记

当我离开这个世界的时候，请你目送我离去，因为有你在我身边，我才能幸福地去天堂旅行。所以，请无论如何不要忘记，我一直爱着你。

——《我与狗狗的十个约定》

我与动物的"生离死别"

文◎西雨客

【作家小档案】

本名刘航宇，儿童文学作家、自由画师。1993年生于北方，目前在南方生活。主要创作儿童文学，部分作品入选中国年度佳作或年选。作品曾获2014年冰心儿童文学新作奖、2015年读友杯儿童文学创作赛作家组优秀奖、第六届"周庄杯"全国儿童文学赛二等奖、第二届青铜葵花儿童小说奖金葵花奖。

绘画方面，除了水彩和陶艺之外，近两年进行图画书的创作，作品曾获2016年大白鲸图画书奖（图文）。

童年的灰灰

我喜欢大自然，加上家人是兽医，所以从小我就接触过很多动物，包括家畜和诸多野生动物。

我小时候喜欢饲养小动物，总想把柔弱的它们囚禁在笼子或鱼缸里，看着它们美丽的样子。每当我爸爸治好它们身体的伤，总对我说："小雨，是时候和它们说再见了。"

我总是不想说再见，问爸爸："我可以留下它吗？"

爸爸不会同意，他说："它们有自己的世界和天空，我们不应该挽留。"

后来，在我的极力央求下，爸爸终于允许我留下了一只兔子。

那已经是十几年前的事了。

十几年前的老家，环境没有现在这般凄凉，麦田、池塘边仍然树木林立、灌木丛生，那里面有很多动物。

夏季收割麦子，人们会习惯性地放火烧麦秸，铺天盖地的大火会吞噬万物。麦田里的动物被迫转移到安全的林子里，成年的动物有经验，能在大火里觅得一条生路，可是年幼的动物，往往会陷入慌乱的境地而被困在火中。

放大火的那天，我和爸爸正走在路上，一只浑身焦煳的兔子跌跌撞撞地从草丛里逃到了我们面前。那是一只小野兔。

我们把它带回了家。爸爸处理它的伤口处理了很久，我和妈妈都以为它要死了，连爸爸也以为它会死。毕竟它全身的毛发都燃烧殆尽，一条腿烧伤得非常严重，气息奄奄。

但是，让我们惊讶的是，它一直坚持着，坚持着，几天后竟慢慢开始恢复，我们都很高兴。它在我家住了几个月，才彻底养好身子。

立冬那天，爸爸又说："小雨，该对它说再见啦。"

我当时是噙着眼泪的："爸爸，我们留下它好不好？它的伤刚好，而且冬天来了，它该怎么生活下去呢？它的家人恐怕都不在了吧？"

爸爸其实有一百个理由反驳我的，但这次他没有。

我喜极而泣地去抱"灰灰"，灰灰是它的名字，我们全家一起想的。

灰灰任由我抱在怀里，它机灵地抖动着两只耳朵，用褐色的大眼睛入神地看我，三瓣嘴里塞着干草，左左右右地嚼着。

它其实已经算是一只大兔子了，几个月里，它的毛发重新长了出来，可是体型还是来时那般大小，大火把它伤得如此之重。

那时候我那么小，我的手那么小，它就蹲在我的两只小手掌上，毛茸茸的一只，伏在那儿，在寒冬里暖乎乎的。

那时我的家里还有一只猫。灰灰和它交情很好，每次有太阳的时候，它就和猫一起晒太阳。猫蹲在地上，它就在一旁蹲着；猫躺在地上，它就蹲在猫的怀里。

我喜欢看它们这个样子，更喜欢坐在板凳上，怀里抱着猫咪，猫咪又抱着灰灰。那是冬天里最快乐的时候。

冬去春来，春走夏至。我开始上学了。那天，我忐忑地背着书包，和妈妈一起去学校。出了家门，我却开始害怕，不知道学校里等着我的是什么。

我求救地回头看爸爸——爸爸不能送我，他马上要给一头牛做手术。

他戴着口罩，站在门口朝我们笑，怀里抱着灰灰。我看到阳光下，爸爸的眼睛里闪烁着光，他怀里的灰灰的眼睛里也闪烁着光。

我不再怕了，转过头，大步流星地朝前走去。

第二个春来，爸爸和我商量夏初把灰灰送到田野去。我没有再说什么，因为我逐渐明白爸爸以前说的话。我们不能为了自己而伤害别人，不能为一己之私而挽留万物。

然而，夏初时，灰灰死于一场车祸。

笔下的动物王国

后来，我又养过很多动物，经历了一次次的离别。

近几年，我只养鱼，因为长期在外漂泊，没有固定的住所，所以不再轻易饲养宠物。我觉得，如果要饲养宠物，就要下定决心，要有所觉悟，不能因为一时兴趣而饲养，又因兴趣了了而抛弃它们。另外，野生动物一定不要饲养，请把它们留在野外，因为野外才是它们的家。

后来，我有了很多倾诉的欲望，走上了写作的道路。写作的时候，我遵从自己的内心，喜欢写什么题材就会去写什么。动物和自然一直是我非常感兴趣的话题，算起来，与动物相关的文学创作至今已有五年多了。

要说我为什么对动物和自然如此感兴趣，一方面是我不喜欢太喧闹和混乱的环境，更喜欢安静的生活和大自然，这点和我家人是兽医有些关系；另一方面，可能是眼前的一切经常让我觉得难过。很多时候，看到大自然在人类进步的步伐中变得满目疮痍，我很想为它做点儿什么。可我能做什么呢？除了敬畏自然，只能创作一些喜欢的、有力量的作品。

这得益于我从小接触的动物们，与它们的相处使我对此一直有着非常浓厚的兴趣，有了兴趣之后，才能在见过那些生死离别，那些人性的丑恶与良知、黑暗和光明之后，愿意去创作与之有关的故事。我不知道我的作品会不会给人们带来反思，但起码可以让我更好地修行内心。

在写作的过程中，我也收获了快乐，我就是为了得到快乐才去写作和绘画的。如果有一天，我不再能从创作里感受到快乐，那就是放弃的时候了。

这次，我写下《小小马戏团》这篇作品。灵感来源于每次我去动物园看到笼子里的那些动物时的内心感受，我为它们感到难过。特别是有一次去看一个流动性质的小马戏团，更是难过到了极点。那些动物被锁在狭窄的笼子里，双眼中只有空洞与绝望。这世上的"马戏团"和一些所谓的"动物园"其实都是罪恶之地，那里埋葬的不仅是那些老去或死去的动物，更是埋葬了动物的一颗颗鲜活的心。

现在，很多马戏团已经关闭了，动物园也在慢慢地改造环境，可是前路依旧充满了挑战。我写下这个故事，除了想给大家带来不一样的阅读体验，还希望能让大家引起反思。

最后我想说的是，我喜欢动物。

它们和人不一样，它们永远不是罪恶之源。

【作家面对面】

Q：写过的第一种动物是？

西雨客：狐狸。如果问我"画过的第一个动物是什么"，也是狐狸。

Q：如果只能带一种动物去孤岛，会带什么？

西雨客：大象。

Q：目前最满意的一篇动物故事是？

西雨客：很多作品都很喜欢，我有选择恐惧症……每个阶段都有很满意的作品，如2014年我比较满意的是《和一只狼共度一天一夜》，2015年比较满意的是《渡》，2016年是《一二三四五》，2017年是《游泳的熊》。至于2018年，那就2019年再回答啦！（捂脸）

Q：你觉得自己的性格像哪种动物？

西雨客：兔子座的狐狸。

Q：《在回忆里拥抱》中最喜欢笔下的哪个角色？

西雨客：啊，好难回答……说实话，我最喜欢女猎人和那只白鹤鸽。

Q：什么动物与你最有缘？

西雨客：我想可能是麻雀。从小到大，我遇到过很多只麻雀，它们给我留下不同的故事。嘿嘿，这些故事，我都会慢慢写出来的。

Q：对未来有什么期待？想对支持自己的读者们说些什么？

西雨客：希望能一直开心地创作下去。谢谢一直关注着我的你们，谢谢，真的谢谢。

远处山岗上，那默默注视的眼眸

文◎毛云尔

我记得很小的时候，七八岁的年纪，我和一群孩子在田野里疯跑。那是冬天，田野及四周的山坡一派荒凉。突然，奔跑的孩子都停了下来，冻僵了似的伫立在那里。大家的目光不约而同地落在前方的山坡上。空空如也的山坡上，不知什么时候出现了一个身影，那是犬科动物的身影。寒风吹拂之下，它的毛发极其凌乱，使它显得瘦削不堪。许久，大家才反应过来，那是一头狼。

这头狼在荒凉的山坡上站立了很久，一定是被我们的喧闹声吸引过来的吧？它久久地注视我们，神情犹疑不决。但最终，它缓慢地转过身去，在弥漫的夜色中，它的身影在更远的山林里消失了。

它站在山坡上久久注视我们的这一幕，永远烙印在我的脑海里。

我常常想，那头狼为什么站在那里看一群孩子嬉戏呢？

我想到了自己。必须承认，我是一个孤独的人。很多时候，我想摆脱这种如影随形的孤独感，想加入某个群体之中——哪怕那是一片毫不起眼的匍匐在地的野花，我也渴望和它们一起摇曳。

或许那是一头孤独的狼吧！它想加入这群嬉戏的孩子中来。我在写《丛林血狼》三部曲的时候，这个情节时不时浮现在脑海中。不知不觉，我就成了其中的某头狼。有时，我是那只缺耳朵狼，时时渴望着回到狼群之中；有时，我成了那只在人类驱赶之下走投无路的叫霆的年轻公狼。当我写下它们的孤独时，很大程度上，就是自己内心孤独的抒写。

我是如何沦落到这般孤独的境地的呢？或者说，这些狼是如何置身在孤独状态之中的呢？隔阂，肯定是原因之一。还有其他因素吗？

通过这些动物小说，我试图找出其中更多的因素。

有时我又觉得，那头山坡上的孤狼，对这群嬉戏的孩子采取的是视而不见的态度。它的目光越过了这些孩子，越过了这片逼仄的田野，瞭望的是更远的世界。显然，它企图穿越这片现实的田野，抵达它心目中的那个美好世界。

无疑，这是一头内心怀揣着理想的狼，一头向往远方的狼。

而我和它何其相似！我在小县城生活了将近二十年。二十年的时光，使翻翩少年改变了容颜，然而，即使如此，我内心依然存在着说走就走的冲动。

再讲一个真实的事件。我从小生活在山林之中，自然能听到很多动物的故事。村子里，老辈人告诉我，有人捉了一只小狐狸回家，到了夜晚，狐狸妈妈循着气味找了过来，在村子附近哀嚎不止。听了这个故事，我满耳朵都是那种撕心裂肺的哀嚎声。我想，失去孩子的狐狸妈妈内心里有着怎样的撕裂般的痛苦呢？听老人讲，过去了很久，狐狸妈妈都没有离去。第二年春暖花开时，怀着一丝侥幸的狐狸妈妈还来村子里找过一次它的孩子。时至今天，我脑海里还有狐狸妈妈离去时那绝望与落寞的身影。

这个故事让我有了感同身受的悲伤与痛楚。尤其是曾经在短短两年内，年幼的外甥、正值中年的舅父、我的父亲，先后骤然离开，这种失去亲人的撕裂般的痛苦，以及久久无法平复的悲伤，变得更加真切与深刻。

在我的动物小说里，总有悲伤的气息弥漫在字里行间。《火狐》中，我写了一只叫艾美丽的狐狸，它失去孩子，时光没有抚平它内心的悲伤，每隔一段时间，它都要到孩子们失踪的小河边坐一会儿。《最后一枪》中，我写了一个狼的家庭。本来这是一个完整之家，因为一只小狼被猎杀，狼爸狼妈陷入极度悲伤之中，从此踏上了万劫不复的复仇之路，最后，在一场雪崩中与仇人同归于尽。在《在银色的骨笛》里，一只云豹倒在枪口下，与它相爱的另一只云豹踏遍了整个山林去寻找它。那只死去的云豹的骨头被做成了一支笛子，吹出来的笛音都是对爱人的眷恋与思念。

写这些动物小说的时候，我的内心里时不时有悲伤像泉水那样奔涌而出。我写动物们的悲伤与痛苦，又何尝不是写我们自己的悲伤与痛苦呢？

回顾这些年来所写的动物小说，无论哪种动物身上，都可以发现我自己的影子。我想，这种写作，是能得到人们的认可的。

因为，在写作的时候，我是如此袒露与真诚。我从来没有将自己当"人"看，我就是那匹孤独无依的马，就是那条内心里奔突着出走冲动的狗，就是那只失去孩子的狐狸和那只失去爱人而苦苦寻找的云豹……

我站在远处。我的脚下，是一片荒凉的山岗。我默默注视着你们。

我想，总有一天，你们能读懂我的眼神。然后放下你们的偏见，放下手中的鞭子，以及肆无忌惮的猎枪。

小灰，幸而遇见你

文◎赵　华

人至中年，生活变得繁杂、忙碌，又有些许焦虑。记忆像暮秋的花朵一样，开始大面积地凋零、萎缩，许多发生在童年时代的事情，都随那烟雨迷蒙的岁月一道弥散消失。

然而，在记忆衰退的洪流中，仍有几件事像坚固的礁石，任凭风吹浪打也矗立如初，闪闪发亮。小灰的故事便是其中之一。

那一年我才八岁，生产队里的周闷用一头小公驴偿还借我家的粮票和现钱。那是一头灰色的驴子，虽然刚满一岁，但身高体健，精神抖擞。两只大眼睛亮晶晶、水汪汪的，能够清楚地映出我的身影。

我一下就喜欢上了这头驴子，并给它取了一个名字——小灰。

我爹将小灰拴在屋后的一棵小树上，和我娘去地里劳动，而我到几里外的小学去上学。没想到的是，刚来我家几天，小灰就闯了祸。

那天下午，我踏着金灿灿的夕光回到家，爹娘也从田地里归来。我娘正准备做山芋面，邻居铁青着脸闯进屋。原来，小灰挣开小树，在他家的麦地里连啃带嚼，还打了好几个滚儿。庄稼人就靠地里的粮食维持生计，我爹不得不向邻居赔偿了损失。

为了避免小灰再惹祸，我爹和我哥从生产队抬来了一根大木头。实际上那是一棵大树，足有一尺宽、三四米长。我爹将小灰拴在了沉甸甸的横木上，信心十足地对我们说："这下它没法惹祸了。"

然而刚过了两天，我爹的断言便被无情的事实碾碎了。那天黄昏回到家，爹娘被一脸怒气的邻居拽到他家的麦田旁。我们吃惊地看到，小灰正拖着那根大横木在麦田里跑动，已经抽穗了的麦苗被毁了好几大片。事实摆在眼前，我爹只好从小木箱里将仅有的积蓄悉数取出来赔偿给邻居。

"说啥也不能让灰驴再跑出去了，不然我们就得喝西北风了。"我爹吸取了教训，又从生产队找来了一根废弃的水泥电杆，足足有二百多斤重，我爹、我哥和我堂哥三个人才将它抬回来。

我爹将小灰拴在水泥电杆上，说道："它的力气再大也拖不动电杆，这下它就老老实实了。"

老天爷仿佛成心要讥讽我爹，仅仅过了三天，便又一次无情地碾碎了我爹的论断。依旧是劳作晚归的时分，邻居又将我爹拉拽到麦田旁，眼前的情形让我们目瞪口呆——小灰居然拖着水泥电杆跑到邻居的麦地里。它的嘴里嚼着多汁的麦穗儿，身后的麦苗已是面目全非。

眼看小麦就要灌浆，这下颗粒无收，邻居一家人的怒火似乎要将我们烧着。迫不得已，我爹只好四处借钱，赔偿了他们的损失。

此后，我爹决心将小灰卖掉，倘若它再闯一次祸，家中连举债的能力也没有了。出人意料的是，尽管我爹将价格一压再压，还是没有人愿意买小灰，它屡次闯祸的事情已经妇孺皆知，谁也不愿花钱惹祸上身。

茫然无计之下，我爹只能将小灰送到十几公里外朋友家开的养马场中寄养，打算过个一年半载后再寻找机会将它卖掉。

顽皮无度、精力旺盛的小灰被送走后，家中总算恢复了昔日的宁静，再没有谁怒气冲冲地上门来讨说法。

旭日匆匆升起，夕光匆匆洒下，转眼间，两个月的时光过去了，小灰也渐渐从我们的记忆里消退。

一天深夜，正在火炕上酣睡的我们被屋外一阵"啪嗒啪嗒"声吵醒。

"难道下雷阵雨了？"我娘问。

"听这动静像是下冰雹。"我爹说。

"'云下山顶将有雨，云上山顶好晒衣'，昨天天黑时，山顶上全是云彩，咋能下冰雹呢？"我娘疑惑地说。

我爹穿上鞋，拎上手电筒，带我和我娘出去打探个究竟。当屋门被打开的刹那，我们都呆住了。屋外的空地上站满了高头大马，而立在最前头的正是两个月未见的小灰，它长高了些，正歪着脑袋望着我们，亮晶晶的大眼睛里充满了亲昵、得意与顽皮。

"我的老天爷……你咋回来了……咋把养马场里的马都领回来了……"过了好一会儿，我爹才从呆若木鸡的状态中清醒过来，难以置信地说。而此时，小灰已经上前一步，撒娇般将脑袋伸进我的怀里。

第二天，我爹骑自行车去养马场通知这件事时，养马场场主胡叔叔正焦头烂额地找马。若不是亲眼见到滞留在我家的马匹，他无论如何也不相信一头小毛驴竟然领着一群高头大马离家出走，并且回到了自己的老家。

"这头灰驴比马都要聪明呀！我养了二十年的驴马骡子，从来没有见过这么聪明的家驴！"胡叔叔啧啧叹道。

爹娘再也舍不得把小灰送走了，他们知道了它是多么通人性，知道了动物也会恋家。我困惑不解的是，小灰只去过养马场一次，它是如何记得路的？它只是客居在马场中，如何让一群高头大马心甘情愿听命于它的？这些问题直到今天也没有得到答案。

我爹雇人用土坯为小灰砌了一座马厩，这样就不用担心它再到别人家的庄稼地里闯祸了。闲暇的时候，我爹和我将小灰牵到荒滩中，让它自由自在地奔跑。白天，我在小灰的大眼睛里看到了自己和簇簇野花，到了晚上，我甚至能在它的眼中看见点点繁星。

这么多年过去了，小灰一直是我的童年时代，甚至是我的整个人生中印象最深刻的动物。如今小灰早已不在世间，但每每忆起它，我都会认认真真地思索生命，思索它的不可思议和弥足珍贵。那些家畜、家禽和动物，真的同我们认知的那般木讷、蠢笨和低等吗？它们没有敏锐的感觉，也没有悲伤喜悦，更没有爱与留恋吗？它们真的只是为我们提供皮毛、劳力与肉食的机器一样的东西吗？

我倾向于既往的那些认知只是偏见，是我们无知又自命不凡的表现。大多数人都缺乏同小灰这样的家畜共同生活的经历，没有接触自然，不会相信它们具有同我们如出一辙的情感。

想想看，既然它们有着同人类极其相似的器官和系统，既然它们的大脑也由数以万计的神经元构成，既然它们的眼睛能映出夏日的星空，它们怎么可能是既无感觉也无感情的低贱之物呢？

默默无言的家畜，同样是尘世间的奇迹。更有可能的是，它们是大自然赐予我们的兄弟手足。可惜，很多人没有借由它们来认知和思考生命，没有友善地对待它们，而是将不计其数的奴役、折磨、屠戮倾泻在它们身上。

不是每个人都能由无知、蒙昧变得文明与仁慈，我的生命中幸而遇到了小灰，它和它眼中的星光映亮了我的心智，还有我的一生。

从那之后，我再也没养过猫

文◎漩　沐

我已经无数次毫不掩饰地表白过猫咪。

从小到大，比起狗，我更喜欢猫。可是成年之后，我再也没养过猫。比起人漫长的一生，猫生短暂到只能陪我走一段，而我害怕生死离别带来的记忆太感伤，更何况，如果看到它经历病痛或意外，太让人猝不及防。

我曾经养过唯一一只小猫。

那时候我还在念小学。那天，妈妈带回一只小奶猫，它很小，虎头虎脑的，见到妈妈裹了一半的毛线球就去拱，模样调皮又天真。

我放学回家，把书包一扔，作业也顾不得写，就爱追在它身后，"喵喵喵"跟着它瞎叫唤。它蹿得快，轻轻几下就蹿到我家屋顶上去了。

青瓦白墙，它立在上头，朝着我轻轻唤两声，琉璃石般的眼睛轻而易举地扯动了我的心。我吃力地架起竹梯，兴奋地顺着梯子一阶阶往上爬。

一人一猫，两个小小的身影被夕阳拉得很长很长。我会跟它讲这一天在学校里发生的趣事，悄悄跟它说班里女生讨论的八卦，告诉它后座的男生又在上课的时候捣乱，被老师罚了站。

我以为我会和它一同长大，可以一直一直看夕阳、数星光、说心事。

可惜，快乐的时光没有持续太久。一天，猫在阳台上绕着竹梯玩闹的时候，竹梯意外倾倒，笨重的竹梯，直直地将它压在下面。

我放学回来，没有听到它软软的叫声，只有遗留在青石板地面上的那摊血迹提醒着我，它离开的时候有多痛。妈妈怕我难过，已经将它的尸体处理了。

直到现在我都忘不了，我竟然是以这样的方式体会到了生命的重量。

那天，我像一尊石雕般站在房间的窗前，死死地盯着街道一角的垃圾回收箱，那里面有个黄色的纸箱。我期待着它从里面蹦出来，却连走出门拨开纸箱的勇气也没有。我站在那儿一直哭，一直哭，哭自己的懦弱，哭生命的脆弱，也哭我光顾着玩，都没来得及给它取一个属于自己的名字。

从那之后，我再也没有养过猫，但它依然是我最喜欢的小动物。

那个它来过的位置，在我心里永远保留，温暖而亲切，怀念又感伤。

胖橘猫与雪纳瑞的"相杀"记

文◎让声音煮沸

网上有这么一个流言——十橘九胖，意思是说，同一个世界，同一只胖橘猫。

我抬眼看了看不远处的橘猫，看着它被狗追打着而奋力挤进快递盒子，肚子卡在一半放弃挣扎，又"掩耳盗铃"般自以为安全的样子，脑袋里浮现出它刚来我家时瘦骨嶙峋的可怜模样。

在那之前，极少接触猫类的我更偏爱犬类。彼时身旁的雪纳瑞雪碧已两岁，一直享受独宠的它，对于这个突如其来的"二胎"抱着深深的敌意，直到四年后的现在仍旧如此。殊不知，我养猫的初衷，不过是为了吓跑那时候租住的旧房子里的老鼠。

那只胖橘猫叫点点，是一个善良的大学生从街上捡回来，又因为私人原因转手给我领养的。接手那个黄色纸袋时，它和原主人送的白色玩具狗躺在一起，紧紧闭着眼，天真又无畏的样子惹人怜爱。

猫狗初见，自然是大战了三百回合，从白天到黑夜。那时候我因此睡眠状态极差，好不容易不用忍受夜半老鼠的窸窣声，却总被雪碧的一声怒吼惊醒。点点曾经是只被狗追赶、只能无奈地在高处的冰箱上打盹的小可怜，如今却变成了闲下来就跑去挑衅雪碧、上蹿下跳的灵活的胖子。我开始理解几年过去，为何雪碧还是喜欢不上点点。四年了，点点的体积从最初雪碧的二分之一到和它几近等同，作为小型犬的雪纳瑞一定很不服气吧？

毕竟，雪碧可是一只藏了很多小心眼的狗。比如，它会趁我不在的时候吃光桌上剩下的半包辣条，但是等我回到家，还没来得及发火，它就立正坐好，认错态度极佳，让我舍不得责怪它。还比如，随着深冬来临，一向睡冰冷狗窝、觊觎着人类棉被的它，会施展苦肉计默默地缩在角落发抖，等着我主动抱它上床。

这几年，雪碧已非常了解点点，知道它最心爱的玩具就是随它从"娘家"来的白色玩具狗。孤单的时候，点点会叼着玩具狗在房子里跑一圈，心情好了就把它送到我面前。虽然我很感动，但在点点的"蹂躏"下已经脏兮兮的玩具狗，实在让我没法像点点那样欣然抱入怀中……

因而，一旦雪碧打架处于劣势，又或者向点点"约架"无果，它都会找到那只"躺枪"的玩具狗，叼着它在点点面前甩来甩去，开心得像凯旋一般。点点真的会默默在一旁注视着雪碧和它心爱的玩具狗，心在滴血的同时，或许也在谋划着趁雪碧睡熟去挠它的脸。

冤冤相报何时了！

我常羡慕别人家拍的一猫一狗和谐相处的照片，因为我能拍到的，都是点点伸爪子偷袭雪碧的糊掉的照片；我也常惊叹于视频网站上拍的猫狗一起遛的拉风样子，而我家的点点胆小如鼠，离家半步就开始哀声嚎叫，雪碧更是在外逢猫必追。

我曾以为这对冤家大概此生都会互不待见、势不两立，可是每当我遛狗回家打开门时，那只胖橘猫总会轻巧地跳出来，轻轻地嗅雪碧身上的味道，偶尔"喵喵"叫几声，仿佛在问："嘿，你今天又去哪儿玩啦？"

而每次带点点从宠物医院打完疫苗归来，点点缩在宠物背包里一脸蒙时，雪碧亦会凑上去，盯着它好一阵子，目光里竟然带着些许温柔。

它们打闹了四年，彼此却毫发无损。它们争零食、争窝、争玩具，但是疲惫的时候，也会依偎在一起酣睡。后来有一次，它们曾被迫分开了一个月，重逢的时候，它们互相嗅了好久，仿佛在彼此确认："嘿，你是不是也想我了呢？"

有萌出没

如果你驯养了我，我们就会彼此需要。对我来说，你就是我的世界里独一无二的了；我对你来说，也是你的世界里的唯一了。

——《小王子》

亲爱的少年，青春是段跌跌撞撞的旅行，拥有着后知后觉的美丽。谢谢你给我勇气，今后我会陪你勇敢向前。

水母少年

文◎笛子酱

高一那年，桂萌白的同桌姜简仁以一种"惊世骇俗"的方式红遍全校。

细数省实验校史的前后五十年，没有一个人像姜简仁那样，刚在全校新生大会领了新生奖学金，转眼就跌进返修中的厕所，那个暴露在光天化日之下的化粪池里。

新生奖学金专为入校成绩优秀的新生设立，而成绩优秀的姜简仁又很不幸是男生里最好看的那个。当他意气风发地在台上接过奖金，台下已有无数男生羡慕得牙痒痒。

当他晃晃悠悠地走下台，一个跟跄跌进路边的化粪池，惊倒众人的同时，也让其他男生瞬间心理平衡。

据悉，姜简仁这样解释自己当时的行为："我貌似打瞌睡了。"这个理由虽然简洁有力，但他还是就此挥别省实验高中新生代偶像的神坛。

当姜简仁憋红了脸爬上岸时，他狼狈的样子瞬间引起众人哄笑，除了桂萌白。

她和姜简仁两个人从入学开始就是同桌，从未变过。从化粪池里爬出来的姜简仁，在她眼里幻化成一株出淤泥而不染的莲花。

二

开学后课程紧张，众人很快忘记了姜简仁的丢人事迹，只有桂萌白还念念不忘。

住读生不能带电脑进学校，她就伺机溜到校外的网吧。时值教务处正狠抓"逃学上网玩游戏的不良分子"的风口浪尖，桂萌白不惜顶风作案，只为搜索"人为什么会突然睡着"的答案。

好不容易终于有了个大发现，脸快贴上电脑屏幕的桂萌白被突然按上肩膀的手吓得一抖，回头望见教导主任深邃的眼神。那次，还是姜简仁把她从教导处领回来的。

"她连元素周期表都记得稀里糊涂，您指望她有玩网游的智商？"

姜简仁平静地在教导处为桂萌白辩护，角落里的女生羞愧地瞟了他一眼——挺直的脖颈到脊梁，线条流畅，多像一株戈壁滩上的小白杨！

于是，她丝毫没计较他羞辱式的辩护词。

回去后，他问她跑出去上网干什么，她这才想起那条吓坏了她的新闻，说是有一种尚未发现治愈方法的疾病，临床表现就是突发性入睡。她不禁哽咽着想：这么好看的男孩子，为什么要让他患上不治之症呢？真是天妒英才！

姜简仁被她忽晴忽雨的表情弄得一头雾水。

此后，每次面对姜简仁，桂萌白总是流露出一种"他将命不久矣"的遗憾神色，看得他憋屈又疑惑。

"你能不能不要用这种目光看我？让我觉得自己是一具等待告别仪式的遗体。"历史课上，姜简仁低声警告她。

"话说……你想过……"她绞尽脑汁搜索合适的措辞，"去看看医生吗？"

姜简仁皱眉，怒道："我没病没灾，一身抗体，看什么医生？倒是你，去整形科咨询下吧！"

"啊？"桂萌白又惊又怒，他是在讽刺自己长得不好看？

"如果大脑能整容，兴许能挽救一下你的智商。"姜简仁一本正经地说。

原来不是说她不好看，桂萌白松了口气。

谁料，姜公子突兀入眠的事接二连三地发生。

第二次是在开水房，桂萌白眼看着站在自己前面的高个儿男生一个趔趄就倒下来，再一看，他已然安眠于墙脚也。

第三次在数学课上，姜简仁正在黑板上写解题步骤，突然"砰"的一声撞上黑板，滑落下来，还蹭了一脸粉笔灰。

第四次对桂萌白而言最惊心动魄。那是令人欲哭无泪的体育课，体育老师让全班在烈日下跑圈，桂萌白因生理期逃过此劫。

她本来坐在树荫下得意地晃着腿，突然看到姜简仁埋头向她跑过来，好像把她当成了终点线。她刚站起身，就见姜简仁头也没抬迎面"砸"了下来。

她闪退一步扶住了他，感叹道："个子高就是沉！"

光天化日，朗朗乾坤，被突然砸晕的桂萌白遭到路过的同学集体吐槽——

"现在女生实在太不矜持了，班风不古！"忧国忧民的班长李懿非喷喷叹道。

桂萌白双手撑着已睡得不省人事的姜简仁，心中好生委屈：明明是他自己倒下来的啊！

三

作为住读生，桂萌白每到周末才能回家。打开家门，迎面看到墙上爸爸的笑脸，她吐了吐舌头。这时候，爷爷应该正在院子里折腾他的花花草草。

"爷爷，人为什么会大白天突然睡着？"她冲进院子，把老爷子吓了一跳。

老爷子年事虽高，却精神抖擞，自诩养生达人。听到孙女向他咨询，他转过头，眯起眼："兴许，是害了便秘。"

便秘？桂萌白深信不疑，开心起来："这就好办了！"

小学时深受便秘困扰的桂萌白对此很有一套心得。一想到自己能为姜简仁解决一个大难题，她心中涌起的成就感不亚于登顶珠穆朗玛峰。

"姜同学，要吃香蕉吗？"

第二天午休刚醒，睡眼蒙眬的姜简仁就看到面前晃着的黄澄澄的香蕉。"谢谢。"他顺从地接过。

"喝酸奶吗？益生菌的。"下午刚下第二节课，桂萌白又递来一盒酸奶。他有些疑惑，但还是接过去了。

"虽然不知道你打的什么算盘，"姜简仁吃别人的嘴也不软，"但这次月考我是不会给你抄数学最后一道大题的。"

桂萌白点点头，傻笑着监督他喝完了酸奶。

此后一发不可收拾。在香蕉和酸奶连续轰炸的一周里，姜简仁跑厕所的频率达到了历史新高。每次他惨白着脸从厕所里回来，桂萌白都会笑眯眯地迎上来："如何，可还畅通？"

"岂止畅通……"

"那就好。"桂萌白舒了口气，"要是不管用，还可以倒立，对便秘也有好处。"

不想，这话被路过的同学听到，瞬间不胫而走。

"桂萌白把姜简仁便秘的事情都挂在心头！"

美少年瞬间脸通红，像夏日街头的香辣小龙虾。"你哪只眼睛看到我便秘了？"他羞愤道，处女座的他居然被人和"便秘"联系到一起，是可忍，孰不可忍？

"我……我不是用眼睛看的啊……"桂萌白小声反驳，不明白他突发的愤怒从何而来。

姜简仁拍案而起，一口气搬起课桌，向教室最后的角落艰难前行。从第三排到后墙黑板的靠门位置，他足足用了三分钟，才把桌椅齐全挪位。

三分钟，一百八十秒，这其中的每一秒对桂萌白来说，都像背诵一次《离骚》那样漫长。看热闹的眼神此起彼伏，像黑夜海上发着光的水母，桂萌白浸泡在这些眼神里，心脏紧缩，几近窒息。

老师选择性地无视了姜简仁换座位的事。只是苦了桂萌白，她除了腹诽姜简仁视她的好心为驴肝肺，唯有不时地回望后门角落。

转眼到了高二下学期，学校破天荒地组织了一次外出活动——参观市水族馆。这个消息让大家很兴奋，除了桂萌白，水族馆之类的场所，她一向敬而远之。

班主任开始统计不去的人，桂萌白举手前，习惯性地扭头看了眼姜简仁，这一眼简直要了她的命——

姜简仁的前座是班花江聪聪，此时两个人正针对水族馆讨论得热火朝天。一想到江聪聪在水族馆对姜简仁说话的模样，桂萌白就急得白眼翻飞。

桂萌白心一横，牙一咬："我去！"然后闭上眼安慰自己：没关系，没关系，水族馆没什么好怕的……

然而，第二天刚坐上校车，她就脸色惨白地缩在座位上。踏入水族馆，她的心更揪了起来。四周的水墙里游动着品种繁多的海洋生物，她克制着自己不去看它们，努力压抑着心底不断涌上来的反感和恐惧。

"同学们，接下来我们即将参观上周刚竣工的梦幻水母馆！"导游的声音在队伍最前列响起。

一听到"水母"二字，桂萌白的脸色越发惨白，周身也止不住地颤抖起来。

"你怎么了？冷吗？这里空调不是很强啊！"姜简仁的声音飘了过来。她头一次觉得姜简仁好碍眼，干吗今天对她这么嘘寒问暖？她压根没心情感动啊！

"别管我，没什么……"她低声回答。

"那赶紧跟上啊！"姜简仁一反常态地期待与兴奋，破天荒地拉起桂萌白的胳膊，她只能无助地被拉进水母馆。

水母馆的整体规模比前面的各种馆都大得多，四周墙壁到高悬的天花板全部是玻璃墙，墙角的LCD（液晶显示器）灯发出幽幽的蓝荧光，映衬着成百上千的透明水母，又诡秘又浪漫。

"太帅了，连天花板上都是！"姜简仁感叹道，"就像海底漫步一样！"

海底……漫步……

少女的尊严何其重要，桂萌白誓死不在他面前出丑，可从她走进水母馆的那一刻起，就感到内心涌起压抑和恶心，仿佛四周的玻璃墙正向她挤压过来，水母不断变大，直到和她一般大小。

她的眼前一片藏蓝，人群消失了，姜简仁也看不见了，她被水母的触角缠住，不断收缩的触角挤压出她胸腔里残存的氧气……

四

姜简仁左手扛着椅子，右手拉着桌子，吃力地从后门向桂萌白的坐标进军，像一头正在开垦的耕牛。桂萌白低着头戳在座位上。

一直等到姜简仁气喘吁吁地在她身边坐下，抖着领口喘气，她才怯生生地问："你……回来了？"

姜简仁斜瞥了她一眼："我怕传出更可怕的谣言。那天你在水族馆晕倒，好多人问是不是我把你气晕的，这些谣言没一点儿技术含量！"

其实他心里明明有更隐秘的担心，比如，桂萌白可是他心中百折不挠的英雄女性，居然在众目睽睽下晕倒，真是不让人省心！

"那天，谢谢你。"桂萌白声音细微。

姜简仁目不转睛地盯着自己的桌面，刻板地说："不必……你也帮过我。"

那天，桂萌白在水母馆晕倒，送她去医务室的正是姜简仁。她醒来时已是傍晚，姜简仁四仰八叉地睡在椅子上，桂萌白看了觉得很不好意思。

床头柜上搁着姜简仁的书包，里面突然传来手机铃声。桂萌白担心有事，就拿过书包循声翻找。手机没找到，却从夹层里翻出一个药瓶。

正巧，姜简仁被持续不断的铃声吵醒了，一睁眼就看到一脸错愕的桂萌白，以及散落在床单上的药片。

桂萌白声音颤抖地问："你突然睡着，不是因为便秘？"

"谁让你乱翻我东西了？"他想夺过桂萌白手中的药瓶，却被她灵活地躲过。

"为什么要吃安眠药？会出人命的！"桂萌白几乎要哭出来了。

"要你管！"姜简仁放弃了争夺，无力地瘫坐在椅子上。

原来他并没有得什么不治之症，只是因为乱用安眠药造成睡眠紊乱。

"如果能好好睡觉，就用不着这玩意了吧？"桂萌白握紧药瓶，视死如归。

姜简仁没作声。他从高一开始就被失眠困扰，他何尝不想睡个好觉？可不管是运动还是睡前喝牛奶，都无济于事。

"大概是心病。"桂萌白一副过来人的口气，"也许去看看心理辅导老师，会好一点儿？"

"我才不要，我没有心理问题！"姜简仁果断回绝。

见桂萌白的表情变得忧伤，姜简仁道："你就别操心我了，先考虑下你自己，怎么好端端地晕倒了？"

桂萌白双手握紧被单，咬着唇不知如何开口。她不知道如何诉说自己心底对海洋、对水母的恐惧，他不会理解的，谁也不会。

她只有缄默。

五

桂萌白没想到，姜简仁对梦幻水母馆念念不忘。一个课间，姜简仁突然对她说："周末你有时间吗？"

桂萌白在心中狂点头，可嘴上还是矜持地问："什么事啊？"

"想去水族馆，一起去？"

"不是前不久才去过的吗？"她问。

"是啊，可是还想再看看呢！"姜简仁眨眨眼，修长的睫毛一颤一颤的。姜简仁平时一副对万事万物都不关心的样子，他能对什么东西产生兴趣，真神奇！

桂萌白当然要舍命陪君子了，没想到，他拉上她就直奔梦幻水母馆。

待在水母馆里的每一分钟，桂萌白的内心都在发出恐惧的尖叫，可是姜简仁近乎痴迷地看着仿佛飘荡在半空中的生物，她不想扫他的兴。

为了转移注意力，让自己不至于颤抖得太厉害，她故意没话找话："喂，你干吗叫我来啊？"

姜简仁正观察着一只水母，好像没听她讲话，随口答道："有你跟着，我安心啊。"

这是什么话？当她是鹦鹉，高兴了就揣着上街遛一遛吗？

突然，"啪嗒"一声，整个水母馆黑了下来，只剩下四周的LCD灯发着幽幽的蓝光。

"停电了？"黑暗里，姜简仁的声音从不远处传来。

桂萌白突然道："不好，水母馆的门是电动的，那岂不是——"

两个人循着水母墙微弱的蓝光摸索到门边，果然，大门紧闭，纹丝不动。

"现在……"桂萌白忐忑地说，"我们要被关在这里了吗？"

"等着工作人员来找我们吧。"姜简仁居然不慌不忙，口气很轻松。

时间一分一秒地流逝，为了保存体力，两个人盘腿坐在地板上。若不是姜简仁在身边分散桂萌白的注意力，她简直要让上次的悲剧重新上演。

此时此刻，四周蓝幽幽一片，水母事不关己地自顾自游荡着，桂萌白觉得自己仿佛置身于深海之下，她紧紧缩成一团，抱住双腿，将下巴贴在膝盖上。

过了好久，她才意识到身边的少年似乎很长时间没作声了。

"姜简仁，你干吗不说话？"她顺着感觉喊，应声而落的，是他柔软的头发。

突然倾过来的脑袋，不偏不倚地黏在她肩膀上。一直被失眠折磨的姜简仁，竟然睡着了！

周一午休时，路过校门口的小草书店，桂萌白被店门口一个纸板上手写的广告吸引了：

本店有水母出售哟！25块一只，附赠饲料和喂养方法哦！

她跑过去一看，一个半米高的密封柱状水缸摆在收银台上，底部的LCD灯将水染成淡蓝色，几只指甲大的小水母游来游去。

桂萌白一咬牙，财大气粗地掏出一张红票子："来四只！"

四只透明的"小蘑菇"被装进一个等比例缩小的柱状水缸里，底部安了小型LCD灯座，看上去就是水母馆的微缩版。

还没到下午的上课时间，桂萌白却迫不及待地捧着水母奔去了男生宿舍。"麻烦叫下610的姜简仁!"

宿管阿姨面色不善地打量她,"姜简仁"三个字让她的眼神变得很不友善。"现在是午休时间!"宿管阿姨斩钉截铁地一挥手,示意送客。

桂萌白捧着塑料杯,低头与她僵持数十分钟,才不甘心地转身离开。

"你这又是哪国的民间偏方?"

下午第一堂课上,姜简仁皱眉,观察着面前透明的小水母。

"送你的啊。"桂萌白一笑,果然好萌,"晚上睡不着,就看看它们,有催眠效果哦!"

"你中午大闹男生宿舍,就是为了给我这个?"他挑眉问。

大闹?她有这么高调吗?

桂萌白点点头,用微不可闻的声音说:"据说国外有些人就是靠水母来舒缓失眠的。"

"是吗?"

姜简仁将水母杯举到与目光平视的半空,360°观察起来,好像在看一件出土文物。他又走到窗边,双手将水母举至眼前,似乎要借着日光把与水混为一色的水母看个真切。他观察水母的样子认真极了,从额头到鼻梁再到下巴,流畅的线条被晨曦染成了金色,像个镶着金边的少年。

凝视这透明的生物足足三分钟,姜简仁突然迸出一句:"怎么吃?"

桂萌白恼羞成怒,大叫道:"给你看的,谁要你吃了!"

姜简仁没接话,转过头看着气得满面红霞的桂萌白,露出一个灿烂微笑:"谢了,桂萌白。"

同桌两年以来,这是他对她说的第一句感谢的话,简直是"史家之绝唱,无韵之离骚"。桂萌白恨不得求他再说一遍,好录下来做手机铃声。

"又不是多贵……"她开心极了,"回去赶紧试试,效果好,再谢我。"

六

之所以看到水母就想到他,要从两个人被关在水母馆那天说起。

翌日一大早,他们被解救出来,但流言已飞遍全校。可桂萌白毫不在意,因为有件事深深刻在她心里:姜简仁在水母馆睡了个好觉,这才是最重要的事。

她再度顶风去校外网吧上网，搜索"失眠+水母"的相关信息。还真被她找到了，有新闻说观察水母对缓解失眠有帮助。所以，当她意外看到小草书店居然在零售水母，果断拍下钞票。

第二天早上，桂萌白起了个大早溜到操场上去背英语。在跑道边的树荫下，她煞有介事地捂着耳朵大声拼着单词。

跑道被晨曦笼罩着，一个身影从晨曦的光晕里一点点显现，晨跑的少年正向她不断靠近。

怎么会是姜简仁呢？他这种万年不动的宅男，居然会早起运动！

"早上好啊，桂萌白！"跑过她身边时，姜简仁精准地向她打了个招呼，并附赠一个让她能量满分的笑容。

早自习上，桂萌白趁所有人都在声嘶力竭地读课文时，小声问他："你买错药了？安眠药买成了兴奋剂？"

姜简仁活力四射地看着她，说："昨天晚上睡得很早，今天起来就觉得浑身是劲儿。"他作势扯了扯袖子，似乎要给她展示肱二头肌。

她惊喜得几乎要语无伦次，没想到……没想到水母真的这么有效！

每天早上，她都怀揣着能在操场偶遇晨跑的姜简仁的期待，早早跑到跑道边背英语。她的英语成绩，似乎正随着少年失眠的缓解而蒸蒸日上。

没想到几天后的早晨，她在操场上没有碰到他。"三天打鱼两天晒网！"她失望地嘀咕着。

谁承想，直到早自习的铃声响起，教室门口的晨光里也没有走出他的身影。她身旁的位置，就这样空了一整天。

两年来的周一到周五，她习惯了胳膊一动就碰到他的胳膊，如今如何手舞足蹈，也不会被另一个胳膊不耐烦地挡回来。

"桂萌白，你怎么还在啊？"放学后，李懿飞发问，"姜简仁离校出走，你还能安心坐在这里上课？"

"啊？他出走了？"桂萌白捕捉到重点。

"我以为你知道他的下落……这家伙居然连你都没告诉？"李懿飞显然不信她的话，"你是不想泄露他的行踪吧？"

桂萌白哭笑不得。她心里很不好受，本以为自己够了解姜简仁，没想到他会闹离校出走的幼稚把戏，可见自己并没有想象中那么了解他。

"我们整个寝室都知道，他出走是因为你！"李懿飞这句话把桂萌白吓得魂飞魄散。

"你们之前闹出的流言，要不是他拼命压下来，他老妈早就来找你了。后来你给他送水母，再次被她老妈列入一级戒备名单。他天天晚上看着你送的水母入睡，他老妈多次劝说无效，昨晚母子俩大吵一架，他老妈怒砸水母。今天他人就没来。"

桂萌白吃力地把零散的信息拼凑起来，才还原了真相："难道……那个宿管阿姨是他妈妈？"她惊叫。

"别说你，我跟他当室友两年多了，也才知道的！"李懿飞哀叹道，"他也真能忍，死活不许他老妈暴露这个秘密。"

"不能因为妈妈做宿管，就觉得没面子啊！"桂萌白毫不留情地批评道，"多的是周边的保姆再就业。"

"才不是呢！他妈妈是为了他高考，从他高一进校就辞职来盯着他。亏了姜简仁心胸宽广，换我是绝对忍不了的！都怪他老妈这次说你说得太过分，还当着全寝室人的面砸了水母。"李懿飞看了她一眼，解释道，"不仅污蔑了你们的情谊，又暴露了自己的身份。姜简仁这个人自尊心太强，出走也在情理之中！"

七

桂萌白果然在水母馆找到了姜简仁。他面目苍白地站在一面水母墙前，脸几乎要贴在玻璃上，呆滞的目光反射在玻璃上。

桂萌白走上前去，轻轻地说："你知道吗？我从小是和爷爷一起长大的。"

姜简仁转过头看到她，丝毫没露出惊讶的神色，好像她一直都在他旁边站着一样。姜简仁点点头，他哪敢不知道那位老人家？那些害他狂拉肚子的偏方就源自她爷爷。

"我从没跟你说过我爸爸吧？其实我爸爸是生物学博士，他的科研小组是研究水母的。很小的时候，我就知道，水母是种很危险的生物。那时候，我们一家人在海滩度假，正在大海里游泳的爸爸突然变了脸色。等他被救上来，已经来不及了，一只箱水母咬了他，短短几分钟就要了他的命。我爸爸是研究水母的博士，却死于水母。后来，我就患上了一种叫'深海恐惧症'的心理疾病。每当我看到大海或者水母，眼前都会出现幻觉，感觉自己置身于深不见底的海中，胸腔受到几千米深海压强的压迫。"

"那天在水母馆……"姜简仁恍然大悟，失声道，"水母馆停电的那晚，你岂不是……"姜简仁的额头冒出细密的汗珠，脸上流露出担心的神色。

"是啊，一整夜，四面八方都是蓝幽幽的水母……"她笑了。

"对不起……如果你因此留下任何心理阴影，我一定负责到底。"姜简仁攥紧了膝盖上的拳头，咬牙道。

"不必啊，我其实要谢谢你。"桂萌白看向他，眼神格外认真，"一开始，我的确是害怕得要死，童年的那些噩梦，还有爸爸临死前不断挣扎抽搐的痛苦表情，不断地在我眼前轮番出现，可是……可是你……"

少女的声音渐渐小下去，直至无声，把一旁心急火燎的姜简仁听得快抓狂了。接下来的话，要怎么说出口才好呢？

"恐惧在我们心里，你不去面对，它永远都在那里。姜简仁，是你让我变得勇敢，给了我克服梦魇的动力。所以，我也不想看到你倒下，就当是我'滴水之恩涌泉相报'好了。"

"你不知道我妈为我牺牲了多少。如果不是因为她辞了工作，我爸也不会和她离婚。她失去了工作，失去了家庭，只因为我中考考砸了，所以她不放心，来盯着我。我真的好害怕，担心考不出让她满意的成绩，担心她再次追我追到大学……简直不敢想象……"

返校的公交车上，姜简仁坐在临窗的位置上，不断地向桂萌白碎碎念。他似乎很累了，说着说着，脑袋开始晃来晃去。坐在他身旁的桂萌白屏住了呼吸，看着他的头靠上了窗玻璃，不多时，就发出均匀的呼吸声。

姜简仁，你会梦见水母吗？

从今天开始，他要把他曾赐予她的勇气原原本本地还给他。

所以，亲爱的少年啊，以后不要再害怕。

为了你，我可以舍弃优越的条件，舍弃最爱的食物，因为与你相伴，是我一生的福气。

乌龟欧巴翻身记

文◎王灼灼

1.专注花痴一百年

身为学校男神阎天颂的座下第一爱宠，我王优雅也享受到了美女们的诸多礼遇。每次下课铃一响，阎天颂就被女生们围了里三圈外三圈，她们常带两条川丁鱼接近我，一边往我嘴里硬塞，一边趁机跟男神聊天。

不过，我王优雅是那种为了两条鱼折腰的龟吗？我深谙不吃嗟来之食的道理，常常在被花痴围观的时候缩起脑袋，本龟很傲娇的，好吗？

不过，本龟这招对一个人不奏效，眼见江小兰踏着欢快的步伐朝男神走过来，我那颗龟心就忍不住颤抖起来。

江小兰从一名花痴女生手里夺过我，一边对着阎天颂做抹脖子状一边说："最近你怎么跟徐南南走得那么近？你妈让我看着你，要是因为贪玩耽误学习，小心我'咔嚓'灭了你！"

感受到背部传来的一阵挤压后，我差点儿把刚塞进嘴里的川丁鱼吐出来。江小兰这个毒舌女，一边威胁男神，一边虐待男神的爱宠，是可忍孰不可忍！

不过阎天颂对江小兰可真是唯命是从，面对爱宠惨遭"凌虐"，他还说她认真的样子很可爱！

江小兰发现我不热情，开始用手指逗我。请在逗乌龟之前把法式美甲剪了，好吗？我欲哭无泪之时，救星来了——温柔善良的男神跟班徐南南。

徐南南一来，江小兰也顾不上我了，她朝阎天颂轻哼一声："我去上课了，你看着办！"

"喂，放下小哥我啊！"眼看着江小兰拿着我就走，而阎天颂好像把我的存在忘了，我连忙伸长翠绿的脖子向徐南南发出暗号："亲爱的南南，快来救救你优雅哥啊！"

南南很快接收到我的信号，偷偷跟阎天颂说："王优雅被江小兰拿走了……"

阎天颂一笑，说出的话犹如一道霹雳，直抵我的龟心："没关系啊，小兰喜欢就让她玩一阵。"

我和南南对视了一下，有一种霸王别龟的忧伤。江小兰是出了名的丢三落四，她一定会随手把我丢在一个地方，然后忘记带走我的……

果然，我就知道，江小兰这个人不靠谱。她带着本龟去女厕所，本龟男子汉大丈夫能屈能伸，就不追究了，结果她上完厕所洗完手，照着镜子捋了捋刘海，哼着歌走的时候，果然不记得洗手池边的王优雅了。

为了不成为一众花痴的玩物，本龟决定靠自己爬回去。我"啪嗒啪嗒"爬到洗手池边，正准备一跃而下，猛然刹住："哎哟，好高！"

就在我惆怅满怀的时候，听到一阵脚步声逼近……我一闭眼，一咬牙就下去了，顾不上把摔歪的壳摆正，连忙爬到暖气缝下躲了起来。

居然是江小兰！还算她有点儿良心，知道回来找小哥我。不过，小哥我不会吃哑巴亏，偏偏不让她找到，看她怎么跟男神交代……

"喂，笨乌龟，你跑哪儿去了！"江小兰的声音明显没了底气，不过她居然叫我笨乌龟，啊喂，小哥我好歹是巴西龟界的高富帅！

过了一阵子，我突然听到嘤嘤的啜泣，吓死龟了，是江小兰在哭？我正犹豫着要不要出去，突然看到一双熟悉的鞋子，那不是徐南南的鞋吗？

"江小兰……你怎么了？"果然是徐南南。

江小兰顾不上挤对徐南南，连忙站起身，讲述了她如何把本龟弄丢的过程，徐南南听后无语道："男神要是知道，一定会疯的……"她看着江小兰红红的眼眶叹了口气，"我们一起找吧！"

江小兰感激地点了点头，过了一会儿，问徐南南："会不会是被哪个女生带走了？王优雅那家伙，可是见到美女就求带走！"

过分，不可饶恕！她把我王优雅当成那种随随便便的龟了吗？

眼见就要上课了，为了不让我家徐南南被批评，我决定饶江小兰一次。我迈着优雅的龟步朝徐南南身后挪去，刚准备拍拍她的腿，她居然后退了一步。这次多亏了江小兰眼尖，及时拉住她。

江小兰把我捡起来，用水清洗干净，欢天喜地地左看右看。对她这种花痴行为，小哥我表示很无语，徐南南在一旁也松了口气，对江小兰说：

"好了，回去上课吧。"

江小兰忙把我丢到徐南南的手里："交给你保管了！刚才真是吓死我了！"但很快江小兰就恢复强势，故作讨厌地说："把王优雅还给阎天颂，就说我海鲜过敏带不了它，还有，别在背后乱讲我坏话！"

看着她傲娇离去的背影，我狠狠啐了一声："你才是海鲜！你全家都是海鲜！"

打那之后，江小兰再不敢对我动手动脚了，因为她知道，我可是男神眼前的红龟，要是有个闪失，她可赔不起。

2.一入菜缸深似海

由于阎天颂和我寸步不离，不少女生愿意借我亲近男神。但在所有讨好我的女生中，我只记住了那个叫徐南南的女生，因为只有她不会故意在男神面前讨好我，然后再因为嫌我脏而背着男神拼命洗手。

嘎嘣脆的咀嚼声打断了我的回想，我朝徐南南看了一眼，虽然徐南南不嫌我脏，但也不要在碰完哥带着海鲜味的壳之后用手抓薯片吃吧？

总之，打那之后，我就喜欢上了徐南南，一心想和阎天颂、徐南南幸福地生活在一起。奈何有一个很棘手的问题，就是江小兰。她和徐南南是小学同学，据说从小就结了梁子，她又是阎天颂的发小，在阎天颂面前有着举足轻重的地位。

阎天颂见到我被徐南南带回来，很震惊，但很快就恢复了镇定。他那么了解江小兰，一定猜到了，不过他一向顺着江小兰，也没追究到底发生了什么事。

上课的时候，我正在阎天颂的桌洞里翻来滚去练瑜伽，突然听到徐南南小声和阎天颂说着什么。我那颗好奇的龟心是不会放过任何八卦的，尤其事关我亲爱的南南。

我努力一伸脖子，把四脚朝天的自己顶了起来，朝桌洞外面爬去，一探头，阎天颂正做为难纠结状。

就在我干着急的时候，阎天颂终于开口："南南，你一直对优雅挺好的，我转学后带着它也不方便，你替我照顾它一段日子吧。"

原来如此，阎天颂要转学这件事，我一早就知道了，江小兰为此笑得下巴脱臼，她一直讨厌徐南南这个小跟班，这下两个人隔着几百里地，她彻底安心了。

徐南南在得知阎天颂即将转学后，沉默了一下，随即看了看桌洞里的我，对阎天颂说："你真的要把优雅交给我保管吗？"

阎天颂点点头："南南，你是我最好的朋友，我相信你会替我照顾好优雅的。"

我乐得舒展开了四肢，一副陶醉的模样："南南，求带走！"

我朝徐南南伸长了胳膊求拥抱，突然听到她一惊一乍地说："不行，我知道你有多喜欢优雅，你送给我，万一它有个三长两短……"

呸呸呸，听到徐南南那句"三长两短"，我整个龟顿时都不好了，本龟还想再活五百年呢！

还是阎天颂懂我的心，听到徐南南的话，他把我整个放到她手里："我把王优雅这只万年龟送给你，证明我们俩的友谊地久天长。"

徐南南终于既欣喜又为难地收下了我。

虽然说我是一只重色轻友的龟，但第一次离开阎天颂，心中还是有淡淡的忧伤。这种忧伤在看到徐南南把酸菜缸洗好给我当窝之后，便无限放大，我挣扎着想回到阎天颂家那个奢华的玻璃二层豪宅。

南南还是很善良的，她似乎觉得把我这只土豪龟安置在酸菜缸里不妥当，对我许诺："亲爱的优雅，我明天就给你买一个新家，今晚你就将就一下啦。"

我的心顿时被她软软的声音萌化了，立刻伸出脖子扯开嘴笑了一下，之后在她甜腻的笑容下，我一点点被放入酸菜缸，光线逐渐消失。

"扑通！"一入菜缸深似海，南南，你以为你在养鱼吗？

我扑腾无果，终于沉入缸底。就在我充满绝望的时候，徐南南突然伸手把我捞了起来，自言自语："水好像太多了？是不是啊，优雅？"

我真的好想点头，但我是乌龟啊，乌龟怎么可以点头呢？你家乌龟会点头吗？于是我只能抻长了脖子摇啊摇。

"哦，你说不多，是吗？"

"扑通！"徐南南站起身俯视了一会儿绝望的我，又蹲下来自言自语："还是太多了。"

经她这么一折腾，我深深地觉得本龟大概会少活两百年。

一连串的试水后，徐南南终于把水的高度调整到了本龟踮起脚尖勉强可以适应的高度。由于正处于青春期，本龟的睡眠很多，但是龟岛呢？没有龟岛，难道要本龟泡在冷冰冰的水里睡一宿吗？

就在我死命纠结的时候，徐南南善解人意地丢下一块轻飘飘的石头。虽然不能跟阎天颂家的席梦思龟岛比，好歹也算是有个像样的小床了。

徐南南在卧室的台灯下学习，我带着一点儿甜蜜和拘谨陷入浅浅的睡眠。晚些的时候，徐南南的爸妈下班回家了。

就在我做梦和南南一起在夏威夷跳草裙舞的时候，南南妈的一声怒吼从浴室传来："谁动了我的搓脚石？"

搓……脚……石？

被惊醒的我看了眼身下的"龟岛"，仿佛明白了什么……绝望的我安慰自己，阎天颂说只是把我暂时寄养在南南家，以后还是要带我回去的。

自此，我强迫自己适应徐南南家恶劣的环境，在酸菜缸里睡到大天亮。

周末的时候，徐南南给我搬了家，我在那个巴掌大的圆形玻璃缸外踱步，越踱越忧伤。这个小破房子，在我们乌龟界大概算是特困了吧？小哥好歹也是住过二层小别墅的土豪龟啊，真没想到如今会过得如此凄惨。

最悲伤的是，在得知买龟岛需要花钱的时候，南南妈很慷慨地表示，她那块御用搓脚石可以赏给我当龟岛……

3.会有乌龟替男神保护你

在没有男神的日子里，元气十足的徐南南也内向起来。

我趴在徐南南的书桌里，听着她在桌上的写字声，在桌洞里一待就是一天。徐南南换了好几个同桌，几乎每个都是戴着眼镜的学霸，他们上课的时候不会像阎天颂一样跟徐南南传字条，下课的时候也不会像男神一样帮徐南南擦黑板。

我不禁感叹："阎天颂真是一个很nice的人！"这句话是我跟南南妈一

起看偶像剧的时候学到的。

虽然说阎天颂转学后徐南南看起来很孤单，但我觉得孤单总好过和人斗智斗勇。江小兰不出现的日子，真是舒坦。

然而事实证明，背后说人坏话会遭到报应的！

周末那天，南南妈过生日，徐南南为了给妈妈准备生日惊喜，亲手做了一桌子菜。我蹲在锅盖上，看着徐南南如小蜜蜂一样忙前忙后，第一次感受到了家的温馨。

直到徐南南进屋去接电话。

起初我耐着性子等呀等，可是徐南南这个电话粥煲个没完，眼见水都煮开了，她还不回来。重点是，小哥我还在锅盖上呢，烫得直跳脚啊！

眼见着我的脚都要熟了，徐南南终于哼着歌跑回了厨房，在看到我的那一刻干号起来，忙把我拿下来捧在手心里，一边揉着我已经五分熟的脚丫子，一边心疼地问："疼不疼啊？都怪我……"

能不疼吗？算了，谁让始作俑者是我亲爱的南南呢……

后来我才知道，那个打电话的人是江小兰，因为阎天颂要定期了解我在南南家的状况，而江小兰又不肯让阎天颂打电话，所以亲自打电话来问。

徐南南经常喜欢跟我聊天，所有的心里话都讲给我听，她说："优雅啊，你说男神转学后交到新朋友了吗？他还记得我吗？他的眼里只有江小兰吧？学习好又漂亮的女生，谁不爱呢？虽然她有的时候脾气很坏，但骨子里还是个善良的姑娘。"

我真想纠正她，江小兰哪儿是偶尔脾气很坏，她明明就是24K女汉子。

"有优雅陪我说话真好，虽然你不一定听得懂，但我还是很开心……"徐南南轻轻摸着我有点儿摔歪的壳，甜甜地笑了。

我干乐了一会儿，自言自语："像小哥我这么高级的物种，怎么可能听不懂呢？啊啊啊！"

徐南南总是在学累的时候拿出从阎天颂的学生证上撕下的一寸照发呆，然后又充满元气地开始努力。我看着被供奉在她书桌前的阎天颂照片，暗暗发誓：南南，我会代替男神去保护你的！

在得知阎天颂的理想高中是A中之后，徐南南开始铆足了劲儿学习。

中考那天，徐南南穿了一件大红色的T恤，她说穿得喜气洋洋的心情比较好。好吧，这我可以理解，但是……为什么她要把我揣在兜里带进考场？

考试的时候，我比徐南南还忐忑，一度晕厥在考场里。直到考完，徐南南才想起我还在兜里，连忙把干巴巴的我掏出来："呀，怎么干成这样了？"

我有种不好的预感，果然，下一秒，我就被徐南南插到了水里，涮了涮。

接到A中的录取通知书后，徐南南高兴地打碎了她那只肥猪储蓄罐，从里面拿出钱给自己订了一个蛋糕庆祝。

为了让我分享她的喜悦，她还给我切了一小块蛋糕。我很无奈，但为了不扫她的兴，我还是把脑袋插到蛋糕里，象征性地嗨了一下。别说，蛋糕还挺软的。

徐南南第一个要分享好消息的人就是她的男神阎天颂。她拨了阎天颂的电话，良久，我听到电话那头传来"您所拨打的号码是空号"。

我不知道阎天颂是不是会信守承诺把我接回豪宅，也不知道他是不是如愿以偿地考到了A中，我只知道他消失在徐南南的生活里，这次消失得非常彻底。

但元气十足的徐南南没有放弃。为了迎接和男神的重逢，她义无反顾地把我连缸带龟搬到了高中寝室，坑爹的生活这才真正开始。

每天早晨，徐南南都是寝室里起得最早却走得最晚的人。因为她不仅要把自己收拾打扮好，还要给我的脖子上绑一个粉红色的蝴蝶结。

好多次我挣扎着拒绝这种傲娇的打扮，但挣扎无果，徐南南往往一边给我绑蝴蝶结，一边对我说："我们都要打扮好啊，说不准哪天男神就来找我接你走了呢。"

我被如此温柔的徐南南打动，一动不动地任由她把我打扮成这副模样。然而，这短暂的温柔在徐南南看到时间的那一刻化成一声尖叫："啊！要迟到了！"

说着，她一把把我揣到兜里，风一般火急火燎地消失在寝室。我在兜里翻了不下二十个跟头，终于平静了下来，徐南南到教室了。

我没想到，徐南南期待的那天这么快就来了。

那是一个周末，徐南南接到一个陌生号码打来的电话，接通后，阎天颂熟悉的声音同时出现在我和徐南南的耳朵中："南南，我想接走优雅。"

4.依依不舍的离别

原来，阎天颂中考并没考上A中。相隔一年，徐南南再次见到阎天颂，始终想不明白，一个人为何可以依然帅到如斯境界。

江小兰看着徐南南花痴的表情，不满地打断她："你怎么还是老样子啊？真花痴……"

徐南南回过神来，把我从大衣口袋里掏出来，平放在桌面上。

我睁开眼，还来不及看上我的老主人一眼，就被江小兰拿了起来。她左看看右看看，嗤笑出声："脏兮兮的傻样儿，还有这个蝴蝶结，好土啊。"

我用自己销魂的绿豆眼狠狠地白了江小兰一眼："你是非主流，小哥我可是良家龟！"

阎天颂没有说话，似乎默认了江小兰的话，江小兰趁机开口："我带它去水池那儿洗一洗吧。"

一想到寒冬腊月还要被冷水冲洗，我顿时挣扎了起来。可惜，在远离男神的地方，江小兰十分嚣张地警告我："不乖的话，小心我把你丢在这里！"

我立刻一动不动了，真是太吓龟了，这种话求别说，好吗？

我终于知道，带走我其实不是男神的意思，因为江小兰一边用水帮我洗爪子，一边对我说："阎天颂的爱宠，当然要我来照顾才对嘛。"

我的头摇得像个拨浪鼓："我不要！我要南南！还我南南！"

江小兰不顾我的抗议，开心地把我洗干净带回了座位。徐南南看着我的眼神也是依依不舍，我拖着湿漉漉的脚步"吧唧吧唧"地朝她爬过去：

"南南，优雅哥舍不得你啊……"

刚爬到一半就被江小兰拖了回去，这个小气的人！在经历了三爬三拖之后，我终于累得没有力气，他们也聊完了，江小兰随手把我装进了她的包包里。

徐南南看着我从江小兰的包里探出的头，突然朝已经走远的阎天颂跑了过来。她一把扯住江小兰装着我的包，用祈求的语气问："阎天颂，别把优雅带走，行吗？"

阎天颂为难地看了眼江小兰，对南南说："对不起啊，南南，这段日子多亏你照顾优雅，你有空可以来看它。"

江小兰伴着阎天颂渐行渐远，我亲爱的南南被一个人丢在那里，我灵敏的龟耳听到了心碎成渣渣的声音。

虽然离开南南很伤心，但一想到又可以回归二层豪宅吃新鲜的鱼虾，我就觉得世间依然充满爱。只是我没想到，江小兰在路上突然开口："我一定会照顾好王优雅的，至少比徐南南照顾得好！"

难道不是阎天颂接走我吗？谁要和江小兰在一起啊！

没想到阎天颂竟然点了点头："好，那你一定要替我照顾好优雅啊。"

原来，男神是来A中看江小兰的，原本他已经决定把我送给徐南南了，但拗不过江小兰，才答应江小兰把我要回来给她养。

我和江小兰目送阎天颂登机，随着他身影的消失，我越来越绝望，有种预感，本龟会死在这个女生手上。

就在我感叹命运坎坷的时候，突然听到一个熟悉的声音喊"江小兰"，我和江小兰一起回头，看到徐南南朝我们跑来。

"江小兰！"徐南南跑得气喘吁吁，"我想好了，还是不能把王优雅还给你！"

话音刚落，徐南南就试图从江小兰那里夺过我。谁知道江小兰抓得我很紧，徐南南一下没把我拽走，差点儿把我的爪子拽脱臼。

江小兰捏着我的手紧了紧："徐南南，你怎么不讲道理啊？阎天颂说了给我养，你别胡搅蛮缠！"

徐南南咬紧嘴唇，急中生智喊了一句："呀，你的领口怎么有只蜜蜂？"

江小兰最怕蜜蜂了，闻言立刻撒了手。可是，她撒手的时候没人接住我啊！小哥我四脚朝天地飞速坠落，江小兰和徐南南惊恐地睁大了双眼，时间在这一刻定格……

"吧唧"，天旋地转间，本龟眼前一黑，背部重重地摔在地上，只听耳边响彻着行人清晰的脚步声。

我隐约听到江小兰"哇"地一下哭了出来："徐南南！你吓唬我干吗呀？你看王优雅摔得脖子都耷拉下来了，它要是死了，我怎么跟天颂交代？嘤嘤嘤……"

呸呸……竟敢诅咒本龟！我感到一口老血喷涌而出……亲爱的南南，我不能帮你追男神了，下辈子让我做个人吧，我肯定不像阎天颂那样糊涂，一定选你当最好的朋友，不选江小兰……

5.劫后余生必有福

我本以为自己再也醒不过来了，当我重新睁开眼，看到徐南南那张喜极而泣的脸时，几乎以为我已投胎成人，可以成为一个像样的守护者，守护着徐南南了。

那天我被摔得很惨，据说徐南南和江小兰两个冤家生平第一次没有吵架，合力对我进行抢救。不过我觉得，我没死，很大的原因是我命大，而不是她们救得好。

之后，江小兰主动提出把我让给徐南南，但她要徐南南发誓，别再当阎天颂的小跟班。她们两一个霸占了男神，一个霸占了男神的乌龟，愉快地达成了共识。

由于我受了重伤，徐南南没有像平日那样粗鲁地把我丢到大衣口袋里，她赤着双手捧着我，走入一望无垠的白雪中。

虽然她不会喂我新鲜的鱼吃，虽然本龟与豪宅永别了，从此只能趴在搓脚石上晒太阳，但本龟还是对生活充满信心，毕竟能被温柔的南南时时刻刻地揣在兜里，不是谁都有的福气！

在心里死守一个秘密，就如同将自己锁在一个黑暗的角落。打开心的防护门，阳光才能透进来。

英雄少年有猫格

文◎木泱泱

🐾 Chapter1 抱歉啦，爪子踩空了 🐾

蒋一从未质疑过自己会成为一个英雄，像漫威里的每个主角一样，在一个适当的时刻横空出世，拯救世界，从此享受万人敬仰。

而他确实做过很多小范围内影响正义与和平的事件，因为他是研究国家珍宝防护系统的小组学员。

蒋一以防护系统建模零错误的优秀成绩，被选入11143小组——这个全国此领域内顶尖学子组建的小组，外称11143联盟英雄，这一神秘组织每当被提起，都会引来一片神往之声。

叶晞这个名字第一次被联盟内部提起的时候，是在蒋一他们成功地完成了几个创新防护系统的庆功会上。

丁师兄拉着蒋一絮絮叨叨："蒋一，你知道吗？我们11143这么厉害的组织，居然被一个人特别瞧不起！特别啊！"

蒋一抬手挡住师兄抓他的手臂："谁？"

"叶晞啊！此人清高孤傲，前段组里有个展览馆的保护系统被人破解，我们猜测可能是叶晞做的，外人哪有这个智商……"

蒋一站在楼梯上靠着雪白的墙面，冷静而优雅地劝师兄："也许人外有人，天外有天，师兄你怎么可以这么诋毁……啊！"

一个黑色的庞然大物从天而降，蒋一为了减少冲击带来的伤害，尽力以同速度随着重物趴在了地上，成功做了一块人肉垫。

黑色重物哼了哼，从他身上落下来，以人形呈现在蒋一面前。

蒋一趴在地上，捂着他引以为傲的下巴抬头，面前的男生一头软软的黄毛，皱着眉头不耐烦地看了看他，双手合十作揖："抱歉，爪子踩空了……"

蒋一揉着腰，冲师兄感慨："我看过小说中男主角有被球砸的，有被苹果砸的，你们食堂怎么大掉活人？"

师兄一扫癫狂的模样，带着被抓了包的尴尬表情回道："叶……叶晞……"

掉落的活人正是从不把11143其他成员看在眼里、最不合群的成员——叶晞。

叶晞醉眼蒙眬地看着蒋一，大大的眼睛困得眯成了一条缝："你好……"他打了个嗝，乱翘的头发在蒋一惊讶伸出的手指上微微蹭了蹭，清晰地叫了一声："喵！你这个11143新收的家伙叫什么？"

"蒋一。"

叶晞比着两个剪刀手放在耳畔，微微歪着头，利落干脆地回答："你好，我是喵！"

蒋一手指颤抖着问师兄："呵呵，他是叶晞？11143怎么还有变态？"

🐾 Chapter2 老师，我想一个人走 🐾

被破解的保护系统问题一直在调查中，叶晞是谣言里的头号嫌疑人，蒋一在组里待了一个月，便知道了叶晞对于大家到底算是什么样的存在：除了组长之外，人人恨不能除之而后快的不合群星人。

11143的组长是位年近八十的老专家，平时的最大爱好是下五子棋，据说成员进组后都会跟他一一过招，赢了的人也有，但只用五个子就赢了他的，至今只有叶晞一人。

蒋一听说叶晞五子就能赢了一个QQ五子棋游戏九段的时候，脑子打结，那番场景他毕生都无法想象。

组长挠了挠高高的发迹线，说："需要给你一个想通的机会吗？"

蒋一正低头研究本期作业——有关欧洲十三世纪展品短期保护系统，茫然地问："啊？"

组长看着他说："看你这么渴望，我就给你这个难得的机会！你本期作业的搭档就定叶晞吧！"

蒋一咆哮道："我哪儿渴望了？"

丁师兄听说此事，调侃道："叶晞这个人没有团队意识，向来单独行动，没人跟他搭档能超过两天，听说你们俩要在一起两周，你是不是得罪老师了，五子棋赢了他？"问得蒋一欲哭无泪。

当天下午，组长在自己的影音室给他们介绍作业的开发背景和需求。蒋一拖拖拉拉地走进影音室，角落里拿着书的男生抬起头，面无表情地对着他点点头，又继续看自己的书。

这是蒋一进入11143两个月后第二次见到传说中的叶晞，这个人深居简出到几乎隐居的程度。

蒋一故作熟稔地坐到他旁边，说："哎，叶晞？还是你喜欢我叫你'喵'？以后我们就是搭档了啊！"

叶晞把脸从书里抬起来，一脸惊讶地看他："你说什么？"

"你不记得我了？我是蒋一啊！"蒋一指指自己的帅脸，颇有自信。

"我们见过？"

蒋一伸出手来，手心手背翻了翻，摸了摸他的额头："叶晞，你有失忆症吗？"

"你那天这个德行……"蒋一随手拿起老师的猫咪头抱枕顶在头上，歪头，拳头捏成萌萌的模样，眼睛瞪得溜圆，觍着一张帅脸轻声道，"喵……"

叶晞眼睛瞪大了一点点："你说什么……"

蒋一莫名其妙地说："还真失忆了啊？早知道就录下来了……"

叶晞眼睛转了转，周身杀气腾腾，拽下他头上的抱枕，一字一句道："是你记错了。"

老师一声怒吼："你们在干吗？男孩子怎么还玩娃娃？玩坏了我的猫咪抱枕，我要你们俩好看！"

吼完，老师将视频放出来，两个人顿时傻了，所有展品都是名贵的传世珠宝，而这一次的展览形式更是别出心裁，要求展品悬于高空展出，营造出珠宝轻盈立体的观感。

展出方准备的展区竟然是处有八米高的黑色铁艺空间，叶晞看完嘴角抽搐地站起来："我拒绝这次作业。"

老师说："拒绝这次作业的下场就是被11143开除！你现在已经留组察看了，小子！"

"那我能一个人完成吗？"

"要么一起做，要么一起走人！"

蒋一看着小身板挺直、一脸杀气的叶晞，内心呐喊着："老师，其实我想一个人走……"

可惜老师没听到蒋一的心声，他指向蒋一："你不是外地生吗？项目进行期间，你住到叶晞那儿去，明天就搬过去。"

🐾 Chapter3 你好，终于又见面了 🐾

当天下午，蒋一带着自己的工具包，绕过半个校区找到老师给的地址，一栋隐藏在校区角落里的二层小楼，墙面上满满都是浓绿色的爬藤，露出的几扇窗里透出橙黄色的灯光。

七月初夏的雨水打湿了铁栏和大丛大丛的粉色蔷薇，叶晞正蹲在蔷薇花丛里，只露出弧形的背和乱翘的头发。蒋一走进院子的时候，正看到满身雨水的他努力抱住一只肥猫的脖子……拔猫，花丛中的人和瞪着圆眼睛的猫一起使劲儿颤抖。

蒋一一脚踢过去："叶晞！你虐猫啊？"

叶晞从花丛里探出湿漉漉的脸："虐你个头！"

叶晞的宠物大妞是一只黑白花的加菲猫，最喜欢的事便是从铁栏里钻出去玩，最近胖了一圈的它不自量力地仍然想走这条路，结果被夹了脸。

"抱好猫脖子！"蒋一从包里掏出一把钳子，然后半蹲下来，"咔嚓"一声，铁栏杆应声而开，叶晞和大妞如同看外星人一般看着蒋一，看他撸着胳膊比着OK的手势，踏着方步强势入驻叶宅。

虽然都是机关设计者，但蒋一明显是器具型，叶晞则是技巧型。

叶晞家的大门被蒋一一脚踢开，蒋一回头看着满身雨水抱着大妞的叶晞："听说你进入11143后一个月内换了十几个搭档，后来就单独行动？"

"我讨厌搭档，也不会和你配合这次作业。"叶晞皱着眉头翻白眼。

蒋一站在叶晞的房门口环顾四周："你有没有想过，是他们讨厌你？"

一脸别扭的叶晞有些震惊，或许还有被戳中心思的紧张："啊？"

蒋一自顾自地推门而入，下一秒却呆愣在原地。

说真的，蒋一从没见过房间可以乱到这个地步，那两条挂在吊灯上的东西是袜子吗？

在过去的几年里，从来没人能够忍受叶晞的冷暴力抑或是邋遢，超过一个礼拜的都是英雄，而蒋一显然跟这些人不同。

两周后，组长私下召唤蒋一："合作得怎么样？有没有心灵交流，叶晞有没有像传说中那样勾搭你去破解别的项目组的安全区什么的？"

蒋一将长腿交叠："老师，你知道'嗯'这个词其实有四个声音吗？一声是不反对的答应，二声是不同意的询问，四声是开心的满足。"

"第三声呢？"

蒋一皱皱眉头直起身子，附在老爷子花白头发遮盖下的耳畔，小声说："三声哦，其实只听过一次呢，是某人精神化身为猫的时候撒娇的，嗯……这样，长长的三声，萌爆了！"

"让你去是让你接近谣言中心，给我调查真相！"

蒋一翻了个白眼："可是，这就是叶晞跟我相处近一个月说过最多的一个字啊！"

如果说叶晞是11143不受欢迎的异类，那么蒋一也是异类，明明长了一副帅得应该五谷不分的公子哥模样，却爱做家务、爱下厨，而且竟然情商很高。熬了第三个整夜之后，叶晞放开电脑饿得发慌，游荡着走进厨房，竟然看到烤好的戚风蛋糕和热着的牛奶。他叼着蛋糕走出去，看着蒋一正坐在蔷薇花丛前，手里拿着两根竹针打毛衣，在隔壁住了十八年的阿姨正乐哈哈地看着蒋一。

叶晞吞了蛋糕哽了哽，纠结着试探地问："呃……要不一起研究一下那个案子？"

叶晞和蒋一都有自己非常擅长的方面，于是快速将彼此这两天的想法沟通了一遍，竟然发现真的有很多互补的思路。

叶晞习惯于昼伏夜出，蒋一早睡早起，于是每天他们在早饭和晚饭时沟通进度和新的分工也算和谐。

蒋一恍惚觉得第一次见到的那个软绵绵的叶晞真的是场梦，一定是自己记错了，他现在认识的叶晞是个勤奋高冷的人，能够因为那个铁艺空间把自己关在房间里三天不出门，即使每次他看图的表情，只能用脸色铁青咬牙切齿来形容。

直到那天晚上，蒋一在厨房做纸杯小蛋糕，叶晞用图纸画着三维立体的铁艺房型。蒋一回到自己的房间，刚刚打开文档，房门被"嘎吱"一下从外边挠开。

从屋子外钻进来的叶晞，红红的脸，笑眯眯的眉眼，对着他叫："喵……"

蒋一举着手有些愣怔，但还是打了个招呼："嘿，你好，喵。"

🐾 Chapter4 第二猫格 🐾

大妞满眼兴奋，如看着多年不见的闺蜜一般看着叶晞，亦步亦趋。叶晞打完了招呼，乐颠颠就往门外跑去，蒋一发觉不对劲，二话不说就追。

好不容易追上，蒋一问："你去干吗？"

"抓老鼠！"叶晞一脸忧国忧民的表情。

又追了半条街、被挠了几道子之后，蒋一百般劝说，才让叶晞决定不去抓老鼠了，说服他的理由是家里有鱼吃。

叶晞蹲在蒋一的身边看他做鱼，眼睛瞪得溜圆，伸手左碰碰右碰碰，十足一副猫样。

整个晚上，蒋一和叶晞都在你进我退的打闹中度过，化身为猫的叶晞撒泼打滚，在蒋一的毛线衣上练爪子，啃干净两条鱼后，还要吃大妞的猫粮。

蒋一百般安抚，最后使出平时讨好大妞的办法，一手摸着头，一手抓下巴，终于满意了的叶晞"咕噜噜"如鸽子般叫了一声，一直调皮瞪大的眼睛眯了眯，开心起来。

蒋一被折腾得筋疲力尽地趴在床上时，听见叶晞又奔向他的衣柜翻找东西的声音。他抬起头看着叶晞在那儿折腾："你在干吗？"

"做一个窝……"叶晞叼着一个棉花团抬头看他，眼角湿润的模样活

脱脱跟大妞一个样。

蒋一躺倒在床上，自暴自弃地看着他："你尽情闹吧！"

第二天，叶晞醒来的时候，揉着眼睛看大妞蹲在床头柜上居高临下地望着他，目光柔得能掐出一汪水，看到他醒了，大妞娇羞地"喵"了一声就蹦到了他身上，蹭蹭蹭。

"它这是什么意思？我怎么睡在你这儿？"叶晞一脸诧异，揉着眼睛试图把大妞推走。

蒋一刚从卫生间出来，感慨："虽然我也挺不理解的，但是昨晚上你们可能相爱了……"

"你什么意思？"

"你昨晚跟它对着喵了一晚上，貌似一种仪式般互舔了对方。"蒋一指着地上的一团衣服，"你看，那是你给你们俩筑建的爱巢，昨天你誓死要跟大妞睡在那里。"

叶晞的眼神变得冷冷的，似乎在说：你疯了吧？

蒋一弯起嘴角："你不懂？我也不懂，你发疯的方式太特别了！"

叶晞低着头，眼神闪烁了一下，继而又抬起头盯着蒋一错愕的脸，平静地解释："双重人格，我的第二人格是……猫，看了那个铁盒子图三天太郁闷了，不小心就被它溜出来了。"

"啊？哦……"蒋一翻翻白眼，"那应该叫第二猫格吧？"

叶晞像被冻住了似的看他，内心不解：他抓的是什么重点啊？重点不应该是"叶晞是一个人格分裂患者"吗？听了这么天大的秘密，难道不该被吓得立马吼叫着离开，从此与他形同陌路吗？

🐾 Chapter5 在适当的时候唤你回来 🐾

坐在饭桌上，叶晞抱着粥碗，踌躇思绪，认真地说："蒋一，我讨厌封闭的空间，这次的作业我特别讨厌。"

蒋一把早饭端给他："你在跟我示弱？我有办法治好你！"

叶晞发现蒋一总能出其不意地为他的人生带来新情节，蒋一不知道从哪里弄来了那个展区的钥匙，把他直接带到实地考察，还顺便把他的笔记本电脑捎带了来。

蒋一拍着他的肩膀，认真地说："你就在这里做策划吧，实地感受起来是不是更棒？我白天来看过几次场地，好好克服一下你的心理障碍！"

叶晞目瞪口呆地接过笔记本电脑，他一进来就腿软，但为了不示弱，打开电脑画起图来。

四个小时后，蒋一来接他，叶晞蹲在展厅的角落里脸色惨白，额头上都是冷汗，一副活不下去了的脆弱模样。

蒋一二话不说，上前将他拖回家。一向唠叨的蒋一说："叶晞啊，这叫脱敏治疗，我们要坚持下去，明天继续啊！"

叶晞叹口气："我求医以来，一点儿进展没有，无论如何都除不掉我的第二猫格。"

蒋一慢条斯理地答："不，我跟大妞商量了一下，决定和医生讨论一下试试逆向思维，我们不如就干掉你的第一人格吧？"

"喵……"大妞蹲在料理台上嗲嗲一叫，绽放出痴汉的笑容。

就这样，几经折腾，建模第一阶段算是结束了，他们在院子里吃晚饭，蒋一做了一大桌子的菜。

漫天星星，这样的夜晚适合深谈，高情商小王子适当地抛出问题："叶晞，你为什么会有这样的毛病呢？"

叶晞低着头和大妞分着吃鱼："我爸妈都是学校的老师，后来经商工作很忙。我七岁时，他们有一次把我关在书房里，然后就忘了……"

蒋一皱着眉头想了想，说："就这样……你就整出第二猫格来了？真是脆弱的意志啊，我小时候经常被我妈锁在卧室里不让我去打篮球，也没见我变出狗格来。"

"三天……"叶晞闷着头，闷了半天，"我靠着养富贵竹的一瓶清水没死，大妞一直陪着我。"

"啊……同样是受害者，还是大妞比较坚强！"

叶晞抬起头瞪他："那是因为大妞在书房里有一包储备猫粮！"

"哦……那你第一次知道自己有双重人格的时候是什么样子的？"

叶晞窘迫地皱着眉头回答："初中毕业聚会，我醒来的时候嘴里还留有猫粮味道，后来慢慢从别人那里拼凑着才知道，再后来去看了医生。"

"叶晞，还有人知道你这样吗？"

"没有，在过去的日子里，除了我自己和医生，没人知晓。"叶晞的脊背微微弯曲，嘴角抿得很严，守住这个秘密，好像守住自己这么多年保护着的孤独和尊严。不告诉别人，就截断了所有外来的帮助和保护，选择一个人努力承担所有的慌乱和恐惧。

蒋一皱着眉头，递给叶晞一串烤串，一本正经地问："好吧，最后问你一个问题，当年被关在书房跟着大妞一起……到底有没有吃过猫粮？"

"……"

"说说嘛，猫粮跟我烤的饼干比，到底哪个比较香啊？"

🐾 Chapter6 从黑暗中慢慢走进夕阳 🐾

蒋一带着部分作业回组长那儿汇报，把猫咪抱枕捏扁了又捏圆了，收到了组长几个大白眼。

"跟叶晞相处得怎么样？"

蒋一自信满满地说："我可以百分之百确定，组里被破解的那一套系统，肯定不会是叶晞做的。"

组长叹气："现在组里的谣言都是关于叶晞的，自从那个保护区被破解后，很多人怀疑叶晞向来单独行动就是心怀不轨，而且他太聪明了，每次组里项目测试他如果想，总能挑出错误。"

"老师，我确定不会是叶晞。"

"我其实从来没有怀疑过叶晞。你是组里最棒的机械设计师，我相信你能做出最安全的防护区，对于珍宝是好事，可是人心一旦安装了防护区，就变得闭塞痛苦。叶晞的心太过闭塞了，你如果可以，请尽量帮帮他。"

"我会的。"

"蒋一，我可是无所不知、无所不晓，天文地理什么都难不倒我！"组长翘着胡子又补充道，"但这事我帮不了叶晞，你的情商才是组里第一。"

蒋一点点头："我会努力！老师，你只有最后一句说得比较靠谱。"

死皮赖脸又善于转移话题如蒋一，即便是高冷的叶晞也似乎没有办法将他赶走。日子一天天过下去，两个人也越来越默契。

叶晞终于慢慢改变了单打独斗的习惯，似乎也渐渐喜欢上了有人能够跟自己思维互补的合作模式，项目接近尾声，一套新的防护系统即将设计完工。

被强迫独自进入展厅，加上医生的配合疏导治疗，他的第二猫格已经沉寂了许久。

交稿的那一天，叶晞为了保证设计图跟展厅匹配，决定再次去实地考察，交代好了晚上吃清蒸鲈鱼，便自己跑去展厅了。

蒋一给大妞铲了屎，在厨房做鱼。电话忽然响起来，那头正是还在展馆的叶晞，声音都喑哑起来："蒋一，钥匙……断了，我忘了掩住门……被关起来了。"

蒋一心里一沉，扔下锅铲就往展馆区跑。

夕阳西下，那个特立独行的展厅如一个铁盒子般伫立在空场上，铁门被反锁，本身是指纹控制，可是因为展厅还没开始使用，用的是备用钥匙，此刻唯一一把钥匙断在了门里面。

这道铁门是蒋一之前用了半年时间设计出来的，这次直接定制出来应用在这次展览上，也是过往他设计的最骄傲的产品之一。

蒋一心里一沉，皱着眉头喊："叶晞……"

门里听见蒋一的喊声，门被拍了两下作为回应："我在。"

电话里的喘气声一声重过一声，封闭的空间好像旧日重现，天知道此刻他有多紧张。

当年，是不是因为太渴望可以像大妞一样吃着猫粮，没心没肺地窝在书房睡大觉，所以他才分裂出了第二人格？

想到这儿，蒋一从口袋里搜出一把便携式剪刀，开始拧门上的螺丝："叶晞，别怕，我马上带你出来。"

天色越来越晚，不知过了多久，电话那头传来叶晞低声的询问："蒋一……哎，我想问你个问题，老师已经很久没塞人给我做搭档了，是因为

最近的事情不相信我吗？"

"没有。老师只是觉得你职业病太严重，连自己的心都装上防护区，那太不酷了。"蒋一甩甩头发，"叶晞，老师不是不相信你，只不过是想看看你需不需要我这样的天才帮助。"

"我今天找你帮助了啊……"那头叶晞第一次有点儿心虚地回答，"我给你打了电话。"

蒋一还在拧螺丝的手一顿，鼻子发酸："叶晞，你的防护区大门，偶尔对我打开了吗？"

"蒋一……你废话真多，你呢？到底是信还是不信我？"

"听说那个展馆被盗时犯人停留时间大约一个小时，如果是你，二十分钟足够了吧？"蒋一不甘心地继续道，"即使不相信你的人品，没办法，我也得相信你的技术，是不是？"

"咔嚓"，清脆的锁扣声，蒋一侧了侧脸，惊讶地看向自己面前的门。

傍晚的夕阳是橙色的光芒，映亮了整个展馆的反光墙壁，叶晞逆着光从里面打开门，从黑暗里走出来。

"十分钟，那个我只要十分钟啦，你这个锁才麻烦。"

蒋一看着叶晞从如雾般的暗影里慢慢走出来，掠过自己，脸上还有汗湿的痕迹，湿透的发贴在额角上，只有一双眼睛乌黑、明亮、镇定。

叶晞将手里的一段铁丝扔到地上，瞥了他一眼："你的器具……真的也不是什么时候都比我的脑子好用。"

"叶晞……这个防盗门……"

蒋一拿着剪刀站在门外，夕阳映亮他的轮廓，高高的男生脸上带着气，肩头松垮下来，紧张后终于放下心来。

"我设计它用了半年，你三个小时就给……撬开了啊，我还准备申请专利啊，现在有什么脸？"

🐾 Chapter7 这样的你最好 🐾

之后不久，那个被盗的展馆案件被破，是专业作案的团伙所为，关于叶晞的谣言也越来越少。

会展开放的那天，蒋一和叶晞拿着展览方送的票一起去看了那些传世珍宝在铁艺盒子里荡来荡去。

那天晚上，叶晞在客厅里团成了一团，没有找鱼吃，没有要猫粮，安静得如静卧的猫，乖巧地看着蒋一："喵……"

之前医生对叶晞说："也许第二人格会消失，也许十几年后会再次出现，只要主人格往好的方面发展，相信未来总会痊愈的。"

蒋一揉了揉叶晞软软的头发："喵，你这次这么安静，是来告别的吗？"

"喵，你看叶晞是不是很棒？这次在锁起来的展厅里，他一直都没有怕，你是不是可以放心了？他现在真的会排解自己的恐惧和压力了，我也会慢慢教他的。"

大妞没有惊喜地扑过来，而是有些疑惑地慢慢蹭过来，舔了舔叶晞的手臂。

"大妞，跟你的朋友亲近一下，估计'它'不会出来几次了。"

叶晞低着头，看了看大妞，轻轻低下头，在他的嘴准备和大妞来个亲密接触的刹那，蒋一一把抱起大妞，回身对叶晞说："我只能帮你到这里了，总不能让你每次清醒了不是一嘴猫粮就是猫毛吧？"

叶晞醒过来的时候是午夜两点，蒋一坐在他对面的沙发上发呆，叶晞问："你在干吗？"

蒋一困得眼睛红成了兔子，长腿交叠放在茶几上，抱着大妞："叶晞，考虑过以后跟我成为固定搭档吗？"

"嗯？嗯，可以啊！"

"四声啊，是满意的意思。"蒋一竖起大拇指，从沙发上一跃而起，揉揉自己的八块腹肌，有些遗憾地感叹，慢慢走向自己的卧室。

"如果以后江湖上再无叶氏三声嗯，还是挺遗憾的。"他揉揉自己的头发，轻声对叶晞说，"可是，欢迎回来，叶晞。"

11143最强的联盟英雄，无人是逃兵。

你们听过海豚的哭声吗？我听过。真正的悲伤是掩藏不住的。

海豚的哭声

文◎西雨客

是的，人们都说纳格是头疯海豚。

是的，疯纳格在悲伤地哭泣。

一 ☆☆

纳格是海洋馆新买来的一头海豚。

它被运来时我在场。那辆大卡车停在室外一处大水池旁，司机下车打开后车厢，拽着盛满水的塑料膜一角，使劲儿一扯。"哗"的一声，塑料膜出现了裂口，在水压下骤然爆开，水流"哗"的一声从车厢里粗鲁地蹿进水池。

水流中，一头黑灰色的海豚无助地摇摆着身子，重重地摔进下方的池子，好久都没有浮出来。

卡车走了。爸爸来了，他是这个海洋馆的驯兽负责人。

"它是从哪儿来的？"我不解地问。

"从一个水族馆买的。"

"那……那个水族馆又是从哪儿买来的？"我仍旧不解。

"可能是自己养的吧。"

"从小养的吗？那它的爸爸妈妈从哪儿来……"

爸爸不耐烦地敲敲我的脑袋，嚷道："你啊，净给我找麻烦，快到别处去玩！"

"不，我要在这儿。"

爸爸没办法，只能无奈地说"好"，但让我离池子远点儿。

我退了几步，退到一旁的台阶上，站上去，踮起脚，又看向池子。阳光下的水池波光粼粼，在那闪烁的金光下，那头海豚胆怯而警惕地缩在池子底下。它察觉到我的目光，微微偏头看向了我。我有些惊喜，忙伸出手挥了挥。它却把头转了过去，因为爸爸蹲到了水边。

"啪！"爸爸拍了下水面，成功地吸引了那头海豚的注意。他喊："小家伙，别怕，从今天开始，这里就是你的家了。"

爸爸对朝他看来的海豚很满意，再拍了一次，说："你一定饿坏了吧？来吃鱼！"说着，他从身后的桶里掏出一条硕大的乌鲻鱼，捏着它的尾鳍，放到水里晃了晃。

那头海豚看起来瘦巴巴的，也不知道饿了多久，见到那条鱼的瞬间，几乎想要一下冲过去。但它并没有上前，而是在慢慢后退，眼睛里透着疑惑和深深的不信任。

爸爸尴尬地一笑，随手松开了鱼。鱼顺着爸爸的推力，在水中划了一道优雅的弧线，漂到了海豚的面前。

那头海豚死死地盯着面前的鱼，良久，终于咬过去，然后粗鲁地咽了下去。

爸爸笑了起来，手里又抓起一条鱼，放到水里："来，尽管吃！"

那头海豚狼吞虎咽地吞下了一条又一条鱼。直到它吃饱了，眼神中的警惕才慢慢退去。爸爸转过头，对我说："东野，我们叫它纳格好不好？"

二

几天后，纳格放松了下来，开始正常地换气、游泳和吃食。但在接下来的训练中还是出现了问题。

无论爸爸怎么诱导纳格，它都无法完成哪怕最简单的动作。比如，爸爸左手拿条鱼在它眼前晃晃，右手拿出一只球晃晃，然后爸爸把球抛远，只要纳格把球叼来就给它鱼吃，可纳格只是看着；再比如，爸爸下到水里跟纳格互动，他指着一个方向让纳格游过去，纳格也只是看着，或者朝别的方向游……

爸爸实在耗尽了体力，便上了岸休息。

我问爸爸："纳格是不是不懂你要干什么啊？"

爸爸不满地哼了一声："你是在质疑老爸的本事吗？我想它肯定明白，而且它很聪明。"

"那怎么学不会？"

"就是因为太聪明了！或者……我觉得它有点儿心不在焉。"

那天晚上，爸爸去办公室整理材料，我就在休息室等他，等着等着就困得睁不开眼了。

迷迷糊糊中，我听到一阵啜泣声。那声音细细弱弱蚊呐，像是穿越万水千山后的余音，还带着湿润的悲伤。

是谁在哭？我想到休息室只有我一个人，一下子惊醒了。

门外是昏暗的夜灯，哭声突然听不到了。

我强打起精神，出了门朝爸爸的办公室走去。这时，哭声又传来了，那声音低低的，听起来很悲伤。我贴着墙循声看去，只见那模糊幽暗的水池中，纳格浮在水面上，长吻扬起，正发出那种类似哭泣的声音。它发现了我，一下子又钻回水里。

我也不再害怕，走到水池边蹲下，轻轻用手拨动水面，说："纳格，纳格，你能听见吗？你在叫什么？你的叫声听起来……很难过……"

我的指尖触碰到水面，绽放出一朵又一朵的水花，纳格却没有浮出来。

"好吧，我忘了你不会说话……不过，纳格，我希望你能变快乐……"

纳格一直都没有浮出来，但我看到它在水中静静地看着我，看着我的眼睛。

三

　　爸爸又训练了几次纳格，依旧不见成效。爸爸皱起眉头，不得不考虑别的训练方法。

　　海洋馆依海而建，室外表演池与一处小海湾紧紧相连。那个花费不菲修建而成的表演池跟海湾之间用坚固的铁栅栏隔着，自然而充满活力的海水在它们之间肆意穿行。每当有大型节目，都会在这里表演。

　　海洋馆中除了新引进的纳格，还有七头海豚。它们总是在每场表演压轴登场，轻而易举地成为表演的焦点。

　　这天，又是一场表演。爸爸打开七头海豚的休息池和表演池的铁闸门。它们接到了命令，开始在水底并行、冲刺，像七艘身披战甲、所向披靡的潜水艇。

　　纳格被引到了一个特殊的位置，在那里，它可以透过玻璃看到表演池中发生的每一幕。爸爸想用同伴的行为刺激纳格，使它接受训练，并能学会表演。起初，纳格见到同为海豚的同胞格外兴奋，但在见到它们听从指令，默契地刺破水面，然后齐刷刷地仰起头，挥着左鳍给观众打招呼时，纳格突然落寞地叫了一声，然后远离了玻璃幕墙。

　　我看得出它有些失望。

　　随后，爸爸出场了。他跟六位驯兽师一起下到水里，朝海豚们挥手。海豚们听话地潜入水底，潜到他们的身下，用宽阔的额头顶住爸爸和驯兽师们的脚，然后摆动尾鳍，带着七人在水面上疾驰。

　　环着水池绕了一圈，海豚们在爸爸和驯兽师们挥起的手势中载着他们慢慢钻入了水底。七豚七人全部沉入水底，整个表演池突然变得静悄悄的，在场的每个人都屏住了呼吸。光芒闪过的水中，七个黑影顶着另七个黑影，倾斜、下潜、倾斜、上浮，海豚们猛力地甩起尾鳍，在所有观众期待的目光中，优雅地、高高地一下冲破水面！

　　一旁落寞的纳格见到这一幕，不知怎的，突然停了下来，随后它又游了过来，紧贴着玻璃幕墙，目不转睛地看着。

　　这时，场上那七头海豚在最高点停滞下来，然后丢下继续飞舞的七

人，歪头、甩尾，又"霍"地刺入水底。

掌声雷鸣般响起的那一刻，纳格紧紧贴着玻璃的身躯微微颤抖，它的眼睛中闪烁着莫名的光芒。

在那七头海豚游回来后，纳格居然迫不及待地迎接过去，跟海洋馆的同伴第一次有了接触。它们见了纳格同样很兴奋，纳格停在它们中间，跟它们"交流"着，被它们围绕着。

我心想，爸爸的方法果然奏效。

那晚，爸爸继续加班，我睡得迷迷糊糊，好像又听到了一阵哭声。

那哭声不是一道，好像是好多道，但我也数不清是几道……它们从四面八方幽幽地飘来飘去，轻轻地回荡在我的梦里。我仿佛变成了一头海豚，那是一个关于家乡、海洋的梦。

四

纳格跟那七头海豚住在一起后，几乎完全变了样，那些表演动作它一学就会。叼球、挥手、拍水、跳跃接球、花样游泳……样样不在话下。

那七头海豚经常跟纳格一起比赛跳高，不，它们跟纳格比赛可能是为了教它，教它怎样跳得更高，教它怎样扭动。它们含着一口气，潜入幽深的水底，折返，扭动身体，箭一般地刺破水面，冲向高空。

连我都看得出，纳格在跳高方面很有天赋。

起初，纳格没有那七头海豚跳得高，总是比它们矮上半个身子。但纳格善于学习，一点点地超过了那七头海豚。从矮半个身子、矮一个头、半个头、持平，再到高出半个头、一个头，甚至是半个身子……

即使是这样，纳格还是一如既往地练习，它好像不满足于超过那七头海豚。而那七头海豚也同样在一旁游弋跳跃，像是在给它加油鼓劲儿。

奇怪的是，那段时间，我再没有听到哭声。

爸爸看着这些变化，忍不住赞叹纳格既聪明又努力。

爸爸决定让纳格跟七头海豚一同出场。那天他高兴地提了几桶鲜鱼，来到海豚们休息的池子，把那些鱼撒到水里。表演的前一天，爸爸会给它们一些犒劳。

我拿着一条鱼，丢给浮出水面的纳格。它吞下鱼，看了我一眼。我形容不上来这是一种什么样的眼神，眼神中带着跃跃欲试的期待和深藏不住的激动。

"明天加油！"我给它打气。它深深地看了我一眼，然后折回了水底。

那天晚上，我没在海洋馆过夜，爸爸回家后对我说他听到好多哭声。

那确实是一场堪称完美的演出。八头海豚在清澈见底的水里上下游动，聚合时像一个神秘而黝黑的洞穴，分散时像骤然绽放的莲花，它们盛开在阳光绚丽的午后，带给人们热烈而震撼的舞蹈。它们忘情地嬉游，毫无规律却美到极致。

整个表演场鸦雀无声。

"好像……有什么不对劲……"爸爸紧紧地皱着眉头。

"什么？"我正看得出神，不解地问。

爸爸没理我，只是紧盯着表演的海豚们。

海豚们开始渐渐地跃出水面。它们交错缠绕着依次绽放，像一枚枚子弹射向天空，而后"轰"的一声再次钻入水里。

"不对！只有七头海豚跃出水面，少了……少了纳格！"爸爸手里的一罐汽水被攥得咯吱咯吱响，"可它不是排练得好好的，这样的临场发挥是在搞什么鬼？"

我疑惑地看去，终于在晃动的水底发现不停转换位置的纳格。我有些吃惊，如果不是爸爸的提醒，我根本就注意不到始终只有七头海豚在跳跃。

眼花缭乱地表演了一阵，藏着的纳格终于有了动作。只见它浮出水面，深吸了一口气，猛地钻进水里，直潜到最底，然后仰起头，跟其余七头海豚一起朝水面拼命冲过去。

它们刺破水面，高高地跃到了半空。纳格渐渐超过那七头海豚，超过半个头、一个头、半个身子、一个身子……还在继续超过……

场上爆发出无与伦比的掌声。

就在万众的目光中，纳格跃到了一个令人震惊的高度，然后它一个摆

尾，跃过那道横亘在海湾和表演池中的铁栅栏，画了一个完美的抛物线，"咚"的一声钻进了水里，不，准确地说是钻进了海里。

人们还没明白过来，继续在鼓掌。爸爸捶胸顿足地跑到栏杆处，纳格已经不见了。

五

纳格就这样逃走了。在所有人的注视下，在振聋发聩的掌声中。

馆长和爸爸等一干负责人进了会议室，良久才各自阴沉着脸出来。之后大家都去了海湾，上了一条中型游览船，忙活起来。

"爸爸，你要干什么？"我跑过去问。

"把它找回来。"

"怎么找？"

"当初把纳格买来时，就在它被麻醉的情况下给它的身体里植入了芯片，通过卫星定位能找到它。"爸爸说，"它这次逃走给海洋馆带来了很多负面影响，馆长让我们抓它回来……"

"我也要去！我想知道它为什么逃走。"

爸爸想了想，说："那你要听我的话，不能乱碰东西。"

我们的船驶出了港口，而纳格的卫星坐标在不停地移动了三个小时后，在一个地点游移起来。爸爸调出了那个地点的卫星图片，显示的是一处乱石嶙峋的大海湾。

"奇怪，它怎么停下了？难道那里有什么它在意的？或者是它曾经生活过的地方……"爸爸说完，继而摇摇头否定自己的猜测，"怎么会……"

确定了位置，我们的船加大马力开了过去。三个小时后，我们接近了那处海湾，如开始所料的一样，雷达显示水底有凸起的礁石，大船没法继续行驶。于是大家纷纷拿起望远镜朝那处海湾看去。刚举起望远镜，远处的一幕惊呆了船上的所有人。

一艘小型渔船正遭到纳格的进攻。

而此时，纳格正在水里翻滚，一边躲避着船上的人奋力投来的鱼叉，一边瞅准机会用身子狠狠地撞击船身。被撞击的小船在海面上晃动不已，船上的两个人也被震得不得不弯下腰抓紧船帮。小船被纳格顶得转过身，船背面的景象彻底暴露在我们的眼前。

一头海豚被细密的渔网死死包裹着，渔网已经被收起了大半。那头海豚被吊在半空，身子扭动，痛苦地挣扎着。

那艘小型渔船居然在偷猎海豚！

小渔船上的一个人费力地抓紧船舷，艰难地后仰。随即他抄起一把刀，趁纳格再次撞来时，狠狠地劈了过去。纳格见刀子砍来，猛地一个甩尾，在半空扭动自己的身躯，避开疾刺而来的刀子，一下刺入水中，然后消失不见。

一击落空，那个人显然也很吃惊，但他没再攻击，只是弯腰站在那里，紧盯着水面的动静。

小渔船上的另一个人继续收那个悬在半空的渔网。随着渔网的拉伸，里面的那头海豚更加痛苦地呻吟着。那头海豚越来越微弱的声音久久回荡着，在浪花泼洒间，在海水涌动的哗哗脆响间，显得那么凄厉。我能想象远处的纳格该有多么悲伤和愤怒。

纳格好像再也忍不住，在那个人收扯渔网的又一瞬，一下跃出水面，就要朝他扑去。方才紧盯水面的那个人狰狞一笑，忽地转身，再次挥起手里的刀子，朝跃出的纳格狠狠掷去。

纳格大惊，见躲不过，只能奋力避开要害。刀子闪着冷光，"嗖"地一下就逼近了纳格。那刀子从纳格的背脊上划开，掉进了海里。

瞬间，血液就从那看似不大的伤口里涌了出来，将海浪染成了一朵朵娇艳欲滴的红花。可疼痛非但没让纳格退后，反而使它更坚定起来，只见它直接高高跃起，用自己的身躯朝两个人砸去。

两个人大吃一惊，马上跳到了一旁。纳格摔到了船板上，在上面砸了一个破洞。纳格重新跃入水中，虚弱地看着已经被灌进水的渔船，发出一声尖厉的叫声。

"快，我们得去阻止它！它想同归于尽！"爸爸丢下望远镜，跑到栏杆旁去解备用小艇的缆绳。等爸爸和另外两位叔叔赶过去，那小船已经岌

岌可危。小船上的海豚从网子里逃了出来，同样虚弱地漂浮着。

爸爸带着怒意把两个人带回到大船上。纳格跟了过来，依旧怒气冲冲的。

我看到它那伤痕累累的身体，忍不住探出身子，伸手摸它。它先是有些抗拒，但还是任由我抚摸着它，可它的注意力仍在那两个人身上，用可怕的眼神盯着他们，好像他们身上有什么它不惜同归于尽都要得到的东西。

爸爸打开手机报了警，对仍后怕不已的两人不客气地说："你们做了什么事，待会儿好好去跟警察说吧！"说完这些，爸爸深深地看了眼纳格，突然从腰间掏出一把匕首。他朝我走来，走到纳格上方，探出身子，手臂携着匕首以迅雷不及掩耳之势刺向纳格。

"爸！你干什么？"我蒙了，几乎条件反射地大喊。

匕首卷起一道明亮的冷光，刺到纳格的背鳍后方，随着爸爸手上的动作，猛地深入，并成功在纳格痛苦的叫声中带出一个黑色硬币般大小的东西。那东西画出了一个美丽的抛物线，"噗"的一声钻进海里。那是植入纳格体内的芯片。

爸爸收回刀子，叹了口气："纳格，你走吧，永远也不要再回来了。"

说完，他回头对着目瞪口呆的我们笑了笑："纳格抓不回去了，责任我担着。"

六

我们离开了，留下了虚弱得无法再跟过来的纳格。

我眼前蒙眬起来，哽咽道："纳格不会有事吧？它流了那么多血……"

爸爸摸摸我的头，看了看那缩成一个点的海湾，说："它的伤没有大碍，它会好起来的，放心好了。"

船一靠岸，那两个偷猎者就被带走了。爸爸和我去做了证人。审问后，我们从警察口中得知了纳格的身世。

我们一直以为纳格是水族馆合法饲养并出售的海豚，没想到它却是三个月前被那两个偷猎的人在海湾捕到的。当时跟纳格在一起的还有两头海豚，它们落在渔网里，挣扎无力，被卖给了与爸爸所在海洋馆有贸易往来的非法水族馆。

后来警察去那个水族馆调查，得知了另外两头海豚的去向，它们被两家海洋馆分别买去。可后来的消息是，等到警察赶去，那两头海豚已经因为极度不适应接连死去了。

不是每头海豚都能适应人类强迫给予的生活，也不是每头海豚都能学会哄人开心的表演。

得知它们死去的噩耗，我的脑袋瞬间一片空白。爸爸也默默叹着气。

那两头海豚跟纳格是什么关系？亲人、朋友？还是……我想我永远也不会知道了。

此后有一次，我又在海洋馆等加班的爸爸。在寂寥而冰冷的海洋馆里，又响起了一阵哭声。一二三四五六七，七声，不多不少。哭声回荡在海洋馆，让人不免心酸。

我敬佩这七头海豚，它们在人类构筑的"铁笼"里没有丧失本性，它们教纳格跳高，帮助了纳格，给了纳格希望。我想它们肯定同样渴望大海，渴望可能一辈子都拥有不了的自由。

后来，附近地区传出这样的奇闻：出海的渔船总会被一头发疯的海豚攻击，赶也赶不走。人们晚上去海边散步，偶尔还能听到悲伤的哭泣声……

是的，人们都说纳格是头疯海豚。

是的，疯纳格在悲伤地哭泣。

我想，纳格肯定仍在不停地寻找那两头海豚吧。

不停地，不停地，抱着那么一丝不存在的希望。

你们听过海豚的哭声吗？

我听过。

布兰基的头上，骤然间开了一朵暗红色的大花。那一刻，世上骄傲而美丽的生命陨落了。

母狼布兰基

文◎邱华栋

★ 一 ★

月光像水银一样洒在地上，似乎在慢慢流动。空气异常清冽，带着一丝甘薯般的甜气，沁人心脾。时而有一种怪异的鸟鸣，阴沉沉地掠过这片红松和白桦混合林，随后就像烟一样，缓缓地融入了幽暗浓密的夜幕中。

在安德烈看来，所有的树木和花草都是有生命的，只不过它们没有双腿，不会移动罢了。安德烈有听懂植物说话的特异功能，他知道它们白天都在保持着沉默，而在夜晚，它们就要开口讲话了，那迎合着风发出的各种声音，就是它们在说话。

现在，安德烈踩着吱吱作响、松软而又肥沃的泥土，睁大眼睛，谨慎地扫视林子周围的景物，悄悄向山上爬去。

夜晚，那些花草树木的阴影在他看来总带着些敌视态度。虽然他只有十四岁，但他已经知道，它们并不欢迎那些自认为是山林主人的人，来砍断它们姐妹那有着美丽舞姿的年轻腰肢。此时，他的耳朵特别敏感，能把周围一切的响动辨识得清清楚楚。

例如，他听到有一棵山毛榉和一棵红松正在讨论土壤流失和大气污染，还有一棵山楂树低声对几株金盏草诉说它亲眼见过的一场由人而引起的森林火灾是多么可怕。每当听到这些，安德烈心中就禁不住打起一阵小鼓，他下意识地握紧了手中的猎枪。

去年夏天放暑假，父亲带他去打过狼，因为这个季节的狼皮特别好，十分光滑。父亲对他说："你已经十四岁啦，该亲自打只狼了，那样才算个男子汉。"

为了这句话，他整整憋了三个月的劲儿。

这年春天像光影一样一晃而过，转眼之间，暑假就来了。他一直想趁着这个机会展示一下自己的勇气，还准备把打到的狼皮带到远在二百公里之外他上学读书的拉蒙诺市，他是那儿的寄宿生。那里所有的老师都在给他灌输"文明"的东西，而在国家林场工作的父亲，总是鼓励他干一些老师们所不敢想象的事，尤其是打猎。更何况，这次父亲要他亲自打狼，打凶狠而又残忍的狼。

安德烈一脚踩断了一截枯树枝，脚下的枯枝发出了痛苦又干脆的声响。在他左边立着的一棵老臭椿树上，"呼啦啦"一下惊飞起好几只鸟。

安德烈的肩膀感到了鸟扇动翅膀而引起的空气波动。他悄悄蹲了下来，等鸟声渐渐消失在远方的山谷中，才继续赶路。

三天前他出来采蘑菇的时候，意外发现了一座狼穴。他亲眼看见一只美丽的母黄狼，叼着一只狼崽从洞中跑出来。为了这个发现，他整整准备了三天，心情紧张又兴奋。他想趁夜幕的掩护，把这一窝狼连锅端。他没把这事告诉父亲，他要给父亲一个出其不意的惊喜。

接下来，他只要走过一条一百余米崎岖的山道，就能到目的地了。

借着月光，他又将鹿皮鞋带系了系。远处，隐隐传来山涧泉水流动的声音。他舔了舔嘴唇，回忆起他曾喝过的山泉水。那泉水清凉甜润，距离此处应该不远。夜色中，群山分外幽静，那逶迤的庞大山体仿佛是一个个酣睡正浓的壮汉，一阵林涛声就像他们在打呼噜。

就这样，安德烈小心翼翼地绕过怪石，穿过荆棘丛，越过一道沟堑，接近狼穴。他把身子藏在一块峭石之后，把枪瞄准了十米开外的那座黑幽幽的狼穴。他的心也随即紧张地跳动起来，胸脯急促地起伏。好在是迎风，这样狼就闻不到他的气味了。

月下，狼穴幽深寂静，仿佛一只眼睛，看着很吓人。该是长志气的时候了，小伙子！他给自己打气，做了几个深呼吸，屏气凝神，伏下身子瞄准了目标。

万一——下子跑出来几只老狼怎么办？自己有能力对付吗？

就在两个星期前的一天晚上，几只狼把安德里耶大叔的一头牛撕扯成了碎片。想到这儿，安德烈打了一个哆嗦，从脚底泛出一股寒气。

★ 二 ★

安德烈有点儿害怕了。

但是，是时候了，小伙子！他对自己说，不能再犹豫了。

他拼命给自己鼓劲儿，猛地按亮手电筒。刺眼的光柱笔直地射向狼穴，狼穴内一阵骚动，他的手紧扣扳机，只待狼逃出洞口的瞬间就立即开枪。但是，狼穴内很快又静了下来，安德烈清晰地看到，洞穴里居然有四只刚满月的狼崽儿！

他迅疾地扑到洞口，灯光下，那四只胖乎乎的小狼崽儿显得稚气天真，身上还带着褪了一半的黑毛，半褐半黑，圆溜溜的，煞是可爱。

要把这几只可爱的小狼崽儿打死吗？不！不能，他下不了手。可那只老狼跑到哪儿去了？他最终无功而返。

早晨起来，安德烈洗漱完毕，走出房门，正迎上刺眼的阳光，长长地伸了一个懒腰。

"喂，安德烈，昨天晚上你去哪儿啦？整整出去了两个小时。"父亲一边劈着圆木柴火，一边问。

嘿，爸爸的耳朵真尖！他迟疑了一下，答道："我……发现了一窝松鸡，想趁着夜晚把它们连锅端了。"

"是吗？如果碰上狼，就有好戏看啦！记得我跟你说过的吗？你十四岁了，该一个人打只狼，这样才算男子汉。对了，吃过饭去北坡看看，我在那儿下了捕狼机，兴许还捕上了呢！你去抓个活的，用网罩住背回来。"

这个时候，阳光已十分强烈，空气仿佛凝固了一般，没有一丝动静。安德烈像头活泼的小鹿，连蹦带跳地去看捕狼机。树林中雾气蒸腾，鸟语花香，空气十分清新。

安德烈知道，北坡那儿有一条狼道。狼走路的时候，总是留下气味，作为自己的标志和界限，向别的狼发出警告，以示提醒。

再转过一片树林，就是北坡了，就在安德烈的目光投过去的一刹那，一只身材高大的狼映入眼底！

这的确是一只地道的西伯利亚狼，它的前腿粗壮、修长而有力，后腿

坚实，胸廓宽大，额头坚挺，有一对直立的耳朵以及一双阴冷的眼睛，目光中充满了愤怒、凶狠。四架钢制的、粗壮结实、重达二十八公斤的捕狼机，牢牢地夹住了它的三条腿。

安德烈感到一股热血直冲头顶，脑袋嗡嗡胀大。定了定神，他单腿跪下，举起枪瞄准狼的眼睛，就要开枪射击。

在骤然而至的死亡面前，母狼显得傲岸又凛然。它挺胸而立，双眼喷射出漠然的、对人类不屑一顾的目光，它安静地看着安德烈，仰首而立，亢声高诉，声波从它的喉咙里缓缓涌出，仿佛在呼喊同类，又像是表示对自己命运的抗议。那声音在空中慢慢扩展开来，碰上高大的树木，被撞击、震荡成一片苍凉的回声，长久不绝……

忽然，一阵草叶沙沙响动起来，有什么东西正在走来，难道是几只凶狠的老狼？安德烈感到有些心慌意乱。他的手微微颤抖着，以至于不能马上扣动扳机，将那只母狼击毙。

随着母狼的一声充满悲情的嚎叫，安德烈定神看去，见是四只褐色的小狼崽儿，急匆匆地扑向了它们的母亲——那只老狼旁边。

安德烈手中的枪缓缓垂了下来，四只小狼崽儿扑到了母亲的怀里，呷吮着吃起奶。母狼伏下身子，面容慈祥、从容，还不忘目光警惕地打量着安德烈，唯恐他心起杀机，它在护卫自己的几个小宝贝。

这幅相依为命的情景，使安德烈黯然神伤。三年前，他的母亲跟父亲离了婚，去了很远的列宁格勒（现为圣彼得堡），他从此失去了母爱。温馨甜蜜的母爱，如今对他来说只能是一段美好的记忆。

他的眼前又映出母亲那慈祥的面容，他们一块儿嬉戏的场景在他胸中迭现、翻卷，仿佛一朵朵黄色的落花在河水中沉浮，他难受极了。

瞬间，他决定，放了那只母狼！安德烈取出一张大网，趁母狼不注意，猛然撒出手，兜住母狼的身体，把四只狼崽儿和母狼分开，再快速地把网系在旁边的树上，拿出小铁铲，用最快的速度挖出捕狼机，娴熟地打开它们。最后松开网，让母狼跳出来。

母狼跳出了网，显得有些迟疑，它望着十几米外举枪站立的安德烈，一人一狼对峙、僵持着。许久，它带着它欢快的孩子们离开了。

★ 三 ★

"笨蛋！连只上钩的狼都抓不住，我看你永远别想当个男子汉了！哼，看你以后还好意思吹牛，说你吃过上百种山味呢！"父亲半真半假地训斥着他。

安德烈没有争辩。之后的一些日子，安德烈出去玩或打猎的时候，总是乘便到那座狼穴去看看。而那只母狼似乎已经认识他了，总是站在离他二十步远的地方看着他，目光变得柔和，一反以往的森冷。他有时也往狼穴那儿扔一两只刚打的野兔或松鸡，慰劳那四只小家伙。每当这时，在山林里，那只母狼总是仰天发出一阵感激的长嗥。

安德烈给那只母狼起了个名字叫布兰基。后来，安德里耶大叔说，母狼布兰基原来是一只母狗，被一只公狼带走了，逐渐有了狼性。它的丈夫是一只身材特别高大的狼王，在猎捕山羊的时候，被猎人帕拉杰诺夫开枪打死了。因此，一群狼散伙了，只剩下布兰基带着四个狼崽儿独自过活。

安德烈对它们一家的遭遇充满了同情。

一转眼，暑假快结束了。一天中午吃过饭，安德烈兴冲冲地奔向狼穴，他有几天没看它们了，要向它们道别，明天他就要乘车去拉蒙诺上学了。

已经是八月底了，天气凉爽，早秋的征兆已显露出来。在此之前，安德烈费了好大的劲儿，说服了国家林场里父亲的同事，让他们对老狼布兰基一家一定要手下留情。大家都笑着答应了，而安德烈的慈善心肠也被大家当作笑谈，传出很远很远。

现在，安德烈一边哼着在学校学的"勒拿河船歌"，一边欣赏着周围的景色，朝狼穴走去。转过一个山坳，突然，脚下"扑通"一声响，一架捕狼机倏然间从地底下冒出来，咬住了他的左脚踝。他疼得叫了起来，但不敢随便移动脚步，就势蹲了下来，周围一定还有很多架捕狼机，正藏在土底下伺机而出。

他小心地站起来，向右迈出一步。哪知刚一落脚，又是"啪嗒"一声，一只钢爪抓住了他的脚掌。两只脚都被夹住了，一时间，他站立不稳跌倒在地。立刻，又有一架捕狼机从土里伸出魔爪，牢牢地抓住了他的右臂，他被固定在地上，动不了了。

完了。他想，真倒霉，自己竟走进捕狼机群里。他知道自己走进按"井"字形埋布的捕狼机群中了，三只钢家伙牢牢地把他固定在地面上，让他动弹不得。他转头看向周围，自己被困在一条狼道上了。这条路很少有人走，如果到了晚上还没被人发现的话，自己肯定会被狼吃掉。

他躺在那里大声喊着："救命啊！救命！"声音在山谷间回荡、回荡，消失在雾霭之中。其实他喊也没用，这一片很少有人来。而设置捕狼机的主人，不一定哪天才能来看一下。他难过地躺在地上，闭上眼睛，想象着自己被狼群撕扯的情形。

✦ 四 ✦

不知过了多久，他睁开眼睛，黄昏降临。此时的太阳金灿灿地悬在西边天上，放射着红光，云彩被渲染得一片绚丽。他已被困了五个多小时。

他躺在那里又渴又饿。他期待着奇迹发生，可是，谁会在这个时候在这条路上行走呢？他想念他的父母，自己可能再也见不到他们了。他想着想着，鼻涕和眼泪混在一起，流了一脸。

倏然间，他听到一阵"窸窸窣窣"的声响，侧头看去，见是一只棕熊，正一摇一晃地从大树后面，朝他这个方向走过来。他知道自己是凶多吉少了，又猛然想到熊是不吃死人的，忙屏住呼吸，将眼睛眯成一条缝，一动不动。

那只庞大的棕熊呼哧呼哧地喘着粗气，走到他身边。它低头嗅了嗅，抓了抓安德烈的前胸。这一抓之下，安德烈感到胸前一阵剧痛，他大叫了一声，睁开眼睛。那头棕熊吓得退后几步，接着大吼一声，朝他扑来。

就在此时，一只褐色的、矫健的黑影从一片雾霭中跃出，在空中画过一道弧线。

是母狼布兰基！安德烈心头一阵狂喜。布兰基和棕熊展开了搏斗，布兰基的体形和那只发怒的棕熊相差悬殊，但布兰基毫不畏惧，灵巧地前跃后扑，与棕熊拼死搏斗。

安德烈目睹着这场搏斗，睁大了眼睛。只见布兰基边战边退，棕熊怒吼着跟踪而去，渐渐地，它们的身影消失在黑暗中。

过了好久，布兰基跑回到安德烈身边。它目光柔和地看着安德烈，随即绕着被捕狼机固定住的安德烈走了两圈。低下头一边嗅，一边用前爪挖了起来。没多长时间，三架钢制捕狼机就从土地中显露出来。可安德烈的胳膊和脚都被夹住，无法解开捕狼机。

他们对视了一会儿，布兰基仰了仰头，长嚎了一阵，跑开了。

安德烈嚷着："布兰基，不要走！别离开我！"而布兰基早已消失在夜幕中。四周又恢复了寂静，无边的黑暗和恐惧向安德烈袭来。

"噢！布兰基！"安德烈惊叫着，布兰基又回来了。它低下头用嘴咬住安德烈的衣角，往前拖。安德烈明白了，他用头示意方向，布兰基吃力地把他朝他家的方向拖去。

就这样反反复复，停停拖拖，布兰基带着他连同那几十公斤重的捕狼机，越过森林、草地，走过羊肠小道，蹚过溪水。

终于，渐渐接近安德烈的家了。这时，已是月上中天。

安德烈的父亲忽然听到一阵狂烈的狼嗥声。有狼！他从被子里钻出来，匆匆穿好衣服，拿上手电筒和枪，走出门口。夜色一片朦胧，一阵阵狼嗥声近在咫尺。他拧亮手电。不好！他心头一紧，三十步开外，一只灰褐色的大狼闪着一双幽绿的眼睛，旁边躺着一个人！

"爸爸！"安德烈欣喜地喊了一声。

"孩子，别动！"安德烈的父亲紧张地喊道。

"不，不，别开枪……"安德烈的话音未落，枪已经响了。

月光的映照下，安德烈看得非常清楚，母狼布兰基的头上，骤然间开了一朵暗红色的大花，它身体一歪，缓缓地倒在了安德烈身边。它望着安德烈，眼神中充满着疑惑、哀怨、不解、恐惧……

父亲提着枪冲过来，看到了安德烈手臂和脚上的捕狼机的钢爪，瞬间明白了。"爸爸，它不是狼，不是狼啊！"

时间静止了，呼吸也凝固了。"母狼"布兰基四肢抽搐了几下，缓缓地合上了眼睛。血渐渐浸湿了安德烈的衣袖，他和父亲都觉得十分悲伤。

英雄不问出处，是妖还是神，贵在一颗赤诚之心。勇气与善良，是与生俱来的制胜法宝。

有妖来也

文◎陆　西

南陆一带气候潮热，茂密丛林孕育精怪，妖孽横行。每个村庄都有捉妖师坐镇，以防妖物滋扰村民。

捉妖师多了，自然就有攀比，比谁抓的妖多、名气大、名号响亮。有好事之人列了捉妖师金榜，年年排名放榜，吸引诸多村民围观，好不热闹。

米饼年方十六，心高气傲，身为卷村唯一的捉妖师，一心想在捉妖届混出大动静，可无论怎么折腾，他一次都没有出现在榜单上，今年也不例外。

唉，谁让米饼从十一岁接任卷村捉妖师到现在，一只妖怪都没抓到呢！

起了个大早、赶了几里路去看榜，却碰了一鼻子灰，米饼垂头丧气地走在回卷村的吊桥上，迎面走来一个挑着筐的大叔，笑眯眯地往他怀里塞了一大包鹅蛋："吃了我腌的流油咸蛋，什么烦恼都记不得啦。"

这是一个友善的日常鼓励。米饼扬起脸，挤出一个微笑。

蛋叔爽朗地劝道："没抓着妖有啥打紧？咱们卷村自古就是福地，不出妖孽。再说，有你这祥瑞之人坐镇，哪有妖怪敢来？别丧气了，洋芋奶奶做了好吃的等你回去呢！"

还没等米饼说出感谢的话，蛋叔就健步如飞地消失在吊桥尽头。

米饼在桥墩上磕开一个咸蛋送进嘴里，流油的蛋黄在舌尖化开，诱人的滋味如同卷村的太阳，晒得人软乎乎，心暖暖。

米饼的阿妈米粉出身于捉妖世家，虽然米饼是她从山里捡回来的娃娃，但从小阿妈就教他熟读各种捉妖教程，苦练各类工具，罗盘、九节鞭、捆妖绳他都运用自如，三更起床学武功，连村外树林里的野猪都跑不过他。

最宝贵的是，阿妈给了他一块米家世代相传的灵通古玉，能辟邪鉴妖，传说只要激发它的潜力，就能统领妖界，到时不管是妖还是捉妖师，统统都得拜服在米饼的袍角之下。

说到捉妖技能，米饼自认是绝对过硬的。但距十一岁继承阿妈的衣钵整整过去了五年，灵玉还毫无动静，他也没有抓到任何妖怪。如此糟糕的业绩，只有民风淳朴的卷村才容得下米饼。

阿妈过世得早，米饼靠吃百家饭顺利活到现在，每当他抓不到妖怪而丧气时，热情的乡亲们总会想办法逗他开心。

今天也不例外。洋芋奶奶的茅草屋下，已经摆好了丰盛的菜肴，还有一屋子热热闹闹的乡亲，没等他坐稳，安慰和夸奖便劈头盖脸地砸了过来。

"咱们村的村草回来啦！"

"可不是吗？米饼瞧着又英俊了呢！"

听着这些夸奖，一种骄傲感在米饼心中油然而生，虽然他一只妖怪都没抓住，但他拥有全世界的关爱啊！

第二天醒来时已是日上三竿，听到吵嚷声，米饼跑出门一看，几个乡亲行色匆匆地走在路上。他连忙跟着一起到了蛋叔家，被眼前的场景吓得愣在当场——

活蹦乱跳的鸡、鸭、鹅，都倒在院子里抽搐不已，口吐白沫，脚爪乌青。

旁边围着的乡亲们惊恐万分，米饼慌乱地问："蛋叔，怎么会这样？"

"不知道哇！我刚卖蛋回来就这样了！"蛋叔抓着脑袋束手无策。

兽医火急火燎地赶来一看，遗憾地叹了口气："救不活啦。"

蛋叔哀号一声，抱着脑袋，痛苦地弯下了腰。他一家五口靠卖蛋为生，鸡、鸭、鹅这一仙去，顿时没了收入，日子一下子窘迫起来。

米饼替蛋叔着急，私下偷偷问了兽医，好端端的，一院子的鸡、鸭、鹅怎么会一起丧生？

兽医神色担忧地说："依我看，家禽不像是得了病，有点儿像……中邪！"

中邪？米饼听完更加疑惑。若是中邪得有人施法，凶手到底是谁呢？

米饼愁得觉也睡不好，饭量受到影响，减了三分之一碗。他左思右想，最后只想到一种可能——

"是妖怪干的！"米饼一拍桌子，笃定地大声说。

他正在隔壁脆哨家蹭饭，这一下把脆哨的阿爸阿妈吓得不轻，他们将信将疑地说："可咱们村子几十年没闹过妖了……"

"一直没有不代表永远不会有。"米饼夹了一筷熏肉炒年糕大嚼着，"一会儿我就拿着罗盘出去，看看妖孽到底在何方！"

匆匆扒完饭，米饼一溜烟跑了出去。一旁的脆哨放下碗，屁颠屁颠跟在他身后。

一大一小两个身影站在村后的田野中，半晌过去了，两个人纹丝不动。脆哨才五岁半，长得胖胖的，他吸着大拇指，奶声奶气地问："米饼哥哥，你看这个东西好长时间了，妖怪在哪儿啊？"

米饼内心吐槽：我也想问这个问题！

罗盘刚拿出来的时候纹丝不动。米饼端着它换了好几个位置，指针突然小小地弹了一下。

"有妖气！"米饼欣喜若狂，没等他激动完，指针突然疯了一样，快速地转起圈来。

这罗盘是阿妈传给他的，算是身经百战，可这会儿就是不肯好好指明方向。他对着乱转的指针愣了半晌，叹了一口气："这玩意儿是不是放久了，坏掉啦……"

找到妖怪，只是捉妖的第一步。现在罗盘用不了，捉妖只得暂时搁浅。没想到过了两天，村里又接连出了几桩吓人的事。

几个顽皮的孩童在入睡后突然说起了奇怪的梦话，哭闹不止。父母整夜提心吊胆，不眠不休地守在孩子旁边。脆哨也不幸中招，看着他肉乎乎的脸蛋瘪了下去，米饼担心极了。

没隔几天，村口张家的大白马突然惊了，狂啸几声狂奔出了村。张娘娘指望着这马拉车运蔬菜，马一跑，她当场失声痛哭；秋收的日子，艾家种的花生落了花却不结果，壳里一粒花生米都没长。艾草爷爷精心耕种了半年，颗粒无收，直接病倒在床。

接连发生怪事，乡亲们慌了。

米饼的阿妈守护卷村以来，几十年平平安安，过惯了太平日子的村民们措手不及。为了安全，夜晚家家户户大门紧锁，小孩都被勒令禁止去人少的地方玩耍。恐惧、厄运笼罩着卷村。

米饼心里难受极了。这是阿妈守护了一生的地方，难道要毁在他的手里？

他拿着那个风扇一样的罗盘，不甘心地各个角落探寻，只要有风吹草动，他就赶过去搜查。他甚至放出话来："找不到妖怪，我就不吃饭了！"

乡亲们百般劝说都没用，无奈之下，请出了洋芋奶奶。

姜还是老的辣！洋芋奶奶端着一碗油亮的红烧肉站在上风口，静静地等了十秒，米饼乖乖跟她回去了。

米饼化悲愤为食量，两腮被饭菜填得满满的，吧唧吧唧嚼着肉，心里突然一阵难过。身为村里唯一的捉妖师，他没能护住这方土地的平安，真是太失职了。

"饼饼，你告诉奶奶，为什么如此肯定这些事是妖物所为？"洋芋奶奶问道。

咽下嘴里的饭，米饼从脖子上摘下那枚从不离身的灵玉，递到奶奶面前，通体透亮、雕琢成祥云形状的温润玉石，在他的手心里散发着淡淡的光芒。

洋芋奶奶的脸色顿时变了："灵玉发光了？这么说……我们村子里真的有妖？"

米饼凝重地点点头："我昨晚才发现的。阿妈说灵玉鉴妖不会有错。之前那些怪事，都是妖患。"

他从包里掏出那个还在无脑旋转的罗盘，恨铁不成钢地说："可惜我

的罗盘坏了，找不出妖怪到底在哪儿。"说着，米饼突然眼睛一亮，"罗盘没用，还有照妖镜呀！咱们把村子里的人、动物、花草都照一遍，不就找出妖了吗？"

"你要拿照妖镜照乡亲？不像话，不准这么做！"洋芋奶奶眉毛一拧，呵斥道。

"照一下没关系的！"米饼麻利地从炕上滑下地，往家跑去，边跑边激动地喊，"妖怪莫跑，我来抓你啦！"

他头也不回，没注意到身后洋芋奶奶的表情越来越凝重。

回到家，米饼喊了脆哨帮忙，把家里翻了个底朝天，里里外外找了个遍，却一无所获。

照妖镜丢了，还是被阿妈藏起来了？米饼困扰地摸了摸下巴，眼睛瞥到脆哨，又心生一计。

脆哨的爸爸每天往集市上送豆腐、豆浆，附近小有名气的捉妖师就住在集市附近，让脆哨的爸爸找他借一下！

第二天晌午，脆哨把米饼家的大门敲得"砰砰"响："米饼哥哥！我给你借来照妖镜啦！"

米饼一个箭步冲了出来，接过脆哨手里捏着的红布包，嘿嘿笑着，边解开边对脆哨说："待会儿先给脆哨照，好不好呀？"

脆哨笑嘻嘻地捂着脸，米饼将照妖镜拿起来，镜子突然泛起一道诡异的光，他好奇地凑到镜子前，却被眼前的场景惊得愣在当场——

镜子里是一个满脸白毛、长了角的东西，保持着嘿嘿笑着的表情，羊一样的眼睛弯成了两道月亮，说不出地诡异。

"哐当。"

手一抖，镜子掉在了地上，米饼像一摊烂泥一样软软地滑了下去。

脆哨好奇地拉他，惊奇地喊："米饼哥哥，你怎么啦？"

米饼被镜子里的景象震惊得听不到任何声音了，脑子里只有一个念头在重复播放——

我是妖怪，我是妖怪。

我——是——妖——怪！

细细将那些怪事的来龙去脉梳理一遍，米饼才想到，所有的线索都指向自己。

蛋叔家的鸡鸭鹅死之前，他帮忙喂过；夜闹的小孩都吃了他给的年糕团；发狂的大白马前一日驮着他赶过集；不结果的花生……开花的时候他偷偷在田里撒过一泡尿。

再加上照妖镜里看到的妖形，答案呼之欲出。

米饼心如刀绞。为了确认这个推测，他找了个借口说要离开村子，然后带着干粮，把自己锁在村子角落的废弃谷仓里。

这些日子，他总忍不住看向照妖镜，毫无意外，每次他在镜子里看到的，都是那张长了白毛和尖角的妖物的脸。

好丑，好恶心！

大家都说他是南陆第一美男子。可这样的脸，怎么配得上他们由衷的夸赞呢？

干粮太难吃，米饼没坚持一周就受不了了，离开了谷仓。

乡亲们遇到他，都像十年没见一样，拼命往他怀里塞吃的。他们越热情，米饼的心里越不是滋味，他勉强打起精神，问道："这几天，村子里还好吧？"

"好着呢。"大家爽朗地答，"啥事都没有，饼饼，你就别操心啦。"

果然是这样。他在，村子里就出怪事；他走，村子里就太平了。米饼的心一点点沉了下去。

小时候阿妈带着他苦练捉妖技能的那些场景，一幕幕纠结在一起，成了一个巨大的笑话。阿妈说过，人和妖无法共存，正是因为妖的天性和人的善良相对立，这也是捉妖师存在的意义。

身为一名捉妖师，自己竟然是妖怪，还有比这更难堪的事吗？他在人类的爱里长大，真的会伤害人类吗？

米饼抱着膝盖缩在家里发呆，直到天黑，脆哨来喊他吃饭。看着他呆呆傻傻的样子，脆哨吓坏了，摇着他的膝盖问："阿妈做了铜锅烧鸡，米饼哥哥不饿吗？脆哨可想吃了。"

听到铜锅烧鸡，米饼的肚子发出一声哀鸣。他咽了咽口水，说："哥哥请你帮个忙，告诉乡亲们，一会儿都到洋芋奶奶家，我有重要的事情要宣布。"

"哦。"脆哨最听他的话，懵懂地应了一声，乖乖往门口跑去。

米饼撑着墙站起来，一阵头晕眼花——饿的。他打定主意，无论如何不能让关心他、爱护他的乡亲们蒙在鼓里。他决定向他们坦白真相，无论他们如何处置自己，都认了！

到洋芋奶奶家时，乡亲们已经来齐了，在院子里嗑着瓜子亲热地聊着天。

米饼内心的不舍和不忍又纠结成一团。洋芋奶奶拍拍他微微发抖的背，问："饼饼啊，今天把我们都叫来，有啥事啊？"

那张让他恐惧发抖的妖怪脸又出现在脑海里，米饼下意识地闭上眼睛，强忍着内心的悲痛，大吼一声："对不起乡亲们，为了不伤害大家，我必须说出来……我……我不是人，是妖怪！"

院子里死一般地寂静。片刻后，乡亲们异口同声地答："早就知道啦！"

什么？

米饼"啪嗒"一声摔倒在地，他举起照妖镜，颤抖着说："别开玩笑好吗？前阵子发生的怪事都是我害的！你们看看照妖镜，我真的是妖怪！这妖形，大家不害怕吗？"

站在前面的几位大娘互相对视了一眼，满心好奇地围过来往镜子里看，齐齐发出感叹："哇，好可爱……"

米饼悲怆的表情瞬间凝固。

"咱们米饼长得俊，变成妖怪也很萌！"一位大娘满眼爱心。

另一位马上附和道："是呢，毛茸茸的呢！"

"真的吗？我也要看！"剩下的乡亲们蜂拥而至，许多张好奇的脸和米饼的妖形一起挤在小小的铜镜里，看上去怪诞又好笑。

每个人都仔仔细细地将米饼观赏了一遍，心满意足地回家了。人潮退去，米饼脑子短路，面容呆滞。

"你阿妈当年带你回村时就说过，你不是人，但绝不会害人。我们相信她，也相信你。过去的事别提了，我们永远是一家人。"

耳边留下艾草爷爷的总结陈词，还有乡亲们的赞同声。

米饼看着空荡荡的院子，突然一阵难过。乡亲们太善良了，都没有意识到村里唯一的捉妖师是妖怪，会带来多大的灾难，还夸他可爱，把他当亲人。万一他控制不住妖力，丧失所有人性，变成嗜杀的恶魔怎么办……

他鼻子一酸，眼眶瞬间红了。

"大小伙子还哭，丢人。"洋芋奶奶满脸嫌弃地拧了条热毛巾，"啪"一下捂到米饼脸上，"啥也别想了，安心在村里住着吧。"

"呜呜呜……"米饼抽噎着把脸擦干净，"可我真的是妖怪……要是有一天，我控制不了自己的力量怎么办……我不能拖累大家啊！"

"就是怕你多想，你阿妈才不敢在家里放照妖镜，没想到，还是让你这臭小子弄到了。"洋芋奶奶叹了口气，"你阿妈是南陆最厉害的捉妖师，当年卷村刚建成时天天有妖物来骚扰，都是她夜以继日地清扫，保大家一方平安。她说你不会害人，就一定不会。"

"为什么我阿妈这么肯定呢？"米饼吸了吸鼻子，像只可怜的小狗。

洋芋奶奶看着他，眼角的褶皱透露着威严："只要她说了，我就信她。而且，你长到十几岁，除了吃得多没啥缺点，还长得这么帅，可见她说的不会有错。"

米饼羞涩地摸了摸自己的脸。可一想到前阵子发生的那些怪事，他心里顿时又七上八下的：一夜白头的蛋叔、神志不清的脆哨、痛哭失声的张娘娘……一张张痛苦的脸在他眼前不断地重叠，吞噬着他的心脏。乡亲们有什么理由为他承担罪孽呢？

他心一横，咬牙道："之前发生的事情，不能确定和我无关。现在我已经知道自己不是人类，就不能继续待在村子里了。奶奶，去邻村请个捉妖师把我抓走吧！"

"不行！"奶奶厉声反对，"你是我们村最好的孩子，怎么能把你的

性命交给捉妖师？"

"那我就去山里，走得远远的，这样就不会害你们了！"米饼坚定地说，"我心意已定，奶奶您就不要再劝我了。"

见他态度坚决，洋芋奶奶思考良久，十分不情愿地点了头。

村子里没了除妖师，不能再丧失坐镇的宝物。米饼解下脖子上还发着光的灵玉交给洋芋奶奶，奶奶却拒绝了。

"命里该有终须有。灵玉是米家的祖传宝物，既然传给了你，就是你的。至于卷村，就交给上天处置吧。"她苍老的声音里带着满满的失落，听得米饼难过得再说不出一个字。

第二天一早，米饼临行时，全村的人都来送他，聚集在吊桥前依依不舍。洋芋奶奶吩咐几个年轻人抬过一个直径五尺有余的行李包，说是大家给他准备的干粮。

米饼目瞪口呆，在几位大哥的协助之下，艰难地把包背在了背后。这包比他的身体还要大上一倍，满载着乡亲们的爱。

"先吃麻椒牛蛙，那个容易坏！"

"饿了吃烤馕再喝两口水，特别顶饱！"

"记得吃老刘家的辣椒粉，超好吃啊！"

大家七嘴八舌地嘱咐，说着说着，声音越来越小，最后，只余下一句思绪万千的"保重"。

米饼眼含热泪，步履蹒跚地踏上吊桥，每走一步，吊桥都在剧烈地颤抖。

"米饼走得那么慢，是不是舍不得我们？"一个婶婶捂着嘴哭出声来。

他真的舍不得，但这个包真的好重……背负再多，也得前行，这是一个男子汉的责任。米饼艰难地迈着步子，一步一个深深的脚印，渐行渐远。

四

这是米饼活了十六年，最艰难的一段日子。他从未离开卷村太久，不知道外面的世界竟如此不同。

外面的村子人情冷漠。他路过的村庄，村民们对陌生人都冷眼相待。

啃馕噎着了想要碗水喝，路人都避之不及。他翻了好久的白眼才把那口馕咽下去，精疲力竭地倒在一片沙丘上，突然很想哭。

他想念卷村的一切，想念好吃的饭菜，更想念乡亲们和气的笑脸。回头望了望走过的路，米饼心想，走了几天，不知道村里现在怎么样了。

米饼脚程不快，加上行李重，这几天统共没走出多远。翘首远眺，还能依稀看到卷村周围那几座大山的轮廓。卷村的山，比别处更清秀。他看了好几眼都看不够，反正不赶时间，而且吃的还有很多……干脆就在这里歇一会儿吧！

主意已定，午后的阳光太舒服，米饼迷迷糊糊地睡着了。天色擦黑时，恍惚间听到旁边有人喊"出事了"。他揉着眼睛起身，被面前黑压压一群人吓得一愣，忙问身边一位大哥："出啥事了？"

大哥很不耐烦地往前一指："没看见那边烧起来了吗？"

米饼使出吃奶的力气挤到最前面，被眼前的一幕震惊得动弹不得。一片遮天蔽日的火光在视线的尽头燃烧，将夜幕映照得如同白昼，起火的位置正是卷村！

火势已经烧到了山头，那山脚下的村庄岂不是已经葬身火海？米饼脑中一炸，容不得再想，转身往村子的方向狂奔。

等米饼抵达吊桥前，一切都已经太迟。

全村都被毁了。烈火吞没了房屋，将四季常青的环山烧成了一片鸦黑。养育他到十六岁，和阿妈一起共同生活的村子，在通天的烈火里不复存在。

米饼木然地走在废墟里，火已经灭了，只有个别地方还有小火苗在噼里啪啦地燃烧。

他猛然感觉到，情况不对劲。卷村空气湿润，山火极难成势，除非有人刻意为之。这场大火来得蹊跷，废墟残渣都是砖瓦和木头，竟无一具遗体。难道村民们无人在烈火中丧生，在火没烧起来的时候，跑出村子避难了？这个念头让米饼顿时振奋不少。

"米饼哥哥……"

正在这时，一个怯生生的声音从身后传来，米饼一转头，焦黑的砖墙后探出了个绑着冲天辫的小脑袋，不是脆哨又是谁！

"脆哨！"米饼惊呼一声，箭步上前抱紧他，焦急地问，"你有没有受伤？乡亲们在哪里？大家都没事吧？"

脆哨还小，一下答不上这么多问题，愣了半天，才一字一顿地说："有人让我把这个交给你。"

那是一张薄薄的兽皮，透着腥味，米饼接过来，突然感到一股异样：难道，这就是传说中的妖气？

他忙将兽皮展开，上面用红色的颜料写着几个歪歪扭扭的字：子时后山见，交出灵玉，马上放人。

看完这几行字，又想起出村前那些怪事，米饼顿时明白，这根本就是妖怪的圈套！

他武断地把村里出事的原因归结到自己身上，细细想来，其实疑点重重：马惊家禽死，花生不产子，这些小妖术施在出村的人身上，操纵他们去做，留下妖气痕迹，灵玉会警示，罗盘却检测不到方位，自然让他认为是自己妖化坑害了村民，于是主动离开。

只要他一走，村子里没了捉妖师的庇护，没了灵玉的掣肘，妖怪便能趁虚而入，掠夺物资，并以全村人的性命为要挟，逼他交出灵玉！

米饼的拳头握得紧紧的，眼睛里一片血红。

"让我们赌上尊严，堂堂正正地决斗吧！看看你们妖怪厉害，还是我捉妖师米饼厉害！"

五

虽然口号喊得响，但米饼心里还是有点儿发怵。能掳走全村人，妖怪必然数量不少，纵然他一身本领（虽然从未实践过），以一对多，实在难有十足的信心。

但乡亲们在妖怪手里，哪怕硬着头皮也要上！把脆哨安顿在邻村后，米饼掐着时间来到了约定的山谷。

黑夜已经完全覆盖天地，只有几颗星星挂在遥远的空中，让山谷显得幽静又可怖。

不得不说，妖怪选这个地方真是贼精。陡峭的悬崖与地面距离几百尺，妖怪在上他在下，别说就他一个捉妖师，十个百个也处于劣势。

他仰头一看，崖边密密麻麻的火把拉成一条长龙，由各种奇形怪状的妖怪举着。领头的妖怪有着浓重的黑眼圈，两只黑耳朵毛茸茸的，挺着个大肚子，一副很高冷的样子。见米饼赴约，它嗤笑一声："小毛孩子也能当捉妖师？怪不得卷村如此不堪一击。"

妖怪还开嘲讽模式？米饼一撩袍子，仰头大声说："那你为什么偷偷摸摸趁我走了才敢干坏事？真是好大的口气！"

妖怪首领气得龇牙咧嘴，爪子一挥，两个长得和咸鱼差不多的妖怪将一个瘦小的身影押到悬崖边上，米饼定睛一看，是洋芋奶奶！

洋芋奶奶显得有些虚弱，脸色很糟糕。米饼的心揪了起来，对着悬崖上愤怒大吼："放开洋芋奶奶！你们这些臭妖怪！"

"信上写得很清楚！"妖怪首领冷冷道，"把灵玉放在你脚边的石板上，再后退一百尺。"

乡亲们在妖怪的手上，米饼再不甘也不敢拿大家的性命开玩笑。他从脖子里摘下那枚温润的灵玉，不舍地摩挲良久，咬咬牙，放在了脚下，缓步往后退开。

一片漆黑中，灵玉被周遭的妖气催发得光芒大盛，照亮了小小一方空间。

悬崖顶上传来妖怪们参差不齐的惊叹声，妖怪首领顿时来了精神，一直眯着的小眼睛似乎也变大了不少："甚好甚好，手握灵玉，全天下的妖都会向我臣服，一统妖界指日可待！哈哈哈哈！"

悲愤的米饼咬牙道："有命拿，也得有命用！灵玉护我卷村几十载，妖孽难近，你确定能拿得住它？"

妖怪首领愣了愣，继而爆发出一阵更大的笑声："小子，你是真蠢还是跟我装傻？为村子隔离妖患的不是灵玉，而是你啊！"

此话一出，米饼愣在当场。

许是太得意，妖怪首领话多了些，狂笑着对着悬崖下呆若木鸡的米饼说："搞了半天你都不知道，你在的地方，周围会形成任何妖怪无法靠近的结界！就因为你，害老子策划了十几年才等到这一天！你到底是个啥？给我后退！"

听到这里，米饼脑中一片空白。

庇佑卷村的不是灵玉，而是他自己？是他擅自离开村庄，中了妖怪的奸计，才造成了这场大火，他确实害了乡亲们，却并非因为他是妖怪，而是他的愚蠢和无知！

巨大的悲愤和悔意袭上心头，米饼下意识地随着妖怪首领的怒吼一步一步往后退。待他退出了边界，妖怪首领一声令下："好了！二狗出动，给我把灵玉弄回来！"

随着"嘎"的一声怪叫，一团圆乎乎的黑影摇摇晃晃地在空中抖动着，朝神玉的方向飞去。

这个二狗是只蓝色和尚鹦鹉，比脆哨还胖。不过它尚未妖化，应该是被妖怪抓来专门训练叼神玉的。它落在青石板上，咬起了神玉，扑棱了半天翅膀，晃悠悠地飞起来。

山崖上顿时传来一片欢呼声，妖怪首领也大声叫好。

随着它的飞行路线，灵玉的幽光在黑夜里四处攒动，像只喝醉了的萤火虫。半晌，二狗终于飞上了悬崖，小嘴一张，灵玉从它嘴中掉了下来。

妖怪首领眼放精光，伸出毛茸茸的爪子，等待着灵玉落入爪心……

天下将要大乱了！悬崖下的米饼痛苦地闭上了眼睛。

这时，洋芋奶奶突然挣脱了妖怪的钳制，用尽力气伸手往前一挡，灵玉顿时改变了方向，呈一条抛物线往悬崖下跌去。

洋芋奶奶冲着米饼着急地大喊一声："饼饼快接住——"可她年岁已高，站立不稳，竟也从悬崖边上摔了下去。

这一声把米饼的魂喊了回来，他仰头见灵玉那抹亮光往下坠，洋芋奶奶也摔了下来，急得拿出了和野猪赛跑的劲儿往前狂奔。

可终究离得太远。没等他跑到跟前，洋芋奶奶已经和灵玉一起跌落在悬崖脚下。

米饼疯了似的跪在地上，把已无呼吸的洋芋奶奶抱在怀里，发了疯一样嘶吼着，眼泪像决堤的洪水，沾湿了奶奶紧闭的眼睛，也沾湿了奶奶衣

襟上的灵玉。

痛苦和愤怒让深夜的气氛起了变化。刹那间，灵玉的光由温润的白变成了尖锐的蓝，光芒大盛，如同那夜的山火一般，照亮了半个天幕。

众妖没料到会有如此变故，都愣在了当场，再往悬崖下看去时，沉浸在痛苦中的米饼已经变了样。

他的头顶长出了两只角，面孔上生出白毛，身体急速地化为羊的形状，一对宽阔的翅膀在他背后缓缓展开，气势恢宏地挥舞着。他变成了曾经在照妖镜里看到的样子，他的真身，原本的他！

"是白泽……辟邪之神，神兽白泽！"艾草爷爷率先认了出来，激动得大呼出声。

已经化形的米饼伏在洋芋奶奶的遗体旁，"呦呦"悲鸣着，用头拱着她的脸，羊一般的眼睛里泪水不停地往下掉，此时掉下的眼泪却有了不同，如宝石一般闪闪发光。

泪水一滴滴落在洋芋奶奶的脸上，那紧闭的眼睑突然动了起来，翕动几下后，睁开了。

米饼吓得嚎叫一声，往后退了好几步，只见奶奶从地上坐起身来，往自己身上一瞄，露出一个慈祥的微笑："是饼饼吗？好气派呀！"

原来白泽之泪有起死回生之效！米饼激动地扑进奶奶怀里，突然想起还有事情没了结——悬崖上那帮妖怪还等着他收拾呢！

米饼扬起翅膀，地面顿时刮起一阵大风，他跃至半空，停在悬崖之上，强烈的气场把众小妖逼得四下奔逃，只剩下妖怪首领抱着一棵大树，强撑着吼道："不就是一只飞起来的羊吗？有什么了不起的！"

被绑架的乡亲们趁机抱团躲到了一边，米饼挥舞着翅膀，换了个风向，那些逃跑的小妖纷纷被吹了回来，像汤圆一样在地上打滚。

妖怪们抱头求饶，米饼落在地上，恢复了人身。他从乾坤袋里掏出九节鞭和捆妖绳，眼冒精光地对着众妖喊道："都是白送的啊！金榜，我来啦！"

片刻后，丛林里响起了妖怪们的哀嚎。

六

三年后。

米饼已成了南陆的红人，捉妖师金榜放榜的那一天，全村人敲锣打鼓地欢送他去看榜，然后又喜气洋洋地把他迎了回来。

山谷一战，米饼捉了几十只妖，这辉煌的战绩，只有他的阿妈米粉能与之一拼。

"恭喜发财！恭喜发财！"米饼一进村，二狗就飞过来在他头顶盘旋。

那只妖怪首领，被米饼卸了修为，现出真身来，原来是一只比脆哨还胖的熊猫滚滚，被养在后山的竹林里，每天晒晒太阳，打个滚逗乡亲们开心，就能得到吃不完的食物，它再也不想做妖了。

曾被大火吞没的卷村，在洋芋奶奶和米饼的带领下迅速实施了灾后重建，有神兽加持，三年不到，卷村就恢复了往日的富饶平静。

炊烟冉冉升起，掐指一算，今天该去洋芋奶奶家吃饭了。米饼加快脚步来到洋芋奶奶屋前，冲着厨房的方向大喊："奶奶，剁椒鱼头要多放辣！"

往事如歌浅唱，回忆如酒浅尝。时光易逝，真相难寻，唯剩岁月悠久留香。

十三个伤疤

文◎毛云尔

一

一个冬天的黄昏，天空中彤云密布，看样子快要下雪了。艾湘一个人坐在小酒馆里，小酒馆光线昏暗，只有房子正中的火盆里，燃烧的木炭发出微弱的光芒。

艾湘有些无聊，她一边听着外面的动静，一边想：柚子怎么还不回来呢？

"当——"墙上的时钟敲响了，声音十分清脆。

"啊，已经六点了！"艾湘知道，这个时候柚子该回来了。

艾湘这样想的时候，果然传来了敲门声。

"艾湘，开门呀！"柚子在门外大声喊道。

艾湘使劲儿一拉，小酒馆那扇厚重的木门"吱嘎"一声打开了。冷飕飕的风趁机跟着柚子从打开的门灌进来，艾湘不禁打了个寒战。此时夜幕徐徐降临，门前的道路上，一个人影也没有了。

就在艾湘转身准备将门关上时，柚子突然朝着外面喊道："你还磨蹭什么？快进来呀！"

"谁？"艾湘问柚子。

"一个朋友！"

柚子一边回答艾湘，一边使劲儿催促着藏在黑暗中的神秘人物。过了好一会儿，终于，柚子招呼的神秘人物从黑暗中走出来。艾湘从半开的门缝里望去，那个人个头不高，裹着黑色头巾，披着一件黑色斗篷，腿有点儿瘸，走起路来一副十分吃力的样子。艾湘在小镇上土生土长，熟悉镇子上的每个人，但眼前这个身影让她感到十分陌生。

听了柚子的招呼，陌生人朝着艾湘的小酒馆缓慢地走了过来。但在五米开外的地方，陌生人停住了脚步，他好像在犹豫着什么。这样的情景艾湘曾经碰到过很多次。比如，有客人口袋里一时没有钱，肚子又饿了，只能远远地看一眼艾湘的小酒馆。碰到这样尴尬的情况，艾湘总是热情地招呼客人，让他饱饱地吃一顿，至于钱，先赊着吧，以后慢慢还就是了。

"进来吧，天这么冷。"艾湘喊道。

"是啊，天这么冷，快进来吧。"柚子跟着一起喊。

陌生人终于打消了顾虑，一瘸一拐地朝着艾湘的小酒馆走来。快要进门的时候，陌生人将裹着的头巾取下来，四下环顾，仔细打量着艾湘和她的小酒馆。

"艾湘，你好！"陌生人的声音压得很低，有些沙哑。

艾湘却听得真真切切，心里不由得"咯噔"一下。她感到十分奇怪，眼前这个陌生人怎么会知道自己的名字呢？

二

自从爷爷去世后，十六岁的艾湘便和柚子相依为命。在艾湘心中，柚子和爷爷一样，有着十分重要的位置。艾湘和柚子一起吃饭，一起睡觉，早晨去小河边取水的时候，艾湘也总是和柚子肩并肩走在一起。为此，小镇上的孩子们不免取笑她。

"柚子是一只狗呢！"他们大声嚷嚷着。

紧接着，就是一阵"哈哈哈"的嘲笑声，在宁静的天空下回荡。

艾湘不为所动。有时候，艾湘也会加入到孩子们的游戏中，和他们在田野上像风一样奔跑，或者从高高的稻草垛上跳下来。但是，艾湘的热情总是维持不了多久，就会迅速从游戏中抽身出来。

艾湘喜欢和柚子待在一起。

艾湘喜欢和柚子待在一起，是因为她喜欢听柚子讲那些遥远的故事，这些故事都是和爷爷有关的。

记得有一次，柚子讲到了一头野猪。

那是一个秋天，山林里铺了厚厚一层落叶。柚子和爷爷悄无声息地走在落叶上，一头野猪突然出现在眼前。

"砰！枪响了。"柚子模仿出猎枪震耳欲聋的声音。

艾湘的脑海里立即浮现出爷爷开枪的情景。她想象着爷爷如何瞄准，

如何射击，以及枪声过后，猎物如何倒在血泊中挣扎。毫无疑问，爷爷这次狩猎满载而归。可柚子告诉艾湘，明明看见猎物倒下了，当它和爷爷跑过去一看，地上却什么也没有。

"真的什么也没有吗？难道地上连一丁点儿的血迹都没有吗？"艾湘难以置信，不停地追问。

"什么都没有。"柚子的头摇晃得像拨浪鼓，"我和爷爷仔细寻找了好几遍，确实什么都没有发现。"

啊，这就奇怪了！艾湘陷入了沉思。莫非是爷爷的猎枪射偏了？或者，是爷爷猎枪的威力不够强大，无法射穿野猪身上那层厚厚的"铠甲"？

柚子的答案让艾湘大吃一惊。柚子告诉艾湘，那是一头打不死的野猪。

这个故事柚子后来还讲了好几遍，其中有一个细节让艾湘久久难忘——

柚子告诉艾湘，枪声过后，当爷爷发现地上什么也没有时，意味深长地叹了一口气，他告诉柚子，这家伙太厉害了。爷爷口中的"这家伙"就是这头打不死的野猪。

回家的路上，爷爷絮絮叨叨地告诉柚子，他和这头野猪在山林里相遇过无数次，至少朝这头野猪开过十枪。

"十枪？"柚子惊讶不已，简直不敢相信自己的耳朵。

"不，十三枪！"爷爷随即进行了纠正。

遭受十三次射击都大难不死的野猪，当然称得上是"打不死的野猪"。可是，这个世界上难道真的有打不死的野猪吗？艾湘对柚子的话半信半疑。如果爷爷还在就好了，她一定会向爷爷问个仔细。遗憾的是，两年前的冬天，爷爷就离开了艾湘。

三

陌生人从门缝里挤进来。天气实在太过寒冷了，艾湘可以清楚地听见陌生人牙齿打战的声响。艾湘赶忙将他带到有火盆的那个位置，用火钳将火盆里的木炭拨弄了几下，立即有火苗从火盆里蹿出来。

小酒馆里的温度一下子升高了许多。

艾湘将油灯点亮，光线昏暗的小酒馆顿时亮堂起来，那些影影绰绰的桌子和椅子骤然之间变得轮廓分明。这个时候，艾湘终于可以看清陌生人的面貌了。

她不由得倒吸一口冷气。

她差点儿被陌生人那张脸吓坏了。那是一张无比粗糙的脸，简直像岩石一样，上面布满了密密麻麻像钢针一样的胡子。十六岁的艾湘从未见过如此粗糙的脸，她甚至不知道该怎样去形容它。

陌生人也在打量艾湘，似乎在艾湘身上发现了什么，不停地点着头。他到底发现了什么呢？艾湘茫然不知。这个时候，小酒馆里有一种异样的气氛弥漫开来。

"先生，你吃点儿什么呢？"柚子走过来问道。

柚子的话把这种异样的气氛冲淡了许多。

"来一壶烧酒吧。"陌生人不假思索地告诉柚子，"再来几个坚果。"

当艾湘去准备烧酒时，柚子已经将一碟子坚果放在陌生人面前了。这是这个秋天艾湘从山林里收获的坚果，个头饱满、色泽艳丽，至于味道，自然是无可挑剔的了。

"咯嘣！"艾湘听见陌生人企图咬开坚果的声音，随之传来了"哎哟"一声呻吟。

"先生，你怎么了？"艾湘和柚子不约而同地问道。

陌生人用双手紧紧捂住了自己的嘴巴，紧皱着眉头，一副痛苦不堪的样子。

"老了，牙齿不行了，连坚果都咬不动了。"

许久，陌生人松开捂着嘴巴的手，摇头叹息起来。艾湘这才发现，眼前这个人确实上了年纪。陌生人将面前的坚果推开来，然后，大口大口地喝起酒来。一会儿工夫，一壶烧酒喝了个底朝天。在酒精的作用下，那张粗糙的脸渐渐变得红润，他的头顶上还冒着丝丝热气。

"好酒啊！两年，啊……整整两年没喝过这么好喝的酒了！"陌生人

一边啧啧赞叹，一边比画着手势。

在陌生人略为夸张的神情里，艾湘感到在他心中似乎这两年比一个世纪还要漫长。艾湘的心突然动了一下，她想起了两年前去世的爷爷。在另一个世界，嗜酒的爷爷是否也有酒喝呢？这样的想法让艾湘心里涌起淡淡的悲伤。

这时，火盆中燃烧着的木炭变成了猩红色，和刚才相比，小酒馆的温度又升高了许多。

"终于暖和了。"陌生人十分惬意地长舒了一口气，将身上的斗篷脱下来。接着，他将脚上的靴子也脱掉了。那是一双很破旧的靴子，已经磨损得十分厉害了。

就在这个时候，艾湘发现陌生人裸露出来的腿上竟然有许多醒目的伤疤，立即明白了陌生人走路一瘸一拐的原因。

艾湘对他充满了好奇，她很想知道，这些伤疤是如何来的。

（四）

柚子告诉艾湘，后来有一天，它和爷爷在山林里又与这头"打不死的野猪"相遇了。

秋天很快过去，转眼便到了冬天。柚子记得，那时刚刚下过一场小雪，山坡上随处可见尚未融化的斑斑点点的积雪。在雪的映衬下，平时昏暗的树林里变得亮堂了许多。

柚子和爷爷几乎同时发现了野猪的身影。

对于血气方刚的柚子来说，这是一个千载难逢的表现自己的好机会。柚子在心里暗暗告诉自己，这一次，一定要将野猪摁倒在地上，让爷爷刮目相看。于是，柚子绷紧全身肌肉，伏下身子，只等爷爷一声令下，就像箭一样朝野猪猛扑过去。

柚子已经处于一触即发的状态，此时，爷爷手中的猎枪也缓缓抬起来。

这时，前方树林里的野猪还浑然不觉。它大概饿坏了，低着头，在厚厚的树叶里寻找着从枝头掉落下来的秋天的坚果。很显然，这片树林被无数动物光顾过，残留下来的坚果数量少之又少。经过一番努力，野猪才好不容易寻找到一颗坚果。

"咔嚓。"

柚子和爷爷清楚地听见了野猪咀嚼坚果的声音。从咀嚼的声音可以判断出来，此时此刻，一颗小小的坚果让眼前这头饿坏了的野猪何等欣喜若狂。野猪继续埋头寻找，丝毫也没有发现自己已经置身于危险之中。

然而，柚子屏息静气等待了许久，爷爷一直没有向它下达"出击"的命令。

不知什么时候，爷爷竟然将手中的猎枪放了下来，仿佛在欣赏一幅美丽的风景画，爷爷眯着眼睛，一动不动地注视着树林里的野猪。就这样"僵持"了很久很久，直到夜幕开始降临，爷爷忍不住一声咳嗽，才让野猪猛然惊醒过来。

"咳咳……咳！"柚子模仿着爷爷的咳嗽声。

惊醒过来的野猪夺路而逃。它迅速钻出树林，沿着陡峭的山坡拼命奔跑，眨眼的工夫，就蹿上了高不可攀的山脊。大概是觉得危险解除了，劫后余生的野猪在山脊上站立下来。它居高临下，注视着山谷里的爷爷和柚子。

柚子一边回忆一边告诉艾湘，野猪的神情里充满得意，还多少有些挑衅的成分。

直到这时，爷爷才将放下的猎枪重新抬起来。他朝着山脊上的野猪瞄准，然后开了一枪。随着"嘭"的一声枪响，整个山林颤抖起来。在震耳欲聋的枪声中，野猪一个愣怔，如梦方醒似的掉转身体，迅速消失在弥漫开来的夜色中。

"爷爷怎么不早早开枪呢？"艾湘疑惑不解。

"这是一头打不死的野猪，即使开枪，也必定毫无结果。"柚子解释道。

艾湘点点头，柚子的解释并不是一点儿道理都没有。然而问题是，为什么最后爷爷还是开了枪呢？无疑，对于已经逃出有效射程的野猪而言，这是毫无意义的一枪。

这一枪，仅仅具有威慑或者警告作用——

啊，莫非爷爷在告诉这头得意忘形的野猪，跑远一点儿，不然，总有一天，它会倒在爷爷或者其他猎人的猎枪下！

五

陌生人在艾湘的小酒馆里坐了大概两个时辰，除了碟子里的坚果原封未动外，酒壶里的酒被他喝得干干净净。艾湘将空了的酒壶使劲儿摇晃了几下，问道："再来一壶烧酒如何？"

"不行了！我喝得差不多了！我该回家了。"陌生人看了看窗外的天色，说道。

时间确实不早了，倘若平时，艾湘的小酒馆早就打烊了。

陌生人将脱下的斗篷重新披在身上，接着弯下腰，将那双磨损得十分厉害的靴子穿在脚上，可以看出来，他穿靴子的时候十分吃力，嘴里不停地吐出丝丝冷气，一副忍受着痛苦的样子。

艾湘的目光再次落在那些触目惊心的伤疤上面，在心里数了数，呀，竟然有十三个！

"这……"艾湘很想知道这些伤疤的来历。

陌生人抬起头，看了看艾湘，欲言又止，他似乎想将答案告诉艾湘，但不知出于怎样的顾虑，他摇摇头，将到了嘴边的话重新咽了回去。然后，陌生人打开小酒馆的门，朝着外面黑暗的世界走去。或许是喝多了酒的缘故，艾湘发现，陌生人走路的姿势不仅像来时那样一瘸一拐，而且因为不胜酒力，身体摇晃得十分厉害。这让艾湘不由得为陌生人担心起来。

艾湘和柚子一直目送着陌生人离去。

让艾湘再次感到惊讶的是，陌生人并不是沿着酒馆门前那条道路，朝着人口稠密的小镇走去，他选择的竟然是另一条近乎荒废的小径，沿着这条七弯八拐的小径，可以抵达人迹罕至的山野。

可以肯定，陌生人的家就在山野中的某片山林里，只是现在很少有人在山林里居住了。那些至今还愿意在山林里居住的人一定有着巨大的勇气，不然，怎么忍受得了其中的寂寞和贫穷呢？目送着陌生人在黑暗中慢慢走远，艾湘在心里感叹起来。

送走了陌生人，夜已经很深了，艾湘却一点儿睡意也没有。

艾湘和柚子围坐在火盆旁边，聆听着外面的动静。

外面，风呜呜地叫着，仿佛有无数只怪兽在奔跑，她依稀可以听见屋顶上传来沙沙的声响。从这些细小的声响可以判断，这个冬天酝酿了许久的第一场雪终于开始下起来了。

"他……到家了吧？"

艾湘自言自语，眼前浮现出刚才陌生人一瘸一拐地走路的身影，她担心陌生人能否在这个风雪之夜安全到达家中。和艾湘的忧心忡忡不同，柚子自始至终相信陌生人能顺利回到家中。

"他对这片山野了如指掌，他熟悉山林里的每条小路。"柚子告诉艾湘。

六

第二天早晨起床，外面果然被茫茫白雪覆盖起来。这样的天气，小酒馆照例是没有什么生意的。艾湘和柚子无所事事。这样百无聊赖的时光，最适合用来讲那些过去的故事了。

这一次，当柚子再次向艾湘讲述爷爷打猎的故事时，艾湘突然想起一件事情来。

有一天，爷爷准备进山打猎。临行前，除了准备猎枪和火药之外，还装了满满一背篓的玉米和红薯。这个样子根本不像进山去打猎，更像去看望某个要好的朋友。显然，这是爷爷从未向艾湘提起过的陌生朋友。

再后来，每次进山，爷爷都要带上一些礼品。

有一次，爷爷还带了一壶烧酒。

"那一定是个喜欢喝酒的朋友啊。"艾湘在心里揣想。

艾湘不知道爷爷这个朋友的酒量如何。爷爷也喜欢喝酒，但爷爷酒量不大，两三杯酒下肚，爷爷的脸就变得通红，说起话来语无伦次。不过，艾湘喜欢看爷爷喝酒，因为爷爷只有高兴的时候才喝酒。

艾湘记得，大概从那个时候开始，爷爷每次打猎回来都是两手空空的。

爷爷可是这片山林里最厉害的猎手。难道是因为上了年纪，狩猎水平

开始走下坡路了？其实这是顺理成章的事情，一个猎人上了年纪，眼睛会发花，双手会颤抖，这种糟糕的状态怎么可能将猎物收入囊中呢？

再后来，爷爷进山的时候，索性连猎枪都不带了。

爷爷和柚子会在山林里待上整整一天。傍晚时分，当夕阳将大地染红的时候，爷爷才醉醺醺地出现在小径的尽头。然而，爷爷一次也没带艾湘去见过与他一起喝酒的那个朋友。艾湘至今都不知道原因，这是一个属于爷爷的秘密。

想到这里，艾湘心里"咯噔"一下，突然想起了昨天晚上来喝酒的陌生人。艾湘有一种直觉，莫非他就是以前与爷爷一起喝酒的那个人？

"是他吗？"艾湘不敢确认。

"正是他。"柚子迟疑了一会儿，告诉艾湘。

艾湘恍然大悟地"哦"了一声，她终于明白了，昨天晚上，陌生人第一次见面就直呼自己的名字，一定是爷爷告诉他的。至于昨天晚上陌生人打量自己时满脸惊讶的神情，大概是在自己身上发现了爷爷太多的遗传基因。

接下来，柚子和艾湘的话题都围绕着与爷爷一起喝酒的这个陌生人。

柚子告诉艾湘，当它和爷爷出现在山林里时，陌生人总是早早等候在那里。他会从山坡上朝爷爷飞奔过来，然后，两个人就像久别重逢的朋友那样搂抱在一起——事实上，前一天，他们还在一起喝酒。

听了柚子的讲述，艾湘浮想联翩。她想象着陌生人一瘸一拐地从崎岖的山坡上飞奔而下的情景，想象着爷爷和陌生人在铺满落叶的山林里席地而坐的情景，想象着他们你一口我一口喝酒的情景……

这样想着，艾湘突然希望天色快快暗下来。当夜幕降临，说不定这个陌生人还会再次光临她的小酒馆。

可是，这天晚上，艾湘和柚子一直等到小酒馆打烊，陌生人都没有出现。接下来的许多个夜晚，艾湘和柚子都是在等待中度过的。直到冬天快结束了，陌生人的身影再也没有在小酒馆出现过。

这是一个十分寒冷的冬天。这个冬天，前所未有地下了五场雪。所以，当春天到来的时候，山林里依旧是白雪皑皑的。

艾湘和柚子决定去山林里看一看。

艾湘和柚子踏着厚厚的积雪，来到山林里。这是一片无边无际的山林，密林里隐藏着无数条弯弯曲曲的小路。在柚子的带领下，艾湘朝着山林的最深处走去。那里是爷爷和他的陌生朋友经常一起喝酒的地方。

当柚子和艾湘到达那里时，除了满山坡的积雪，什么也没有发现。柚子带着艾湘继续在山林里穿行，直到夜幕降临，依旧一无所获。

这时，月亮升了起来。皎洁浑圆的一轮月亮，高高地挂在柚子和艾湘的头顶上。

在月光的照耀下，整个山林仿佛一座冰雪做成的晶莹剔透的宫殿。眼前的景象让艾湘惊叹不已，甚至忘了自己此次行程的目的。就在这时，左前方的山坡上，突然出现了一个黑乎乎的身影。

远远望去，那是一位上了年纪的老人。再仔细一瞧，竟然是一头野猪。

艾湘从未见过体积这么庞大的野猪，她害怕极了，忍不住惊呼起来。

艾湘的惊呼声让野猪吓了一跳，它转身朝着山脊跑去。或许是积雪太深，它跑起来一瘸一拐的。一会儿工夫，野猪就蹿上了高耸绵延的山脊。

接下来发生的一幕让艾湘久久难忘。这头被自己的惊呼声吓坏了的野猪，竟然一直站在山脊上，目送着她和柚子离开这片山林。

后来，艾湘和柚子又去过几次山林，依旧没有发现那位瘸腿老人的身影。

不仅如此，那头在月光下偶遇的野猪也再没有碰到过。

七

一晃，便过去了好几年。

艾湘依旧经营着自己的小酒馆。隔三岔五，有素不相识的陌生人来到艾湘的小酒馆喝酒。然而，这些陌生人中间，都没有艾湘寻找的那个人。

柚子渐渐老了。就像所有老了的猎犬一样，柚子不再进山，而且，也不再像过去那样絮絮叨叨地讲述那些打猎的故事了。大多时候，柚子就静静地躺在地上，或者倚靠着小酒馆的窗户，眺望着远处的旷野。

宁静的时光仿佛一条小河，悄无声息地流淌着。

有一天，艾湘被一阵突如其来的喧哗声吸引。她丢下手中的活儿，朝着喧哗声传来的地方跑去。当艾湘挤进人群时，不禁惊呆了。她看到了一

头野猪，静静地躺在血泊中，汨汨的鲜血正从伤口里流淌出来。

一个年轻的猎手站在野猪身边，一副得意扬扬的样子。很显然，这头野猪就是这个年轻猎手用猎枪射杀的。

"快看啦！"人群中，有人大声喊道。

在这个人的指点下，人们才发现，野猪身上布满了伤疤。大家充满好奇地数了数，除了一个新鲜伤口外，竟然还有十三个陈旧的伤疤。面对这密密麻麻的伤疤，人们惊诧不已，这真是一头大难不死的野猪啊，竟然躲过了十三次猎枪的射杀。接着，人们又唏嘘起来，这头大难不死的野猪，最终还是倒在了人类的猎枪下面。

艾湘整个人仿佛遭受电击一样，她突然想起什么来了。

是的，她想起了几年前的冬天，那个在她小酒馆喝酒的陌生人。

原来，他是一头野猪啊。

真是让人难以置信，这个世界上竟然有如此神奇的事情发生。

但让艾湘弄不明白的是，爷爷是如何和这头野猪交上朋友的。爷爷用手中的猎枪射杀了它十三次，按道理，野猪应该对爷爷充满了刻骨仇恨，然而，是什么原因让这头野猪尽释前嫌，与爷爷一起在山林里席地而坐、开怀畅饮呢？还有，几年过去了，这头野猪为何销声匿迹，不再到小酒馆来喝酒，其中有什么难言之隐吗？

这些问题，艾湘一时之间找不到答案。事实上，她也无心去寻找答案。

即使知道了这些问题的答案，又有什么实际意义呢？

此时，艾湘的心被冰一样的悲伤紧紧包裹着，她想哭，却怎么也哭不出来。

萌宠大当家

你拉了我一辈子，最后这段路让我拉着走。

——《忠爱无言》

动物不会言语,只是用生命说爱你

虽然我们听不懂动物的语言,动物也无法听懂人类说的话,但有一种神奇的力量,能够打破种族与本能的壁垒,那就是"爱"。动物们的世界,远比想象中的更温暖!

❤【火场里的守护】❤

再痛的灼烧我也不怕,我只怕保护不了你。

——狗狗波罗

美国巴尔的摩有一只叫波罗的黑色狗狗。它的女主人生下了一个女儿,波罗从小主人出生就陪伴在她身边,默默守护她,像个守护公主的骑士。

有一天,女主人趁小主人睡觉时到院子里除草,没想到屋内发生了火灾!女主人开始并不知情,直到听见女儿的哭声,她才发现屋内已浓烟滚滚,火光冲天!她想冲进屋内,却被浓烟和灼热的气浪阻挡在外。女主人马上拨打了火警电话,听着屋内孩子的哭声,她心惊胆战,手足无措。几分钟后,消防人员赶到现场,立刻冲进屋内,却被眼前的景象惊呆了——

只见波罗用整个身体覆盖住小主人,用尽全力保护着她……

小主人被送到医院,经医生诊断,她只有手臂被烧伤,并没有大碍。波罗却在大火中丧生。想起波罗舍命救女儿的行为,女主人忍不住失声痛哭,女儿跟爱犬一起玩耍的温馨画面,以后再也看不到了……

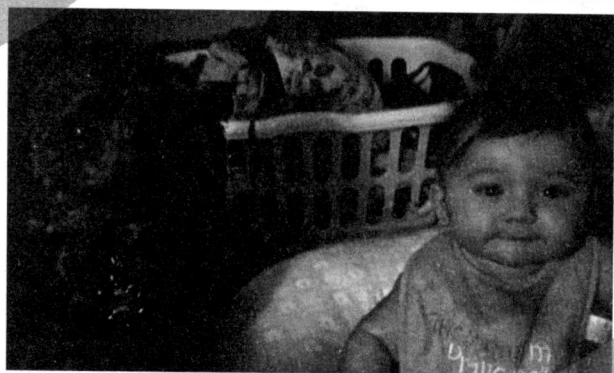

回想那天,女主人才发现波罗早就发现了异常。一向温驯的它曾莫名其妙地不停吠叫,可惜女主人并没有在意。其实,波罗明明可以逃离火场,却选择留在小主人的身边,用自己的身躯护她周全。

❤【陪伴到最后一秒】❤

求求你，不要带走她。

——小熊猫小黄妹

云南省地震后，距震中景谷县七十余公里的普洱太阳河国家公园内，失踪了几只小熊猫。动物保护观察员张凤芝赶忙吹哨，召唤小熊猫们。平时，公园会给小熊猫们提供一些额外的水果补给，靠吹哨来召集它们。

张凤芝注意到，有一只叫"圆圆"的小熊猫没有回来。而刚刚回来的叫"小黄妹"的小熊猫，一改平日里温和的性格，和另一只小熊猫大打出手，抢了几块梨就跑。可是平时，小黄妹偏爱野果，很少吃补给的水果，更别提因此打架了。

观察员跟着小黄妹跑了两公里，看到了触目惊心的一幕。

巨大的地震波摧毁了树林，一棵40厘米粗的树横倒在地，小熊猫圆圆被这断树齐腰压住，已经一动不动了。小黄妹把嘴里的梨片放到圆圆的嘴边，用嘴拱拱它，然后对着它叫了几声，一会儿用头去拱圆圆，一会儿用爪子去拍圆圆。后来就站在圆圆身边，不停地叫，不停地喘气，声音听起来非常悲凉。

救助人员赶到后，确认了圆圆已经死亡的事实，并合力将树抬起，将圆圆弄了出来，随后装进塑料袋里，又套上了一层编织袋。

就在人们准备离开的时候，原本跑到稍远的地方看着整个过程的小黄妹突然冲过来，咬住编织袋，一直不肯松口。救助人员想把小黄妹撑开，

却被它咬住裤子和皮鞋。救助人员看它可怜，实在不忍心强行丢下它，便把编织袋放低一些，任由它啃咬。小黄妹一直咬着、叫着，直到把编织袋咬开一个口子。似乎意识到圆圆已死，小黄妹渐渐地缓下来，不再咬袋子了，救助人员这才将圆圆的遗体带离现场。

后来，人们在压倒圆圆的树干正上方，发现几处很深的小熊猫爪印和牙印，似乎是用毕生的气力来啃抓，这是小黄妹努力过的见证。

●【无须抉择的瞬间】●

我讨厌你是假的，我爱你是真的。

——白鲸米拉

哈尔滨极地馆白鲸池中，举行了一场"寒池空潜"比赛。七位参赛的潜水员要在禁止使用呼吸器的情况下，潜入深20尺、和北极水温相同的鲸鱼池进行潜水比赛，鲸鱼池中还养着两只大白鲸，这场比赛的获胜者有机会成为鲸鱼训练师。

杨云就是参赛选手之一。两周前，因为和这池中的白鲸不熟悉，她差点儿被一头叫米拉的白鲸拖入深水区遇险，但对这份工作的爱与向往，让她坚持了下来，将自己的爱心播撒给白鲸们。

比赛当天，杨云刚潜到水池底部，突然脚部抽筋，无法动弹。这下别说比赛获胜了，连浮回水面都成了问题。没有呼吸器，纵然水性再好，人能坚持多久呢？惊慌和恐惧逐渐占据了杨云的大脑，她开始窒息、缺氧，不知如何是好。自己会命丧在这儿吗？就在绝望一点点袭向她时，白鲸米拉突然游了过来，用嘴轻轻地含住了杨云的脚踝，怕伤到她一般，它小心翼翼地拖着她一点点游到了水面。在队员的帮助下，杨云平安上岸。

虽然物种不同，但爱是可以传递的。因为杨云对白鲸的爱，让米拉也愿意去爱她。

♥【母爱的撞击】♥

孩子，我们一起走，天堂的路不孤独。

——象妈妈

2018年，泰国的一段铁路上，"砰"的一声，发出一阵巨响。随即，火车又冲出一段后，停了下来。列车员懊恼而自责地蹲在轨道旁，久久不愿抬头直视面前的悲惨场景。

就在刚刚，一头幼年小象和一头母象路过这里，小象正是好玩好动的年纪，开心地在铁轨边玩耍，走着走着就迈上了铁轨。母象欣慰地看着自己的孩子，在后面慢悠悠地踱步，丝毫没有察觉到危险即将来临。

忽然，一列火车飞快驶来，小象被吓傻了，呆呆地站在铁轨上。母象见状，没有片刻犹豫，拼尽全力飞奔过来，赶到小象身边，用力撞向火车，试图阻止火车伤害小象。

然而，它高估了自己的力量。纵然它体格庞大，又如何能抵挡火车这般庞然大物呢？火车无情地撞向了母象和小象。刚刚还活蹦乱跳的两条生命，在巨大的冲撞下，躺在铁轨旁，再也无法睁开眼。

"世上只有妈妈好……"两头象被搬运安葬，而母象临死前救子的感人一幕，深深地烙在了在场所有人的心里。

♥【最后一场婚礼】♥

亲爱的，你的婚礼我怎能错过？

——狗狗查理

　　查理是一条15岁的黑色拉布拉多犬，在它8个月的时候，19岁的凯莉领养了它。那时，凯莉正准备离开家上大学，但当她看到查理渴望的眼睛时，毫不犹豫地收留了它。一晃15年过去了，他们亲密无间，凯莉越发漂亮成熟，查理却渐渐老去。

　　一天，凯莉带它去散步，发现它走路的样子有些奇怪，检查后医生告诉凯莉，查理患了非常严重的脑瘤，会渐渐无法走路，直至失去生命。此后，查理频繁发病，再也无法行走，凯莉不得不考虑让它安乐死，以减轻它的痛苦。

　　然而，就在凯莉结婚的前一天，查理的情况突然好转。婚礼当天，它像一只健康的狗狗一样，头戴花冠，沿着红毯走到凯莉面前。在见证凯莉和新郎交换戒指后，查理终于支撑不住，倒在了地上……

　　婚礼一周后，查理在客厅中央，在家人的围绕下，永远离开了这个令它眷恋的世界，永远离开了它深爱的凯莉。它临走前的样子非常安详，看到凯莉收获了幸福，它似乎不再有任何遗憾。

汪星人的"二货"日常

如果你养了一只汪，那么恭喜你，你的生活一定欢笑连连！不信就来看看，当"二货"汪星人遇见"两脚兽"，这些爆笑日常时时有！

老师，我的作业被狗吃了

我跟老师说："老师，我的作业被我家狗狗吃了。"老师摇摇头说："说谎可不是好习惯，狗怎么会吃作业呢？"我欲哭无泪，想起家里的狗边咬我的作业本边挑衅地看着我，似乎在说："去啊，去告诉老师我吃了你的作业，看他会不会信你！"好吧，它又赢了……

你是我的生命和我的光

我在寄宿学校上学，刚刚老爸打电话，叫我赶紧回家，说家里的二哈快死了！我一听都快哭了，忙问怎么回事。老爸解释："我跟二哈开玩笑，说你妈已经把你卖掉了，结果这二货已经绝食三天了……"

"两脚兽"长得都一样

今天上街，走着走着，一只萨摩耶突然向我跑过来，跟着我一起走了30米，然后它加速跑到我面前，仔细看了我几眼，又看了看我身后，呆愣了几秒钟，疯了似的向它的主人跑回去……敢情它认错人了！（微笑脸）

因祸得福

带旺财到银行存款，旺财爱干净，从不随地大小便，便前都会汪汪叫。正当我看报排队时，旺财"汪汪"直叫，我只好将报纸铺在地上供它方便。存完款，我一手抱着它，一手举着包着狗便的报纸向外走，刚到门口，突然冲出一辆摩托车，抢走了我手上的报纸，我惊呆了！路人惋惜道："看，被抢的那个人都傻了，报纸里得有好几万吧？"

床是身份的象征

家里养了一只哈士奇，它小的时候，我总喜欢抱着它睡。后来它长大了，我发现床越来越挤，就不让它上床睡了，结果它叫得比杀猪还惨。没办法，我只好陪它打地铺，抱着它在地上睡。等我第二天醒来，才发现：咦，它为什么在我床上？

是钱包先动的手

出去遛狗，前面有个男孩在掏裤袋找东西，钱包掉了出来。他还没来得及捡，我家那只汪百米冲刺般奔过去，叼起钱包就往回跑，放在我的脚下，吐着舌头狂摆尾巴，一脸求奖励的表情。而那个男孩转头看向我……

以其人之道还治其人之身

每次看到家里的狗打哈欠，我都会突然把脚塞到它嘴里，然后见它一脸蒙地看着我，觉得好搞笑。今天，我正打哈欠呢，这家伙出其不意地把它的脚伸到我嘴里了！

千里迢迢来见你

我家的狗特别通人性，早上上学的时候送我，放学的时候在家门口等我。我上中学后，一周只回家一次。一次课间休息，门卫大爷走进教室对我说："你家的狗来找你了。"我惊讶道："你怎么知道是我家的？"门卫大爷看了看我，说："它叼着你的照片……"

来，分你一口狗粮

家里养了一只汪星人，今天给它喂狗粮的时候，出于好奇，我随手拿起一颗尝了尝。谁知它深情地看了我一眼，默默地挪了挪身体，在饭盆边给我让出了位置，邀请我一起吃……

我的狗不咬人

一天，我去找朋友玩，他身边有一只看起来很凶的狗，我问："你的狗会不会咬人？"朋友说："我的狗看起来很凶，但绝对不会咬人。"没想到，我一过去就被狠狠地咬了一口。我哭着问："你不是说你的狗不会咬人吗？""对啊，但那不是我的狗。"

被智商所限的狗生

朋友家养的萨摩耶一直对着家里鱼缸中的鱼虎视眈眈。为了吃到鱼，某日，它趁主人不在家，花了两个小时将鱼缸里的水喝完了，一条鱼也没捉住。主人回来时，这"二货"正趴在地板上上吐下泻……

从迷宫探险，测你适合养什么宠物

养宠物不仅要看眼缘，还要与主人的脾气相合。想知道自己的弱点及适合养什么类型的宠物吗？快跟着小编一起测一测吧！

你即将进入一座未知的迷宫，需要在规定时间内走出去，准备好开始探险了吗？Go！

1.你来到一座迷宫前，迷宫周围的环境是：

一片香花异草开放，阳光明媚→第3题

被浓浓的黑雾包围，乌云密布→第2题

2.你看到要到达迷宫必须经过：

一处险要的悬崖→第3题

一条深浅莫测的河流→第4题

3.通向迷宫的唯一工具是：

一座缺了许多木板的吊桥→第4题

一座简易拼搭的独木桥→第5题

4.好不容易抵达了迷宫门口，你隐约看到门口悬着一块掉了漆的木板，上面写着：

迷失的人在这儿迷失，相逢的人在这儿相逢→第5题

死并非生的对立面，而作为生的一部分永存→第6题

5.直觉告诉你：

你终会被困在这里→第7题

你会在这儿遇到想见的人→第6题

6.如果允许你带一个同伴，你会选择：

家人或好友→第7题

一个陌生人→第8题

7.但此刻你只能独自探索，你会选择：

向右拐→第8题

向左拐→第9题

8.你看到了一道奇怪的光，你会：

顺着光的方向走→第9题

不管它，按照自己的既定路线走→第10题

9.途中，你看到一只受伤的小狗蜷缩在角落奄奄一息，你会：

为它疗伤，并带着它上路→第11题

不管它，继续赶路→第13题

10.这只可怜的小狗为你的行程增添了温暖，可你发现它常常在午夜时分不知所终，你会：

装睡，然后偷偷观察它→第11题

并不是很在意→第12题

11.走了一段路，你沮丧地发现自己来到了：

曾走过多次的地方→第12题

又一个死角→第13题

回到入口→D

12.在迷宫里待了几天，你还是找不到出路，此时你：

很害怕，认为自己快疯了→第13题

虽然担心，但相信一定能找到出路→第14题

13.在你准备发信号弹求救的时候，正好遇到一个神经兮兮的流浪汉，他说能帮你找到出口，但你必须听他唱歌，并且由衷地赞美他的歌喉，你会：

按他说的做→第15题

看他像是疯了，还是发信号弹安全→第14题

14.被困在这里不能出去，你认为自己欠

缺的是：

智力→A

运气→第15题

意志力→D

15.如果还有重新游历的机会，你还会来吗？

会→B

不会→C

测试结果：

A. 适合养的宠物：鱼、乌龟、蜥蜴

你为人直接、简单。潜意识里最大的弱点是你的脾气，你常常个性表现强烈，冲劲十足，但容易因为冲动而误人误事。你适合养乌龟、蜥蜴或鱼类，这类动物无须日日精心照顾，生活方式同你一样简单，不会让你有心理压力。

B. 适合养的宠物：猫、小鸭子

你的个性动静得宜，有领导才能，但有完美主义倾向，对自己和他人要求较高。另外，你的自尊心强，不喜欢让别人看到自己的缺点。你适合养小鸭子这类易见又平价的动物，或养猫这类慵懒、安静的动物，学习它们进退自如的精神是你人生的必修课哦！

C. 适合养的宠物：狗、鹦鹉

你的弱点是脆弱、缺乏安全感。你无法面对挚友的出卖，当他人恶意背叛你时，你会失去反击能力。不过这个弱点不容易被人察觉。对于含蓄温和又缺乏安全感的你来说，饲养宠物狗和鹦鹉可以增强你热情积极的一面，这类宠物活泼好动，喜欢与人互动，在与它们的相处中，你的内心会获得温暖和安宁。

D. 适合养的宠物：兔子、豚鼠、仓鼠

行动力弱是你最大的弱点，这会让你错失许多机会。所以养一只仓鼠或几只豚鼠吧，它们看似安静，其实行动力不俗。有它做伴，或许能提升你的行动力。当然，兔子也是不错的选择，"静若处子，动若脱兔"，同样可以锻炼你的行动力。